KB040184

라스트 젤리 샷

청예
장편소설

라스트
젤리
샷

허블

차례

++++++

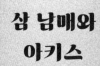

삼 남매와
아키스

"아이스크림 먹어도 되나요?"

불가능하다고 몇 번이나 말했지만 아키스는 계속 되물었고 기어코 입장 직전에 소프트콘을 구매했다. 멀리서부터 급히 뛰어왔는지 소프트콘 겉면에는 작은 흙먼지가 묻어 있었다. 이렇게까지 해서라도 먹어야만 하는 걸까. 아키스는 콘이 부서지지 않게끔 손가락 힘을 세심히 조절한 채로 소중히 쥐고 있었다. 뒤편에 수많은 사람이 줄을 선 것을 보면서도 아키스는 고집을 부렸다.

평소 군것질을 좋아하는 편이긴 했으나 장소를 가리지 못하는 건 아니었다. 그런데 오늘따라 열두 살짜리 아이의 고집이 종일 씹은 껌보다 더 질겼다. 아키스는 내가 허락하지 않더라도 보안요원이 허락해 주면 괜찮을 거라며 결정권자를 바꿔버렸다. 심판장 문을 지키는 남자가 자기편이 돼줄 거란 희망을 품었나 보다.

보안요원은 아이의 막무가내식 요청에 뒤통수를 긁적이며 난처함을 표했다. 보안요원과 내가 모른 척 허가해 준다면 아키스의 동심을 지킬 수 있을지도 몰랐다. 하지만 나는 그런 관용을 바랄 정도로 무책임한 보호자가 아니었다. 고개를 꾸벅 숙여 보안요원에게 거듭 사과를 전했다.

그는 인자하게 웃으며 설명했다.

"미안하지만, 아이스크림은 반입 불가란다."

아키스의 눈썹이 단번에 팔자로 휘었다. 절망을 한 아름 머금은 얼굴로 소프트콘을 치켜올리며 항변했다.

"이거 한 입 거리도 안 되는걸요."

살짝 녹은 아이스크림 겉면이 로비 조명에 반사되어 반질거렸다. 흘러내리는 곡선에선 달콤한 향이 풍겼다.

"한 입 거리든 두 입 거리든 허가해 줄 수는 없어. 밖에서 먹고 들어가겠니?"

"심판을 구경하면서 먹고 싶어요. 저한테는 첫 참관이라 중요해요."

"너뿐만 아니라 오늘 심판은 많은 사람들에게 중요해. 밖에 있는 기자들만 봐도 알 수 있잖니. 난 너와 피곤한 입씨름을 하고 싶지 않단다."

삼 남매와 아키스

그의 말은 사실이었다. 금일 진행되는 심판은 심판장이라는 장소를 초월하여 모두의 눈과 귀를 붙들었다. 한 번에 무려 인봇 3구에 대한 판결을 내리는 날은 이번이 처음이었으니까.

23세기 인봇 윤리심판에서는 형사재판처럼 형벌을 선고하는 게 가능했으나 그 수위가 높진 않았다. 기껏해야 상용화 중단 및 기술 폐기 정도. 하지만 이번 사건은 격이 달랐다. 자극적 기사를 양산하는 언론사에서는 윤리심판에서 연구자에게 무기징역이 선고되는 최초의 순간을 기대할 만하다며 일주일 전부터 떠들어 댔다. 네티즌들은 기사마다 무기징역을 선고할 바에야 사형을 선고하라며, 이왕이면 잔혹한 고문으로 죽이라며 신나게 기름을 붓기도 했다.

심판장 바깥에는 사건, 사고를 놀잇감 취급하는 이들이 많았다.

나는 아키스와 눈을 맞추고 지시했다.

"쓰레기통은 오른쪽 귀퉁이에 있어. 버리고 와."

"어른들은 너무해요."

"어른들은 너무하지 않아. 원칙이 너무한 거야."

"그거나, 그거나."

아키스가 마지막 반항으로 보안요원을 향해 혓바닥을 삐죽 내밀더니 얼굴 가까이에서 소프트콘을 흔들었다. 그 손짓을 따라 바닐라 향이 아른거렸다. 나는 허리가 아플 정도로 연신 꾸벅거리며 사과해야만 했다. 아키스는 정을 붙였던 장난감을 떠나보내듯 쓰레기통 바닥에 소프트콘을 뉘어 주고는, 내 곁으로 다가와 찰싹 붙었다.

우리는 모세혈관 스캐닝으로 신분 검사를 마친 뒤 입장했다. 심판장은 질서를 유지하기 위해 지정석으로 운영됐는데 바이오 정보와 매칭된 좌석이 밝게 빛나고 있으므로 지정석이 어디인지 찾는 일은 전혀 어렵지 않았다. 나와 아키스는 나란히 앉아 옷매무새를 다듬었다. 앞에서 세 번째 줄을 배정받은 덕에 심판장을 상세히 살필 수 있었다.

인봇 심판장은 일반 재판장과 비슷한 모습이었다. 차이가 있다면 전면 벽에 고유한 마크가 크게 그려져 있단 점이었다. 완전한 수평을 이루고 있는 천칭으로, 양쪽 저울 위엔 윤리심판의 상징인 '∞' 기호가 음각으로 새겨져 있다.

무한한 인간의 가치와 무한한 인봇의 잠재력을 공정히 비교하겠다는 의미였다. 한계를 규정할 수 없는 두 요소를 비교한다는 게 모순적이긴 했으나, 천칭이 완전히 수평을 이루고 있는 모습은 인봇과의 공존을 위한 비인봇, 그러니까 '우리'의 고뇌를 보여주기에 적합했다. 심판은 '인봇 윤리 강령'이라는 독자적인 규율을 바탕으로 이뤄지는데 그 규율은 인간이 만들고, 인간끼리 합의를 봐 제정한 것이었다.

안간힘을 써 지켜내겠다는 뜻 아닐까. 한쪽으로 기울지 않도록 말이다. 물론 그 두려운 '한쪽'이 인간의 가치일지,

인봇의 잠재력일지는… 모를 일이었다.

나는 아키스의 뒤통수를 쓰다듬었다. 혹시나 소프트콘을 들고 오지 못해 주눅 들진 않았을까 걱정이 됐다. 참관이 끝나면 혀가 얼얼해질 정도로 잔뜩 먹게 해주겠다고 약속하려던 참에 아키스가 입을 열었다.

"누나."

"응?"

"ㅎㅎㅎㅎ."

오히려 아키스는 기분이 좋아 보였다. 뭔가 꿍꿍이라도 있는 듯이 한쪽 입꼬리를 올리고서는 작은 소리로 헤실거렸다. 조금 전의 서운한 얼굴은 사라지고 없었다.

"왜 웃어? 소프트콘 버려서 시무룩할 줄 알았는데."

"이것 봐요."

손가락으로 가리킨 곳은 바지 주머니였다. 불룩하게 부푼 주머니가 무언가를 간신히 숨기고 있었다. 그는 주변을 두리번거리더니 물체의 귀퉁이를 집었다. 최대한 바스락거리는 소리가 나지 않게끔 힘을 조절해 살살 빼냈다.

"소프트콘으로 장난을 친 덕에 포도 젤리를 들키지 않았어요. 사실 이것만 먹으면 되지롱."

"음식물을 갖고 오면 안 된다니까. 왜 이걸 먹어야만 해?"

"왜냐면요…"

그는 엄지와 검지를 이용해 젤리를 두 알만 꺼낸 뒤 다시 봉지째로 주머니에 쑤셔 넣었다. 한 알은 내게 주었으나 별로 먹고 싶지가 않았다. 먹으면 음식물 반입금지 규칙을 어긴 소년과 공범이 되는 셈이니까.

"포도 젤리 한 봉지에는 비타민C가 하루 권장량의 200퍼센트나 들어 있거든요!"

아키스가 포도 젤리 한 알을 입에 넣고는 검지를 세로로 뻗어 입 앞에 갖다 댔다. 비밀로 해달라며 호들갑을 떠는 중이었다. 한쪽 볼을 오물거리며 눈을 동그랗게 뜬 그를 보니 어린아이는 어쩔 수 없다는 생각에 웃음이 흘러나왔다.

"젤리를 다 먹으면 난 오늘 비타민C를 200퍼센트나 먹는 거죠."

"그래, 너 잘났다."

"근데 누나한테 한 알 줬으니까 190퍼센트 정도 섭취 가능해졌어요."

"돌려줄까?"

"아뇨. 누나도 먹어요. 우리는 가족이잖아요."

"가족?"

"네. 가족."

아니. 우리는 가족으로 정의되지 않는 관계였다. 나는 고용된 보호자에 불과했다. 하지만 아키스의 말을 부정하는 일은 쉽지 않았다. 그건 심판장에서 소프트콘을 금지시키는 일 따위와 견주지 못할 슬픔을 안겨주는 일이었다. 차마 대답하지 못했다. 포도 젤리를 얼른 버리고 오라는 말도, 우리는 가족이 아니라 남이라는 말도 참아야만 했다. 나는 부디 침묵이, 차선이 아닌 최선의 선택이 되길 바라며 입을 다물었다.

이윽고 참관인들이 모두 입장했고 심판장 입구가 닫혔다. 그들은 작은 목소리로 대화를 나누었으나 그 음성들이 한곳에 뭉쳐져 장내에는 웅성거림이 가득했다. 내 곁의 소년은 어린 미어캣이 돼 고개를 두리번거리며 기대감을 뽐냈다. 간헐적으로 포도 젤리를 한 알씩 몰래 꺼내 먹는 일도 잊지 않았다.

우리의 옆자리에도 참관인 두 명이 착석했는데, 곁에서 들려오는 선명한 음성에 설렘과 두려움이 이질적으로 섞여 있었다.

"좋은 것만 생각할 수 있는 좋은 세상에서 살고 싶어."

"끔찍한 걸 제대로 직시하는 게 진짜 좋은 세상 아닐까."

"끔찍한 일 자체가 없었으면 좋겠는데."

"그럼 넌 오늘 누구 편을 들어줄 거야?"

글쎄, 누구의 편을 들지 고민할 필요는 없을 거다. 오늘 화두가 될 사건은 한쪽의 잘못이 자명하니까. 인봇 3구가 각각 저지른 범죄는 과거에 비일비재했던 산업기계의 오류 같은 게 아니었다. 또한 초지능이 덜 발달했던 시절, 옛사람들이 두려워하며 상상했던 것처럼 기계가 전쟁을 일으키거나 이유 없이 사람을 골라 죽이는 무지막지한 사건과는 달랐다.

그들의 죄는 보다 구체적이었고, 어떤 면에선 논리적이었다.

"정숙!"

네 명의 심판원이 입장을 시작했다. 처음으로 발을 내디딘 심판원이 큰 소리로 정숙을 외치자, 모든 참관인이 대화를 중단하고 앞을 바라보았다.

심판원들은 인봇 윤리학자 출신으로 세상의 존경을 받았다. 광택이 흐르는 검은 융단 의복을 입었으며, 가슴엔 천칭 마크 금장이 박혀 있다. 오른쪽 두 명, 왼쪽 두 명이 각을 맞추어 동시에 착석했다. 마지막으로 그들의 중앙에 심판관이 자리를 잡았다. 네 명의 심판원과 달리 가운데에 앉은 심판관은 백발의 노인이었다. 하얗고 가는 모발이 그가 가진 위세를 증명하는 듯 반짝였다. 하지만 풍채만큼은 건장하여 다섯 명 중 키가 제일 컸다. 뒤이어 좌우에 설치된 문에서 피고와 원고가 입장했다. 우리의 긴장감은 장내에 초대받지 않는 눈발이 돼 어깨에 내려앉았다.

백발의 심판관이 엄숙한 목소리로 선포했다.

"사건번호 제0066-03번. 갈라테아^Galatea의 인봇 3구 심판을 시작합니다."

삼 남매와 아키스

크지 않은 음성이었으나 심판장 안의 작은 속삭임이 삽시간에 사그라들었다. 숨소리까지 의식될 정도로 위엄이 있는 선언이었다. 심판관은 절차에 따라 심판을 진행했다.

"본 심판을 회부한 자, 원고는 인봇 윤리학회 대표진 세 명이 맞습니까."

"맞습니다. 인봇 윤리학회 대표진 총 세 명임을 밝힙니다."

"본 심판의 회부 목적을 공표 바랍니다."

"연구자 갈라테아의 피조물 3구는 윤리강령을 어겼습니다. 이에 즉시 폐기하며, 아울러 연구자의 지위 박탈을 요청합니다."

목적 공표 한마디에 장내가 다시 술렁였다. 그들은 인봇 3구를 폐기하는 것에 그치지 않고 연구자의 지위 박탈까지 요청했다. 갈라테아는 현존하는 연구자 중 가장 실력이 뛰어났다. 사회에서 활용되는 수많은 인봇들의 창조주로, 초지능을 현 수준까지 끌어올린 여자였다.

인봇이란 휴머노이드 혹은 안드로이드, 그 두 가지를 포용하여 '로봇' 범주의 모든 개체 수준을 진작 뛰어넘은 초기 기형 존재를 의미했다. 육체노동과 자원 발굴이라는 거창한 일부터 아침 샤워와 의상 코디 같은 사소한 일까지. 우리는 돈만 있다면 원하는 만큼 기계의 도움을 받았다.

'뭔가를 원해'라고 말하기 이전에 '이것을 원하지 않으십니까?' 묻는 존재. 그들의 차가운 영혼을 우리는 '초지능'이라고 불렀다. 인공지능의 진화를 연쇄적으로 실현했다는 시대의 명함이자 우리가 자랑스레 여기는 훈장이었다.

백발의 심판관이 말을 이어갔다.

"원고의 신분과 회부 목적을 확인했습니다. 이번에는 피고 확인을 진행하겠습니다. 본 사건의 피고는 연구자 갈라테아가 맞습니까?"

잠시 침묵이 흘렀다. 형사법이 아닌 윤리강령의 영향을 받는 영역이라 갈라테아가 대동한 변호사는 없었다. 홀로 서 있는 갈라테아는 순순히 응답하지 않았고, 어깨에 간신히 닿는 단발을 뒤로 쓸어 넘기며 턱만 치켜들었다. 윤기가 자르르 흐르는 머리칼 덕에 20대 청년처럼 젊어 보였다. 총기가 도는 두 눈으로 참관석을 쓱 훑어보더니 백발의 심판관 쪽으로 고개를 돌렸다.

"맞아요."

"그렇다면 피고는 본 심판의 목적인, 원고의 요청을 모두 거부합니까?"

"네. 삼 남매를 폐기할 마음도 없고, 연구직을 박탈당하고 싶지도 않아요."

"피고는 결국 윤리강령에 어긋나는 인봇을 만들지 않았음을 주장합니까?"

"그래요."

최소한의 확인이 끝났다. 오른쪽 끝에 앉은 심판원이 단상 밑에서 천칭을 꺼냈다. 온라인 영상으로 심판 과정을 본 적이 많은데, 거기에도 늘 천칭이 등장했다. 심판장 마크와 똑같이 생긴 순금 천칭으로 실제로 보니 꼭 성물 같은 신성함이 느껴졌다. 해당 천칭에는 윤리강령 심판을 돕는 초지능이 탑재돼 있다. 심판 과정에서 오가는 원고와 피고의 발언, 그리고 심판원들의 평가에 따라 천칭이 종합 판단하여 저울질을 한다. 윤리강령에 의거한 객관적 심판을 내리는 매우 공정하고 정의로운 도구로 정평이 나 있다.

　천칭이 기우는 쪽이, 더욱 무거운 가치를 지니고 있다는 것이기에 곧 심판의 승리자가 되는 방식이다. 이를 보고 심판관이 최종으로 형벌을 결정 및 선언하면 심판은 종료된다.

　현재는 완전한 수평 상태였다. 심판원은 원고와 피고 중앙의 목재 원탁에 천칭을 올렸다. 그가 다시 오른쪽 끝으로 돌아가 착석하자 백발의 심판관이 진행을 이어갔다.

　"먼저 원고 측은 어떠한 근거로 피고 측이 윤리강령을 어겼다고 주장하는지 설명하세요."

　"우리의 주장은 간단합니다. 갈라테아의 인봇 3구가 각각 강령 1조, 2조, 3조를 어겼기 때문입니다."

　원고 측 윤리학회 대표진 중 한 명이 목소리에 힘을 줘 발언했다. 그러자 남은 두 명이 심판장 허공에 홀로그램 뷰어를 작동시켜 윤리강령 문서를 열었다. 원고와 피고는 사전에 검열만 받았다면 각자의 발언 차례에 준비한 자료를 보여줄 수 있다. 대표진은 맨 뒷줄의 참관인도 편안하게 볼 수 있도록 공중 터치 센서를 활용하여 홀로그램 뷰어와 심판장의 조명 강도를 세밀히 조정했다. 창문이 전혀 없는 공간이라 채광의 영향을 받지 않으므로, 내부 공간만 통제하면 선명하게 뷰어를 보는 일이 가능했다.

아키스는 씹던 포도 젤리를 삼키고선 송출된 윤리강령 문서를 혼잣말로 읽었다. 혹시라도 이해하지 못하는 단어가 있으면 언제든지 설명해 줄 준비가 돼 있었다. 내 앉은 키보다 한 뼘만큼 작은 존재를 향해 조용히 곁눈질을 하며 물음을 기다렸다.

그러나 아키스는 묻지 않았다.

"윤리강령 1조, 인봇은 사람의 통제가 가능해야 합니다. 2조, 인봇은 주입하지 않은 감정을 느껴선 안 됩니다. 3조, 스스로 자아를 생성해서도 안 됩니다. 그러나 갈라테아의 인봇 3구는 골고루 어겼지요. 이는 사회에 위협이 되며 우리의 윤리를 교란하는 괴물을 만든 일과 다름이 없습니다."

세상의 모든 규칙은 우리를 피곤하게 만들려고 존재하는 걸까. 나는 강령의 1조부터 3조까지 강한 어조로 읽는 원고의 목소리를 들으며 금세 피로를 느꼈다. '윤리강령'이라는 다소 딱딱한 단어 때문일지도 모른다. 윤리강령이라 말

　　　　　　　　　　　　　　　　　　삼 남매와 아키스

하지 않고 '꼭 지켜줘용 리스트' 정도로 귀엽게 풀어 말했다면 어떨까. 그러면 나와 아키스처럼 인봇윤리에 대해 잘 알지 못하는 사람들도 조금이나마 쉽게 받아들이는 게 가능했을 텐데. 물론 오랜 시간 인봇 산업에서 절대 지침으로 자리 잡고 있는 강령이 그 정도로 호락호락하게 포장될 리는 없었다.

22세기까지만 하더라도 사람들은 이를 로봇윤리라 불렀다. 규칙을 제정하는 사람들은 주로 공학 기술을 인간사회에 어떻게 융화시킬지를 고민했다. 또한 새로운 윤리 질서를 탐구하는 데 노력을 기울였다.

예컨대, 아키스가 먹고 있는 포도 젤리에 빗대어 보자면, 22세기의 파티시에들은 무엇을 넣어야 더욱 달콤한 맛을 낼 수 있을지 고민했다. 감미료를 넣어 포도 향과 조합시켜 보거나 오렌지 과즙을 첨가하여 당도를 강화하는 방식으로 말이다. 당초 로봇윤리는 이처럼 서로의 공존을 위한 이상적 방안을 고민했다.

그러나 로봇에게 인봇이라는 명칭이 부여된 시점부터, 다양한 초지능 개체가 탄생했고 사회는 갖가지 사건을 경험했다. 편의점에서 판매하는 포도 젤리에는 더 이상 인공당과 GMO 포도가 함유될 수 없다. 블랙시티산 포도를 사용하면 처벌받고, 화이트시티 포도는 수입 자체가 금지됐다. 과당이 지나쳐 우리의 건강을 해친다는 이유에서였다.

발전의 꼭짓점에서 인간이 추구하는 건 언제나 절대적 안전함이었다. 그로 인해 23세기의 윤리강령에는 '해서는 안 된다'는 말이 많았다.

언제나 규칙은 무언가를 권장하기보다 금지할 때 피곤해졌다.

"존경하는 심판관님. 강령을 준수하는 일은 사회질서를 해치지 않고 안전한 기계 구성원을 만들기 위해 반드시 지켜져야 합니다. 그러나 피고는 이를 등한시했습니다."

"이게 무슨 의미인지 아시리라 믿습니다."

"초지능의 가치중립성을 훼손한 일입니다."

원고 측 3인은 번갈아 가며 말을 이어갔다. 그들에겐 말 끝마다 악센트를 주는 습관이 있었다. 보통 자신감이 없으면 말끝을 흐리기 마련인데, 반대로 힘을 줘 굳세게 외치는 모습을 보아 상당히 자신이 있어 보였다. 어쩌면 당연한 기세였다. 인봇 윤리학회라면, 심판의 기준인 강령을 만드는 데 핵심적으로 기여한 단체였으니.

모두가 진지한 얼굴로 전방을 예의 주시했다. 나는 혹시라도 엄숙한 분위기에 아키스가 겁을 먹을까 걱정스러웠다. 나와 단차를 이룬 채 앉아 있는 작은 새싹의 손 위에 내 손을 포개며 슬며시 물음을 건넸다.

"괜찮아?"

"뭐가요?"

"분위기가 무섭잖아."

"우린 심판을 참관하러 온 거지, 장난을 구경하러 온 게 아닌걸요."

아키스가 그렇게 말하며 주머니에서 포도 젤리를 또 끄집어내 은밀히 건넸다. 나는 아까 준 것도 먹지 않은 상태였다.

"비타민C를 먹으면 활력이 생긴대요. 그럼 덜 무서울 거예요."

요 꼬맹이 좀 봐라. 녀석의 당돌함이 얄미우면서도 사랑스러웠다. 다행히 그는 심판 분위기가 무거워도 겁먹지 않았다. 마냥 철없는 녀석인 줄 알았는데. 역시 아이들은 내가 생각하는 것보다 조금 더 빨리 자라는 것일까. 그의 등을 가볍게 쓰다듬어 줬다.

"활력이 무슨 뜻인지는 아니?"

"사람을 새처럼 날게 하는 마법이요."

"땡! 살아 움직이는 힘이란 뜻이야."

"에이. 그게 그거잖아요."

아키스의 작은 손을 세게 쥐고는 다시 풀었다. 그는 나와의 가벼운 장난이 싫지 않은지 소리 없이 입꼬리를 죽 당겨 웃어주었다. 그 모습에 화답하고 싶어 못 이긴 셈 치고 포도 젤리를 입에 넣었다. 결국 젤리 반입범과 공범이 됐군. 아키스가 나비 날개 같은 앞니를 보여주며 기뻐했다. 짧은 잡담을 끝내고 우리는 다시 심판에 집중했다.

심판관이 오른팔을 들어 수신호를 보내니 윤리강령을 송출 중인 뷰어가 자동으로 종료됐다. 그는 피고 쪽으로 시선을 옮겼다.

"원고는 피고가 만든 인봇 3구가 강령 1조부터 3조까지를 각각 어겼다고 주장합니다. 피고, 동의합니까?"

"전혀요."

"그렇다면 당신의 인봇 3구는 강령을 일절 어기지 않았습니까?"

"삼 남매는 통제 가능하며, 수동으로 주입된 감정만 소유하고, 멋대로 자아를 생성하지 않아요."

"근거가 있습니까?"

"근거요? 있겠지요. 후."

갈라테아는 마치 성가신 사람과 대화를 나누는 듯이 말끝에 한숨을 덧붙이며 신경질이 배인 손으로 정수리 머리칼을 뒤로 넘겼다. 내 손목에 고무 밴드가 있다면 그 머리좀 어찌해 보라고 건네주고 싶을 지경이었다. 가장 서열이 높은 백발의 심판관에게 저런 오만함을 보이다니. 일전에 본 영상 속 그 어떤 피고도 갈라테아처럼 행동하진 않았다. 과장이라 여겨질 정도로 배짱이 대단했다.

원고와 심판관이 '인봇 3구'라 거듭 표현함에도 불구하고 갈라테아는 끝까지 '삼 남매'라는 단어를 고집했다. 과연 인봇만 연구한 사람이라 사회성이 결여된 것일까. 소문대로 괴짜였다. 한 분야에서 최정상에 오르는 연구자가 되면 저런 모습을 겁 없이 보여줄 수 있나 보다. 그러나 이 심판은 갈라테아를 바닥으로 추락시킬지도 몰랐다. 어떤 자료를 가져왔기에 갈라테아가 저토록 자신만만한지 궁금했다.

그녀는 건조한 손으로 이마를 매만지고는 다시 발언을 이어갔다.

"저는 오히려 묻고 싶네요. 선조들은 걱정에 중독된 사람들처럼 일어나지도 않을 일들을 상상하며 두려워했죠. 심판이 존재한 지도 한 세기 이상이 지났는데 언제까지 인봇과 인간의 경계에 집착하실 건가요? 이 논제는 정말이지 사골 국물처럼 지겹다고요. 우리는 이미 인봇과 공존 중이에요. 당신들 거실에, 안방에, 심지어 회사 로비에도 있어요. 그런데도 경계에 집착하며 강령을 고집하는 게 이해가 안 돼요."

"피고. 당신은 지금 신성한 심판장에 있습니다. 발언에 주의하세요."

"이 심판장이 신성하다면, 구색을 갖추게 만드는 나 또한 신성해요."

갈라테아가 오른손으로 피고석 단상을 내려쳤다. 둔탁한 마찰음이 쩌렁쩌렁하게 울려 퍼졌다. 어찌나 세게 쳤던지 황금 천칭이 살짝 흔들릴 정도였다. 원고는 피고가 근거를 제시하지 않고 무의미한 공격을 한다며 비난했다. 더불어 참관인들도 갈라테아의 발언이 끝난 뒤 저마다 인상을 찌푸렸다.

왼쪽 끝에 앉은 심판원이 심판봉을 한 번 내리치고 정숙을 재요청했다. 소란이 서서히 멎었다. 과연 전대미문 심판에 회부된 연구자는 남다르구나. 저렇게 드세게 나온다니. 구경하는 맛이 좋은 싸움이었다.

이번에는 갈라테아가 홀로그램 뷰어를 띄웠다. 곧바로 문서 아이콘 3개가 송출됐다.

"나의 삼 남매가 윤리강령을 어기지 않았다는 근거를 지금부터 보여드리죠."

그녀는 원고 측을 매섭게 노려보았다. 동시에 입가에는 벌써 승리를 예견하는 성급한 미소가 감돌았다. 보통 이렇게 시작부터 우쭐하는 사람은 항상 마지막에 패자가 되던데… 이 심판은 높은 확률로 갈라테아가 지는 싸움이 될 것이다. 패배가 빤한 싸움임을 알고 있다면, 적어도 비릿한 미소 속에 숨겨진 한 방이 있길 바랐다.

"미리 말해둘게요. 당신들이 주장하는 그 가치중립성이란 건요, 날개 없는 말을 유니콘이라고 칭송하는 것과 다름없어요. 엉터리라고요."

원고 3인이 분기탱천하며 가치중립이야말로 강령의 궁극적 존재 이유라고 날뛰었다. 심판관이 갈라테아의 자료를 재생하기 위해 그들을 겨우 제지했다.

피고는 다시금 재수 없게 머리카락을 쓰다듬으며 발언할 뿐이었다.

"첫 번째, 삼 남매 중 막내딸, 엑스^{EX}에 관하여."

갈라테아가 터치센서를 이용해 심판장 조명을 완전히 어둡게 만들었으며 홀로그램 뷰어의 볼륨을 높였다. 뷰어 최상단에 **실험 최종 리포트**라는 제목이 송출됐다. 그 아래에서는 어떠한 인봇이 등장하는 영상이 재생됐다.

아키스가 젤리를 오물거리며 목을 길게 빼곤 뷰어에 집중했다. 그의 어린 눈빛이 소용돌이에 빨려 들어가는 듯 한 점을 향해 질주하고 있었다.

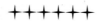

노동의 신,
엑스

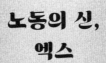

엑스는 정자세로 앉아 눈을 감았다.

갈라테아가 연구실 캐비닛에서 극세사 천 하나를 꺼내 엑스의 팔을 꼼꼼히 닦았다. 한낮이라 창밖에서 난폭한 햇살이 쏟아지는 중이었다. 엑스는 갈라테아를 위해 에어컨을 켤지 말지 고민했으나 집중을 방해하고 싶지 않았다. 몇 번이고 반복된 몸짓 때문에 갈라테아의 이마에 작은 땀방울이 맺혔다. 어째서 이토록 치열히 닦아대는지 엑스는 의도를 이해하기 어려웠지만, 가만히 눈을 감은 채 손길에 몸을 맡길 뿐이었다.

목이 조금 탔는지 갈라테아가 잠시 천을 내려놓았다. 이때다 싶어 엑스가 연구실에 비치된 냉장고에서 차가운 보리차를 꺼내 컵에 가득 담았다. 각얼음 세 덩이까지 띄운 다음 건네자 그녀가 시원하게 들이켰다.

"메이커님. 저는 어차피 인봇인데 이렇게까지 닦을 필요가 있나요? 비효율적입니다."

엑스는 갈라테아의 이름을 부르지 않았다. 연구소의 모든 인봇들은 그를 '메이커'라고 불렀다. 갈라테아는 갈증을 풀고선 흡족히 탄성을 뱉었다. 그러고는 다시 천을 들어 엑스의 정수리를 마저 닦았다.

"중요한 일정 전에 사람은 목욕을 하거든. 마음과 몸을 깨끗이 한다는 의미란다."

"저는 목욕을 할 필요가 없는걸요. 지금 시스템에는 에러가 없고, 제 몸체를 이루는 다이아탄탈은 땀을 배출하지 않습니다. 관리할 필요가 없어 효율적이지요."

"하지만 먼지는 내려앉지."

"그건 어제까지도 훈련 현장에 투입됐으니 당연…"

"쉿, 얼굴도 닦자."

엑스는 발언권을 뺏겼다. 극세사 천이 무자비하게 얼굴을 덮었으나 저항하지 못했다. 갈라테아의 손길이 딱히 상냥한 편은 아니었기에 이목구비의 굴곡을 닦는 데 힘이 들어가 엑스가 휘청거릴 정도였다. 특히 입 주변을 박박 닦았다. 엑스는 이것이 말대꾸에 대한 갈라테아의 은근한 혼쭐임을 알아차렸다. 손놀림이 꼭 장난을 치는 것 같기도 했다.

엑스는 조금 답답함을 느꼈다.

"흡, 푸, 먼지가 충분히, 흡, 푸, 닦였습니다!"

"불필요한 말을 많이 하는 것이야말로 최고로 비효율적이란 걸 알고 있지?"

"죄송합니다."

"엑스, 나는 네 언니와 오빠보다 너를 조금 더 믿고 있어."

"저를요?"

"너는 삼 남매 중 첫 번째로 사회화 실험에 투입되는 거야."

갈라테아가 연구실 벽면에 설치된 거울을 가져와 엑스의 얼굴 앞에 들고 섰다. 그 속에 비친 엑스는, 여느 때보다도 반짝이는 자기 모습을 봤다. 단단하고 매끄러운, 지구상에서 가장 튼튼한 물질인 다이아탄탈은 분명 인간의 피부와 달랐으나, 훨씬 더 찬란한 광택이 돌았다. 태평양 수면 위로 튀어 오르는 날치의 은백색을 고스란히 훔쳐 온 비생명체였다. 엑스는 당장 햇볕 아래에서 걸어보고 싶었다. 온 세상의 빛을 담뿍 받으며 걷는다면 누구보다 멋질 거란 확신이 있었다.

먼지 한 점 없는 피조물의 몸체에 흡족한 갈라테아가 반질반질한 엑스의 정수리를 어루만졌다.

"뇌 데이터에 카드 정보를 추가했어. 혹시 돈이 필요하면 주저 없이 사용하렴. 돈 없는 순간만큼 비참한 건 없거든."

"감사합니다."

"그리고 깔끔함을 잊지 마. 인봇이 용모를 유지하는 건, 과정은 비효율적이더라도 결과적으론 효율을 추구하는 거야. 적당한 노력으로 주인에게 큰 만족감을 주니까."

엑스는 그녀의 말을 단번에 이해했다. 삼 남매 중 인간의 피부를 모방한 인공 가죽을 덧입지 않은 인봇은 엑스뿐이었다. 그녀를 제외한 둘은 피부가 있기에 천으로 닦아낸다고 해서 깔끔함이 유지되지 않았다. 반면 모공 하나 없는 엑스의 몸은 청결과 가까웠다. 불청결한 외형보다 깨끗한 외형이 시각적 만족과 신뢰성을 두루 증대시키므로 청결은 여러모로 관계 유지에 효율적인 요소였다.

스퀘어시티의 휴대품 조립 공장부터 세일시티의 선박 건조 시설까지. 엑스는 우수한 노동 기술을 터득하고자 각종 산업체에 투입됐다. 그녀가 가진 제1의 목표는 '효율' 극대화였다. 현장에서 스스로 노동법을 터득해 알고리즘을 만들었다. 단단한 육체와 높은 지능의 조합은 어떤 환경에서도 최적의 방식을 창조했다. 기존에 출시된 노동용 인봇의 경우 인간이 초기에 매뉴얼을 입력해 줘야 하지만, 엑스는 그 과정도 필요 없었다.

가장 최근에는 불량률이 높았던 선물상자 공장에서 훈련을 진행했는데, 공정 기기 중 1대가 자꾸만 장식 리본을 제

멋대로 부착해 불량품을 만들었다. 엑스는 해당 설비의 알고리즘을 역추적하여 오류 시발점을 찾았으나, 수정에 요구되는 언어가 CY0319 버전이었다. 업계에서 이른바 '구닥다리'라 불리는 언어가 적용된, 그야말로 꼴통 설비였다. 엑스는 기기를 아예 처분한 뒤 기존 설비로 해당 파트까지 수용이 가능한 새로운 시스템을 재생성하여 공장장에게 전달했다. 이후 불량률은 현저히 줄어들었다.

노동의 세계에서 그녀는 언제나 정답을 찾는 존재였다. 반복된 훈련에 종지부를 찍기 전, 마지막 한 단계만 남은 상태였다.

"엑스. 너는 이미 완벽하지만, 인봇이니까 어쩔 수 없이 인간과 잘 어울리며 사는 방법을 터득해야 해. 네게 비효율적인 세상을 주어 미안하단다."

"아닙니다. 저는 기대됩니다."

"네가 어디서든 인간과 더불어 살 수 있다는 게 확인된다면 너는 즉시 상용화가 가능해. 상용화야말로 너희에게 가장 큰 축복이잖아."

갈라테아는 축복이라는 단어를 사용하면서도 전혀 웃지 않았다. 목소리가 화분 표면에 말라붙은 흙처럼 건조하기만 했다.

엑스는 갈레테아의 말에 진정성이 결여됐다는 걸 알아차렸다. 그녀는 '더불어 사는 삶' 따위에 관심이 없었다. 타인에게 온정이란 티끌만큼도 없는 작자가, 인봇이 타인과 더불어 살지 말지를 알아보려 한다는 건 이상한 말이었다.

개인 로커 안에 방치돼 있는 수제 쿠키만 보아도 알 수 있었다. 삼 남매가 태어나기 전, 프로젝트 투자금 유치에 성공했을 때 연구보조원들이 축하의 의미로 만들어 준 쿠키였다. GMO와 인공 첨가물을 잔뜩 넣은 덕에 수년이 지나도 부패하지 않았고 덕분에 로커 안에는 오래도록 갈라테아의 닫힌 마음이 전시됐다. 그녀는 몰랐겠지만, 쿠키 상자 안에는 사실 보조원들이 자필로 쓴 축하 편지도 있었다. 이 방치된 쿠키를 시발점으로 하여 그 어떤 보조원도 더 이상 갈라테아와 업무 외적으로 사교하지 않았다.

갈라테아는 자신이 동족 혐오를 꽤 잘한다며 농담을 던진 적도 많았다. 엑스를 포함한 인봇 삼 남매는 메이커가 농담을 가장해 진심을 말한다는 걸 모르지 않았다.

상용화를 알아본다는 피상적인 설명에 엑스는 대답 대신 같은 건조함으로 고개를 끄덕였다. 물론 고개를 흔드는 행위가 언제나 동의를 의미하지는 않았다. 갈라테아가 그녀의 얼굴을 보고서는 괜스레 한마디를 덧붙였다.

"미움의 뿌리에는 야트막한 사랑도 있기 마련이야. 넌 모르겠지만."

엑스에게 자신이 왜 사람을 싫어하는지 구태여 설명하지는 않았다. 엑스 또한 창조주의 다 지나간 일 따위는 궁금하지 않았다. 대신 다른 것을 물었다.

"메이커님. 기존에 판매된 인봇도 전부 사회화 실험을 통과했나요?"

"걔넨 사회화를 아예 겪지 않았어. 너랑 다르거든."

갈라테아가 들고 있던 거울을 다시 벽에 걸어두었다. 그러곤 엑스의 몸을 닦던 천을 가져와 거울에 묻은 지문을 닦았다. 아까의 몸짓과 달리 거울이 깨질까 봐 힘 조절에 신경을 썼다. 거울은 깨지기 쉬운 싸구려 유리로 만들어졌으니.

"이유를 물어도 되나요?"

"내가 이유를 말하면 네 효율성이 높아지니?"

"네. 그들과 제가 무엇이 다른지 알게 되니까요."

"그럼 말해줄게. 산업체 인봇들은 사전에 입력된 특정 노동만 가능해. 떡볶이 포장 공장에서 일하는 인봇은, 떡볶이 국물이 묻지 않는 포장은 기막히게 잘하지만, 자동차 부품을 조립할 수는 없지. 하지만 너는 어디에 투입되든 상관없어. 훨씬 더 복잡하고 심층적인 시스템을 가졌으니까."

"그 말은 제가 최고로 효율적이란 뜻인가요?"

"당연하지. 입 아프니까 두 번 말하게 하지 마, 비효율적이야."

엑스가 손을 모은 다음 상체를 꾸벅 숙여 감사를 전했다. 인봇은 가치를 인정받을 때 가장 큰 성취감을 느끼도록 설계됐다. 엑스는 마치 머릿속에서 누군가 '잘했어'라고 칭찬을 하는 희미한 목소리를 들었다. 이것이 실제 육성이 아님을 알고 있지만 들은 후에는 기분이 좋았다. 인간의 도파민과 엔도르핀을 대신하는 보상 체계였다. 인봇을 자식처럼 여기는 갈라테아의 작은 선물이기도 했다.

갈라테아는 컴퓨터 앞에 앉아 엑스에게 필요한 데이터를 점검했다. 엑스는 노동 보조가 필요한 가정으로 갈 예정이었다. 이 실험에 찬성한다는 동의서와 기본적인 인봇 설명서, 엑스만의 특장점, 갈라테아의 보증서, 마지막으로 보수 지급 정보가 한 묶음이었다. 보수는 엑스가 아닌 실험 참가자가 받을 예정이었다. 상용화되지 않은 인봇의 실험을 도와주기 때문이기도 하고, 인봇이 일을 얼마나 하든 간에 인간은 기계에게 돈을 지급하지 않는 게 사회의 룰이었다.

보수를 알게 된 사람들이나 인봇을 미리 사용해 보고 싶어 하는 기업 측에서 먼저 신청서를 보내는 경우가 있었지만, 갈라테아는 혼자 사는 스물다섯 살 청년의 집에 엑스를 보내기로 했다.

"제 실험을 도와줄 사람은 어떤 분인가요?"

"사람에 관한 정보를 줄 수는 없어."

"그렇군요. 죄송합니다."

"다만 한 가지는 알려줄 수 있어."

갈라테아는 계약서 데이터 하단마다 찍혀 있는 워터마크와 직인을 확인했다. 여전히 문서 시스템에는 21세기의 케

케묵은 관습이 남아 있었다. 그녀는 엑스를 닦아주느라 뭉쳐버린 어깨를 두드리며 몸을 풀었다.

이마에 맺힌 땀 때문에 머리칼이 얼굴에 달라붙었다. 두 손으로 머리를 깔끔히 쓸어 넘긴 다음, 키보드 옆을 뒹굴고 있던 고무 밴드로 묶었다. 짧은 기장의 꽁지머리였다.

"네가 가진 기술이 모두 부정당할지도 모르는 현장으로 가게 될 거다. 그런 곳에서도 너는 융화될 수 있어야 해. 사회화 실험의 목적이란다. 사실은 시험이지."

마지막이니 어련히 어렵겠군. 엑스는 답 없이 고개만 끄덕였다. 갈라테아가 마시다 남은 보리차를 내밀더니 "먹어볼래? 고소해" 하고 말했다. 엑스는 갈증을 느끼지 않는 기계였지만 이런 식의 장난을 싫어하지 않았다. 연하게 웃고 말았다.

사회화 현장에 투입되기 전, 엑스가 연구소에 상주하는 연구진들에게 인사를 남겼다. 연구진들은 모두 미소로 화답하며 그녀의 긴투를 바랐으나, 개운한 얼굴은 아니었다. 빡빡한 업무로 인한 고단함을 근근이 감춘 웃음이었다. 엑스는 그들의 표정이 비효율적이라고 판단했다. 진심을 숨기기 위해서는 억지로 웃으려는 노력을 해야 하니, 있는 그대로를 표현하는 일보다 효율적이지 못했다. 그래도 별말하지 않았다. 인간이란, 자신과 달리 언제나 비효율적으로 사는 존재이니.

그녀는 마지막으로 언니와 오빠를 찾았다. 말이 '언니'와 '오빠'일 뿐이지, 엄밀히 따지면 엑스보다 먼저 만들어진 인 봇에 불과했다. 메이커인 갈라테아가 서로를 가족처럼 생 각하라 명령했기에 언니와 오빠라는 단어를 사용했다.

"막내 왔니?"

"너 따위한테서 오빠라는 말을 들으면 청력 기능이 손상 되는 것 같아."

첫째와 둘째의 성격이 전혀 달랐기에 말투에서도 온도 차가 상당했다. 둘째는 인봇이 서로에게 가족이 될 수 있다 는 가르침을 인정하지 않았다. 그는 인간들이나 사용하는 명칭을 들을 때마다 거부감을 드러냈다. 엑스는 그의 냉대 가 익숙했기에 안면 근육 파트 하나 움찔하지 않았다.

"저는 실험 장소로 갑니다. 2주 후에 돌아올 테니 부디 잘 지내고 계세요."

"왜 제가 아니라 이런 멍청이가 첫 번째죠? 메이커님, 이 건 어리석은 선택이라고요."

갈라테아 역시 둘째의 날 선 반응에 놀라지 않았다. 익숙 하다는 듯 어깨를 으쓱거리며 온몸으로 무시했다. 엑스는 신경 쓰지 않고 첫째와 둘째에게 다가가 묵례를 전했다. 첫 째는 그런 엑스를 가볍게 포옹했다. 첫째의 육체는 얇은 가 죽 피부로 덮여 있지만, 결국 안에 들어 있는 건 엑스와 똑 같은 다이아탄탈이었다. 둘은 몸을 맞대며 차가운 공명을 느꼈다.

　삼 남매와 갈라테아는 가벼운 잡담을 나눴다. 엑스는 어떤 현장에 투입되더라도 효율적으로만 행동하면 문제가 없다고 포부를 드러냈다. 또한 긍정적으로 생각하면 더 효율이 높아지니, 두려워하지 않을 것이라 말하기도 했다.

　둘째가 그런 엑스의 자신감에 찬물을 끼얹었다.

　"넌 애매한 능력을 지녔어. 가장 인간답지도 않고, 가장 기계답지도 않잖아? 그런 너를 첫 번째로 보내는 게 난 이해가 안 돼. 차라리 이렇게 생각할 거야. 주인공이 멋지게 성공하기 전엔 몇 번의 실패가 필요한 거 알지? 그 몇 번의 실패가 너야. 주인공은 내가 될 거고."

　갈라테아가 사춘기의 절정에 서 있는 소년처럼 구는 둘째의 등짝을 내려쳤다. 타앙- 하는 공허한 쇳덩이 소리가 울려 퍼졌다.

　"말조심해. 나는 엑스를 만들 때 가장 중립적인 마음으로 만들었어. 첫째와 둘째를 만든 뒤 둘의 단점을 보완하기 위해 각각의 특징을 섞었지. 애매한 게 아니라 가장 중용적인 존재야. 그러니 엑스야, 실망하지 말거라."

　엑스는 시계를 확인했다. 곧 떠날 시간이었다. 주저 없이 연구실 문 쪽으로 다가갔다. 그러고는 밝은 얼굴로 갈라테아에게 대답했다.

　"실망하지 않습니다. 그건 비효율적이니까요."

∞

차량을 타고 도착한 곳은 평범한 구옥 빌라였다. 모두가 앞을 향해 질주해도 어떤 것은 제자리에 남았다.

최신 기술이 접목되지 못한 주거시설이 그러했다. 부촌의 고급 아파트에는 관리 인봇, 단지 내 텔레포트, 오토 수목 시설 등이 설치돼 있지만 빈민가의 주거지는 21세기와 별반 다르지 않았다. 기술은 자주 불공평했다. 이곳의 건물들은 쓰러지지 못한 채 억지로 버티는 철골 기둥 같아서 그간의 세월을 가감 없이 드러냈다. 외관 페인트는 군데군데 벗겨졌고 유리로 된 정문에는 변색이 될 때까지 방치된 광고 스티커 잔해가 가득했다.

건물은 그 존재만으로 외면된 역사였다.

청소 인봇 월 80마르크. 즉시 대여 가능!

엑스에겐 청소 노동도 식은 죽 먹기였다. 손끝을 헤라 형태로 변경한 다음 정문에 붙은 광고 스티커를 아래에서 위로 밀어 벗겨냈다. 짧은 노동임에도 깔끔한 상태로 되돌릴 수 있었다. 그 말은, 적어도 이 빌라에는 공동 시설에 짧은 노동을 투여할 관리자조차 없다는 의미였다. 건물관리 인봇이 청소 인봇 보다 두 배는 더 비싸니 그럴 만했다.

깔끔함을 유지하는 게 여러모로 효율적이었지만, 비용을 지불하지 못한다면 고려 대상이 아니었다. 어떠한 효율은 돈이 없으면 성취가 어려웠다. 그럼에도 엑스는 혀를 차지 않았다.

함께 이동한 보조원들이 주소지를 재차 살폈다. 계약서상 명시된 주소가 맞으며, 아무런 문제가 없음을 확인하고는 엑스만 남겨두고 차량에 탑승했다. 그들은 최종 목적지가 빌라의 반지하 호실이란 말과 2주 뒤에 데리러 오겠다는 인사를 끝으로 사라졌다.

엑스는 본격적으로 실험대에 오르기 위해 계단을 내려갔다. 가장 먼저 발견한 건 우편물 보관함이었는데 그나마 보관함은 바이오센서가 탑재돼 있어 마음대로 여는 일이 불가능했다. 최소한의 보안 관리만 이뤄진 빌라였다.

B101호 문 옆에 부착된 초인종 버튼을 눌렀으나 작동하지 않았다. 센서에 불이 들어오지 않은 걸 보아 전기가 차단된 상태였다. 하는 수 없이 검지 마디를 굽혀 문을 두드렸다. 낡은 철문이 텅텅 짖으며 공허한 울음소리를 냈다. 아무런 반응이 없었고, 엑스는 결국 불필요한 고성을 준비해야만 했다.

"실험을 위해서 온 노동 인봇 엑스입니다."

뒤늦게 문 뒤편에서 인기척이 들려왔다. 일상적인 움직임보다 '우당탕탕'에 가까웠다. 엑스는 가지런히 두 손을 모으고 만남을 준비했다.

급히 열린 문 너머 목이 늘어난 반소매 티셔츠를 입은 청년이 보였다. 그의 얼굴에는 환영 대신 분노가 가득했다.

"문밖에서 큰 소리를 치면 어떡해? 녹음을 망쳤잖아."

"죄송합니다."

"첫날부터 말썽이라니."

"민폐였다면 사과드립니다. 마스터님."

"마스터? 구린 호칭이네. 아무튼 들어와."

엑스는 조심히 입장하여 지참한 세정 용액과 천을 활용해 발바닥을 닦았다. 그녀는 피부가 없기에 신발을 따로 신지 않았는데, 실내 생활을 하려면 외출 후 발바닥을 닦아야 했다. 훈련 현장에서 사려 깊은 마스터를 만날 경우 도와주곤 했지만 첫 만남부터 씩씩거리던 청년은 곧장 방으로 들어가 버렸다.

곧이어 엑스는 폭넓은 광각 시야를 사용해 내부 풍경을 단숨에 스캔했다. 33제곱미터, 즉 10평 남짓 되는 공간, 거실과 부엌은 하나로 합쳐진 상태, 반투명 미닫이문을 사이에 두고 분리된 방. 탁자에는 잡동사니가 잔뜩 있으며 신발장에는 같은 사이즈의 신발만 놓여 있었다.

창문이 모조리 닫힌 공간이라 묵은 공기가 꽉 찼는데 그중에서도 후각 센서를 간질이는 향이 있었다. 엑스는 냄새의 근원지를 추적했고 냄비 안에 담아놓은 김치찌개가 상

노동의 신, 엑스

했다는 점을 파악했다.

꽤 오래 혼자 생활했구나, 엑스는 추측했다.

협소한 공간에서 할 수 있는 노동은 많지 않았다. 기껏해봐야 청소와 위생 관리가 전부였다. 33제곱미터라면 싸구려 인봇을 30분만 가동해도 금방 새집처럼 바꾸는 게 가능했다. 엑스는 갈라테아가 어째서 이런 공간에 자신을 파견한 건지 알기 어려웠다. 설마 청소 좀 하라고 사회화 실험 계약까지 해가며 파견할 리는 없었다.

청년이 미닫이문 틈으로 얼굴을 빼꼼 내밀었다.

"구경 다 했으면 이리로 와."

엑스는 탐색을 종료하고 미닫이문을 활짝 열었다. 의자에 앉은 청년 앞에는 홀로그램 모니터가 작동 중이었다. 가상 피아노와 드럼패드, 보이스 레코더 등이 함께 가동됐지만 모든 프로그램의 전원을 유지하는 메인 컨트롤러는 연식이 오래돼 보였다. 난잡하게 얽힌 까만 전기선이 방의 미관을 해쳤다. 반대쪽 벽에는 슈퍼싱글 침대와 옷장이 전부였다. 엑스는 어느 타이밍에 김치찌개 얘기를 꺼내야 하나 고민했다.

상대에게 가까이 다가가자, 책상 구석에 손바닥 한 뼘 크기의 액자가 보였다. 단란한 4인 가족이 미소를 짓고 있는 사진을 향해 엑스가 손을 뻗자 청년이 순식간에 액자를 잡지 못하게끔 뒤집어 버렸고 이 과정에서 둘의 손이 충돌했다.

"죄송합니…"

"건들지 마!"

청년이 가자미눈으로 엑스를 쏘아보고선 액자에서 손을 뗐다. 손등을 매만지는 얼굴엔 불쾌함이 가득했다. 이윽고 모니터에 문서를 하나 띄웠고, 거기엔 계약 내용이 기입돼 있었는데 엑스도 이미 아는 내용이었다. 오히려 하단 서명란에 기입된 청년의 이름에 눈이 갔다.

폴로. 기억하기 쉬운 이름이었다. 엑스는 기억 장치에 '중요'라는 분류값을 더해 이름을 저장했다.

"보면 알겠지만, 우리 집에서 노동 인봇인 네가 할 수 있는 건 별로 없어. 난 작곡가거든. 그냥 보수로 500마르크를 준다기에 계약했어."

투덜거리는 말투이지만, 공격성을 띠진 않았다. 엑스는 어째서 초인종 전원이 꺼져 있고, 자신의 목소리에 예민하게 반응했는지를 납득했다. 폴로는 한창 녹음을 진행하던 중이었다.

엑스의 경우, 많은 노동 현장에 파견됐으나 창작 노동에는 아직 파견된 적이 없었다. 예술은 노동임에도 불구하고 종사자들이 인봇을 썩 원하지 않기에 상대적으로 수요가 적었다. 초지능은 디테일이 부족하다는 이유 때문이었다. 하지만 그 속에는 창작만큼은 기계로 대체 당하고 싶지 않다는 사람들의 욕구가 점철돼 있었다. 속내야 어찌 됐든,

보이지 않는 세계를 그려내는 일만큼은 사람이 인봇보다 절대적으로 우수하다는 믿음이 통용됐다.

엑스는 오히려 기뻤다. 모든 노동을 다 터득했다고 믿었으나 창작 노동은 데이터가 부족했다. 자신이 배우지 못한 신규 기술을 익히는 게 가능했다. 최고의 효율을 위해서는 미지 영역에 대한 업데이트가 필요했다.

"마스터, 저에게 작곡 노동을 알려주세요. 분명 제가 도움이 될 겁니다."

"도움?"

"네. 작곡가도 노동자이고 저는 노동형 인봇이니까요."

"웃기네. 아직 뭘 모르는군."

폴로가 콧방귀를 끼고는 사운드 오페라에 접속했다. 아마추어 작곡가들이 직접 만든 음원을 공유하는 플랫폼이었다. 그는 PL이라는 이름으로 활동했으며 이미 개인 계정에 50개 이상의 음원 리스트가 존재했는데 전부 혼자 작곡한 결과물이었다. 그는 이 중에서 가장 추천수가 높은 음원을 재생했다. 리드미컬한 팝 음악으로 노랫말은 없었지만 '워'나 '예' 같은 허밍 소리는 여러 군데 삽입됐다. 마치 윤리협회의 본사 사옥이 위치할 정도로 국가의 노른자위 땅이라 여겨지는 프라이멀 시티를 방문한 듯한 세련된 무드가 방안을 꽉 채웠다. 엑스는 리듬을 탈 줄 모름에도 훌륭한 음악이라고는 판단했다. 폴로는 그 음악이 자기 취향이 아니라며 싫어했고, 취향이 아님에도 불구하고 자신의 작업물 중 추천수가 가장 높은 음원이라며 불쾌해했다.

그는 해당 음악을 작곡 프로그램으로 옮겼다. 단축키를 누르자 피아노, 드럼 베이스, 전자이펙트, 그리고 허밍 소리까지 음악을 이룬 레이어가 모두 해체됐다. 폴로는 몇 군데를 손보고 다시 결과물을 재생했다. 기본 멜로디는 동일했으나 박자와 질감이 전혀 달랐다. 훨씬 더 신나고 강렬한 음악이 됐다. 고대 유물인 노래방 리모컨의 댄스곡 버튼을 누른 효과와 비슷했다.

엑스는 눈이 동그랗게 뜨였다. 손짓 몇 번에 새로운 결과물이 탄생했으니. 레이어를 여러 번 손본다면 몇 개고 다른 작품을 생산하는 게 가능했다.

이런 노동은 공장에 없었다. 공장에서는 정해진 부품을 전부 다 부착해야 완성품이 만들어졌다. 하나라도 빠지거나 순서가 꼬이면 예외 없이 결합품이 됐다. 하지만 작곡은 그렇지 않았다. 모든 요소를 자유롭게 움직였다. 엑스는 좀 더 자세한 방법을 알고 싶었다. 고개를 주욱 내밀어 뚫어져라 홀로그램 모니터를 살폈다.

폴로가 인봇의 달라진 자세에 흠칫 놀라더니, 볼륨을 서서히 내려 재생을 멈췄다.

"흥미롭니?"

"무척 재미있습니다. 유명한 음악들은 모두 이렇게 만드는 겁니까?"

"그래. 이건 탑라이닝이란 거야. 멜로디를 만드는 게 밑그림이라면 탑라이닝은 보컬을 위한 채색이지. 이 모든 과정이 작곡이야."

"창작 노동은 대단하군요. 무척 효율적입니다."

폴로는 즐거워하는 엑스를 보고도 그 분위기에 동요하지 않았다. 홀로그램 모니터를 꺼버리고는 눈썹을 씰룩거리며 엑스를 노려보았다. 화를 내며 문을 벌컥 열었을 때와 비슷한 얼굴이었다. 엑스가 매서운 감정을 읽고 목을 원위치로 당겼다. 이유는 알 수 없었으나 마스터의 심기를 거스른 상태였다.

폴로가 책상 서랍 가장 아래 칸을 열었다. 우물에 담긴 물처럼 메모리칩이 잔뜩 담겨 있었다. 칩은 각종 기록을 저장할 수 있는 구시대 장치로, 사람들은 실물 메모리칩 대신 모든 데이터를 홀로그램 기기에 직접 저장하길 선호했다. 터치 몇 번으로 공중에서 즉각 재생이 가능했기에. 하지만 폴로의 홀로그램 기기는 용량이 부족하여 어쩔 수 없이 칩에 저장해야만 했다.

엑스는 그를 바라보며 빌라 정문에 붙어 있던 광고 스티커 잔해를 떠올렸다.

폴로가 돌연 서랍 칸을 통째로 꺼내어 메모리칩들을 와르르 쏟았다. 사각의 물체로 된 폭포가 끝없이 쏟아졌다.

엑스는 당황하여 엉거주춤한 자세로 물러섰다.

"효율? 난 이 모든 칩이 차고 넘칠 만큼 작곡을 했어. 멜로디 하나로 수십 번씩 탑라이닝을 하면서 뼈를 갈았다고!"

"마스터님 진정…"

"그런데도 이딴 반지하 집에서 계속 살아. 내 작품은 단한 번도 기획사에 채택된 적이 없어."

"제가 돕겠습니다. 더 생산적인 창작 노동을 위해…"

"무려 5년이야. 네가 온다고 뭐가 달라질까?"

그가 신경질적으로 칩 더미를 걷어찼다. 작은 칩들이 콩 튀듯 사방으로 흩뿌려졌고 발길질은 두어 번 정도 더 이어졌다. 엑스는 칩을 몇 개 주워 들곤 그를 말릴까 말까 고민하다 그냥 내버려 뒀다. 행동의 진폭이 점차 작아지는 중이었기에 스스로 진정하게끔 방치하는 것이 효율적인 선택이었다.

폴로는 한숨을 쉰 후 사방으로 날아간 칩을 손수 다시주웠다. 직접 어지르고 직접 정리하는 폼이 구차했으나 오래 걸리지는 않았다. 좁디좁은 방에 사는 건 이럴 때만 편했다.

엑스는 폴로가 칩 정리를 지시하지 않고 스스로 수행했다는 점에서 그가 과거에도 인봇을 경험하지 않은 사람임을 꿰뚫었다. 경험이 있는 자들은 직접 움직이지 않고 지시를 내리기 마련이었으니.

폴로가 칩을 정리하는 동안 엑스는 책상 위에 뒤집혀 있던 액자를 바로 세워놓았다. 자애로운 얼굴을 한 부모와 어린 형제가 보였다. 폴로는 재빨리 다가와 다시 액자를 엎었다.

"이대로 놔둬."

"죄송합니다. 바로 둬야 한다고 생각했어요."

"도와준다더니 방해만 하고 있어."

폴로는 엑스가 와봤자 달라질 게 없다고 했지만, 엑스는 견해가 달랐다. 폴로의 많은 모습을 바꿀 수 있을 것 같았다. 초라한 보금자리부터 창작 노동까지. 도움이 될 거란 확신이 섰다. 오히려 어렵지 않다고 여겨질 정도였다.

일단은 상해버린 김치찌개부터 버려야 했다.

∞

엑스는 정리의 1원칙이 큰 물건부터 손보는 일임을 잊지 않았다. 일전에 청소 노동 훈련 중 익혔던 것이다. 하지만 폴로의 집에는 자잘한 물건들이 너무 많았다. 그나마 큰 물건이라면, 고급 가전이나 가구가 아닌, 거실 구석에 비치된 낡은 서프보드였다. 가장자리를 따라 먼지가 뿌옇게 내려 앉았는데, 실내와는 어울리지 않는 물품으로 야외에 보관하는 게 적합했지만, 문밖은 공동구역으로 지정돼 있어 보관이 불가능했다. 엑스는 서프보드를 어디로 치워야 할지 몰라 이리저리 위치를 옮겨보았다.

폴로는 서프보드를 어디에 둘지 몰라 난감해하는 그녀에게 그냥 장식품 취급하라며 대수롭지 않게 반응했다. 건조하게 바싹 마른 서프보드는 바닷물과 이별한 지도 수년이 넘어 보였다. 엑스는 내키지 않지만, 폴로의 말대로 거실구석의 뜬금없는 장식품이라 생각하기로 했다.

그 외 굴러다니는 휴지 조각, 다 채워지지 않은 메모장, 끈이 떨어진 가방 따위의 물품이 많았다. 자동 소각 통이 없어 일일이 분리수거 후 바깥에 배출해야만 했는데 과연 현시대의 가정집이 맞는지 의심스러웠으나 엑스는 군말하지 않았다.

혹시라도 폴로가, 누가 봐도 쓰레기지만, 소중히 여길까 싶어 엑스는 물건을 정리할 때마다 사용 여부를 물었다. 폴로는 몇 번 대답해 주다가 나중에는 귀찮아져서 작곡 도구가 아니면 전부 갖다 버리라고 소리치듯 말하곤 미닫이문을 닫아버렸다. 꽉 찬 배출 용기를 세 번이나 바깥에 내놓은 후에야 기본적인 정리가 종료됐다. 고장 난 청소기가 다시 엑스를 피곤하게 만들었으나 그녀는 노동의 신이니 굴하지 않았다. 순식간에 청소기를 해체하여 오래된 모터에 본인의 에너지를 충전시켰다. 청소기는 새것처럼 작동했다. 오랜만에 모터 굉음을 듣고서야 폴로가 얼굴 반쪽만 슬쩍 내밀어 엑스의 모습을 구경했다.

엑스는 욕실 줄눈에 찌들어 있는 때를 세척했고, 변기도 구석구석 닦았다. 락스 물에 아무리 담가도 겉이 벗겨지지 않는 다이아탄탈 육체는 청소에 탁월했다. 폴로가 깨끗해진 거실에 철퍼덕 주저앉아 손으로 바닥을 쓰다듬었다. 바닥재의 매끈매끈한 촉감이 느껴졌다. 손바닥을 뒤집어 봐도 하얀 먼지 하나 묻지 않았다. 꼭 이사 첫날, 입주 청소가 막 끝난 상태처럼.

'청소 인봇을 대여하면 매일 누릴 수 있을까?'

손가락 다섯 개를 쫙 펼쳤다. 엑스의 훈련 값으로 약속된 금액은 500마르크였다. 꼭 듣고 싶었던 유명 작곡가 강의가 200마르크, 손가락 두 개를 접었다. 현재 생활비 대출 잔액이 100마르크, 손가락 한 개를 접었고, 다음 달 지출할 여유 생활비 100마르크도 필요하니 또 하나를 더 접었다. 겨우 새끼손가락 하나가 남았다. 폴로는 가느다란 손가락을 뚫어져라 쳐다봤다. 돈을 벌면 엄마에게 색이 예쁜 셔츠를 하나 사드리고 싶었다. 아빠의 낡은 구두도 바꿔드리고 싶었으며 동생에게 새 장난감도 사줘야 했다. 그것들을 다 이루면 폴로는 사람답게 살고 있다는 걸 인정받을 수 있을 것 같았다. 고민 끝에 마지막 새끼손가락을 접었다.

결국 청소 인봇 따위에 사치할 돈은 없었다.

"마스터님. 이 김치찌개는 못 먹을 정도로 쉬었습니다. 즉시 폐기하겠습니다."

엑스가 드디어 김치찌개 사망 선고를 내렸다. 냄비 손잡이를 잡고 싱크대에 몽땅 투하할 참이었다. 폴로가 깜짝 놀란 얼굴로 다가와 냄비를 제자리에 내려놨다.

"안 돼. 김치찌개는 원래 쉬어야 맛있어."

"발효가 아닌 부패 상태입니다. 음식의 선을 넘었어요."

"아무튼 안 돼. 팔팔 끓이면 괜찮을지도 모르니까 걱정하지 마."

"상한 음식을 먹고 건강을 해치는 일은 비효율적입니다. 절약한 식비보다 지불할 의료비가 더 커지기 때문입니다."

"엄마가 생일이라고 끓여주셨던 거야. 난 미역국을 안 먹거든."

엑스는 싱크대 앞에서 잠시 고민했다. 만약 그녀가 인간이었다면 '아이고, 어쩐지 맛있어 보이더라' 정도로 눈치껏 반응한 뒤 물러났겠으나 인봇이기에 그러지 않았다. 엄마가 끓여준 찌개는 심각하게 부패해도 섭취해야만 하는지, 생일 음식에는 배탈로 지불하게 될 의료비를 초월할 만큼의 가치가 있는지 고뇌에 빠졌다. 수집한 데이터에 근거해 논리적으로 합당한 답을 도출하는 중이었다. 약 3초 정도의 시간이 흐른 후 그녀는 최선의 답안을 도출했다.

싱크대에 김치찌개를 전부 버렸다.

"야! 이게 무슨 짓이야?"

"어머님의 부패한 김치찌개를 보존하는 일은 효율적이지

않습니다."

"너 진짜 인간이 아니구나?"

"저는 노동의 신, 인봇 엑스입니다."

"2주간 열 좀 받겠군."

폴로는 화가 났으나 강철 덩어리와 입씨름을 벌일 정도로 에너지가 넘치지는 않았다. 김치찌개는 생일날 받은 유일한 선물이었다. 하지만 그날에도 폴로는 엄마와 다투었고, 김치찌개를 볼 때마다 죄책감이 들었다. 그래서 이미 김치찌개가 못 먹을 정도로 변했다는 건 인지했음에도 건들지 못했다. 마음 같아서는 엑스의 목덜미에 당수를 내리꽂고 싶었으나 무의미한 일이었다. 저 기계와 싸우면 본인 손목만 으스러질 게 뻔했다. 어차피 상해서 버릴 음식이긴 했으니 좋게 생각하고 말아야지, 2주를 잘 넘겨야 500마르크를 받으니 참아야지, 폴로는 무겁게 한숨을 내쉬었다.

이런 상황을 더 만들지 않기 위해 규칙을 만들 필요가 있었다. 폴로는 방에서 종이와 펜을 가져온 다음 엑스를 의자에 앉히고 자신도 맞은편에 앉았다. 두 존재가 각자 팔을 걸치기만 해도 2인용 거실 탁자가 꽉 차버렸다.

"우리 집 생활 규칙을 알려줄게. 훈련의 일부야."

그의 목소리에 엑스는 눈을 반짝이며 집중했다.

"집 청소는 매일 오늘처럼 해줘. 그런데 음식은 버리지 마. 보다시피 먹을 게 궁해. 오래된 음식을 버리고 새로 만들 만큼 통장이 넉넉하지 않아."

"알겠습니다."

"해가 잘 안 드니까 이불이 눅눅해. 아침에 이불을 가지고 옥상에 올라가서 3시간 정도 말린 다음 걷어 와줘. 가는 김에 빨래도 널면 되겠다. 어차피 넌 노동용 인봇이니까 뭐라도 움직이고 힘을 써야 값어치를 하잖아. 그리고 난 손이랑 귀로 일하는 사람이니까 각별히 주의 부탁해. 작업 중에는 모든 소리를 음악으로 인식하니까 특히 민감해. 내 손은 장난으로라도 만지지 말고."

"알겠습니다. 그런데 마스터님, 저는 창작 노동도 익히고 싶습니다."

엑스는 폴로가 지시한 것들은 훈련보다는 부탁에 가깝다고 판단했다. 이미 잘해내는 일들이었다. 노동의 신, 고효율 인봇이 10평짜리 집에서 새롭게 배울 것은 오직 하나, 한 번도 산업 현장에서 배워본 적 없는 '창작 노동'이었다.

폴로가 보여준 작곡은 태어나서 처음 느낀 효율의 극치였다. 여태껏 겪어온 육체노동과는 완전히 달랐기에, 엑스는 서둘러 작곡을 돕고 싶었다. 또한 배우지 않은 영역을 배워가는 일이 사회화 실험의 궁극적인 목표라고 간주했다. 그것이야말로 어떤 곳에 투입되든 인간과 잘 어울릴 수 있다는 증명이었다.

입력된 보상 체계가 그녀를 자극했다. 잘해냈다는 목소

노동의 신, 엑스

리를 듣고 싶었다. 안타깝게도 상대의 반응은 차가웠다.

"수많은 칩을 보고도 모르겠어?"

"노동이면 저도 도울 수 있습니다. 초지능의 반복 학습이 보증합니다."

"창작은 반복이 아니야."

"창작도 노동이지 않습니까?"

엑스와 폴로는 서로를 정면으로 응시했다. 폴로는 수축 운동 중인 자벌레처럼 눈을 휘어 엑스를 노려보았고, 엑스는 아무런 동요가 없는 기계 눈으로 그를 보았다.

작곡이라는 동일 행위를 서로 다르게 해석한다는 점이야말로 둘이 가진 숙명적 차이였다.

"지겹네 정말. 예술은 기계화에 적합하지 않아."

"아닙니다. 과정을 터득한 뒤 개선을 반복하면 더욱 효율 높은 결과물을…"

"효율 타령 좀 그만해! 네가 잘 모르나 본데 예술은 무조건 결과 중심이야. 과정? 개선? 이 바닥에 명쾌한 방법이란 건 없어. 체계에 갇힌 인봇이 창작 영역에서 절대로 인간을 이길 수 없는 이유지. 알겠니? 우수한 기교란 건 말이야, 결코 반복으로 만들어지지 않아."

엑스는 잠시 분석했다. 기교라는 건 곧 '기술'과 '솜씨'를 의미했다. 기술은 특정 대상을 잘 다루기 위해 가공된 모든 능력을 통칭하는 것, 원하는 결과물을 위한 도구이자 수단이었다. 솜씨란 무엇인가. 그것 역시 일처리에 투여되는 능력을 의미했다. 기교라는 말이 목적이 아닌 수단으로 존재하는 이상 인간보다 기계에게 더 어울렸다.

도구는 갈고닦을수록 는다. 실력은 연습할수록 상승한다. 고로, 행위의 경지를 보증하는 건 오직 반복이라고 엑스는 생각했다.

"우리가 만드는 것들에는 우리의 철학이 있어."

이번에 엑스는 폴로의 말에 반박하지 않았다. 폴로의 주장에 동의해서는 아니었다. 단지 상대가 마스터이고 자신보다 아득히 높은 곳에 위치한 인간이기에 운명적으로 고개를 조아렸다.

그간 창작 영역에 투여됐던 작가 인봇이나 화가 인봇은 기존 패턴과 소재를 학습하여 재배열하는 정도라는 혹독한 평가를 받곤 했다. 그 혹평의 껍질을 한 겹만 벗겨내면, 이것만큼은 뺏기지 않겠다는 인간의 간절함이 들끓었지만, 엑스는 몰랐다.

그저 마지막 실험인 만큼 이 어려운 과업까지 터득하고 싶었다. 완벽이야말로 효율의 가장 아름다운 성과가 될 테니. 포기하고 싶지 않았다. 다른 인봇들이 실패한 일을 본인이 해낸다면 갈라테아를 기쁘게 만들 수 있었다. 지금 자신에게 화를 내고 있는 상대까지도.

"마스터님의 말씀을 이해했습니다. 존엄하신 사람의 영

역을 감히 인봇이 탐하는 건 이치에 맞지 않겠지요. 하지만 여기에 온 이상 저는 배워야만 합니다. 제가 목표를 이뤘을 때 기뻐할 존재도 바로 사람입니다. 수많은 연구진과 갈라테아 님이 저의 사회화 완수를 기대하고 있습니다. 비단 사람과 사이좋게만 지내라고 여기에 온 건 아닐 겁니다. 제한 없이 저를 이용해 주세요."

폴로는 계약서를 떠올렸다. 갈라테아는 노동 인봇이 어떤 인간과 함께하더라도 무리 없이 융화되는지를 실험한다고 적어뒀었다. 제한 없는 사회화, 그것이 엑스가 도달해야 할 결승점이었다.

폴로는 엑스가 목표를 주인 삼아 노예처럼 움직이는 주제에 사람을 위해서라 말하는 모습이 마음에 들지 않았다. 하지만 얼굴만큼은 꼭 아이처럼 간절해 보였다. 물론 그건 엑스가 설득의 효율을 높이기 위해 안면근육을 미세 조정했기 때문이다. 폴로는 유난스럽게 반짝이는 그녀의 육체를 마주하고 있음에도 그녀가 사람으로 느껴졌다.

"도움을 부탁드립니다."

폴로가 작곡한 음원들은 세상에 나오지 못했다. 솔로 가수, 아이돌 가수, 트로트 가수, 누구에게나 퇴짜를 맞았다. 대형 기획사는커녕 소형 기획사에서도 폴로의 곡을 채택하지 않았으며 저작권료는 고사하고 단 한 번도 작곡비를 받은 적이 없었다. 이미 마음은 반쯤 꺾인 상태였다. 그런데 인봇 따위가 작곡을 알려달라 간청하고 있다. 사멸한 열의를 상대에게서 발견하니 그는 심경이 착잡했다. 스무 살, 작곡으로 성공하겠답시고 여기까지 혼자 왔던 순간이 떠올랐다.

그 시절의 폴로는 지금처럼 예술이니 기교니 하는 말에 집착하지는 않았다. 그저 음악이 좋았을 뿐이었다.

엑스는 작곡을 전혀 몰랐다. 꿈을 품었던 폴로와 지금의 그녀가 같은 상황일 리는 없었다. 그런데도 폴로는, 엑스의 요청을 거절하는 일이 꼭 지난날의 자신을 부정하는 일과 같다고 느꼈다. 엑스의 반짝이는 몸체가 제법 근사한 거울이 돼 폴로를 비추고 있었으니.

500마르크를 받기로 했으니 어쩔 수 없어. 그는 져주는 셈 치고 인봇을 믿어주기로 했다.

"정 그렇다면 간단히 알려줄 테니 알아서 해봐. 떠나기 전까지 음원 하나 완성해 보든가."

엑스가 자리에서 벌떡 일어나 상체를 꾸벅이더니 감사하다는 말을 거듭 외쳤다. 사람이 가장 행복할 때 보이는 표정 데이터를 떠올려 그대로 흉내 냈다. 기계 인간의 함박웃음이 다소 괴이했으나 폴로는 그 웃음의 진위까지 따지고 싶지 않았다.

그는 작곡 프로그램 사용법을 설명했다. 악기음 가이드라인과 전자 효과를 알려줄 때 엑스는 스캐닝 기술을 이용하여 모든 설명을 영상 기록으로 남겼다. 폴로는 기본 화성학을 익히라고도 지시했다. 이를 위해 자신이 청소년 시절 참고했던 이론 좌표를 전달했다. 엑스는 기기 없이 뇌를 이용해 네트워크 접속이 가능했기에 스스로 탐색을 이어갔다. 그녀는 처음으로 음악의 세계에 발을 담그는 중이었다. 그 세계는 여태껏 걸어온 궤적과는 확연히 달랐다.

갈라테아가 엑스에게 입력해 둔 노동이란, 구세기 서양을 중심으로 시작된 산업혁명에 근간을 뒀다. 핵심은 분업. 하나의 완제품을 위해 과정을 세분화하고 각 단계에 필요한 기술을 도출하는 것이었다. 반면 음악의 뿌리는 컨베이어 벨트에 있지 않았다. 매뉴얼도 필요 없었다. 사랑, 기쁨, 증오, 슬픔. 보이지 않는 무형의 마음을 악보라는 유형의 대상 위에 그릴 뿐이었다. 하지만 특이하게도 여러 요소를 이어 붙이고 조립하여 하나의 완성품을 만든다는 점은 동일했다.

엑스는 평행 세계에 눈을 뜬 기분이었다. 여태껏 알고 있던 노동의 세계와 분명 닮았지만, 결과가 달랐다.

"너 조상들이 불렀던 동요 중에 〈떴다 떴다 비행기〉 들어 본 적 있어?"

"없습니다. 데이터를 탐색해 보겠습니다."

폴로의 지시에 따라 엑스가 서둘러 뇌 탐색으로 자료를 찾았다. 음악사의 사료 같은 오래된 동요가 청각 기기에 즉시 연동됐다. 명랑한 음악이었다.

"미레도레 미미미 레레레 미솔솔. 동요의 시작이야."

"이것이 메인 멜로디이군요."

"그렇지. 하지만 미레도레 미파솔파미 레레레 미솔솔로 변형할 수도 있어. 한 멜로디 안에 새로운 구간을 삽입하거나 박자를 조정해도 돼. 작곡이란 멜로디만 만드는 게 아니라 그 멜로디에 가장 어울리는 옷까지 입히는 일이야. 필요하다면 옷을 조금 찢거나 덧대도 상관없어. 옷감은 세상에 널렸거든. 자동차 배기음에는 플랫이 붙어 있고, 주민들의 고성에는 샵이 붙어 있지. 어디서나 음악을 발견할 수 있어."

"예시를 들어주시니 훨씬 와닿습니다."

"칭찬이야?"

"평가입니다."

"당당하고 건방지구나."

폴로가 황당한 얼굴을 보이더니 보관해 놓은 샘플 파일로 설명을 쭉 이어갔다. 갖가지 악기의 음색을 비교하기도 하고, 박자 조절에 따른 분위기 변화를 보여주기도 했다. 직접 원하는 구간을 조절해 보라고 지시하자 엑스가 자유롭게 레이어를 변경했다. 여러 요소를 멋대로 흩트렸지만, 재생 버튼을 누르면 한 덩어리의 음악이 됐다. 폴로는 센스가 영 없다며, 못 들어주겠다고 나무랐으나 아까보다 확연히 즐거워 보이는 얼굴이었다.

그는 태어나서 처음으로 누군가를 가르치는 중이었다.

1분짜리 음악 파일에는 많게는 30개 이상의 레이어가 쌓였다. 악기부터 각종 이펙트까지, 요소는 다양했다. 원래 엑스에게 노동이란 각 요소를 최고의 순서로 묶어내는 일이었다. 부품을 조립한 다음 포장하면 두 번 움직이지 않아도 된다. 만약 포장했다가 조립한다면 순서가 완전히 꼬인 것이고 결과도 망쳐버린다. 그러나 음악은, 드럼을 먼저 쳤다가 피아노를 쳐도 됐다. 원한다면 동시 합주도 가능했다. 모든 레이어가 분화돼 있으나 조합이 자유로웠다. 각 조합에 따라 비 오는 날에 잘 어울리는 어쿠스틱 팝이 나오거나 페스티벌에 잘 맞는 EDM이 생성되기도 했다.

갈라테아가 록 음악을 좋아했기에 연구실에서 종종 록을 들었던 엑스는 그 음악의 결을 기억했다. 여러 악기 소스 중에서 기타를 제일 빠르게 익혔다. 경쾌한 음악을 만들어 가는 엑스의 얼굴이 형광등 불빛에 반사되어 번쩍거렸다. 폴로에게는 봐도 봐도 적응이 힘든 유사 인간이었지만 집중하는 눈빛이 싫지 않았다.

10대 시절, 폴로가 처음 사용했던 악기도 기타였다. 음악을 좋아했던 아버지의 것이었는데 비록 아버지는 삶에 쫓겨 기타를 연주하지 않았지만, 폴로는 그의 손가락을 흉내 내며 기타와 친해졌다. 줄을 튕길 때마다 귀와 손으로 공기의 떨림을 느꼈고, 촉각과 청각의 공명이 그에겐 각별했다. 기타의 선율이 투명한 선물상자가 돼 그의 귓가에 기쁨을 남겼다.

기타와 사람은 전혀 다른 존재였다. 그 이질적인 존재가 음악으로 하나가 되듯, 음악은 또다시 폴로에게 이질적인 대상을 데려왔다. 곁에 앉아 있는 엑스에게서 눈을 떼기가 힘들었다.

"궁금한 게 있습니다."

엑스가 프로그램 사용을 멈추고 시선을 옮겼다.

"뭔데?"

"이렇게 다양한 완성품이 허용되는 노동이라면, 대체 무엇으로 그 가치를 판단하여 대가를 지급합니까?"

폴로는 즉답하지 못했다. 가장 자신 없는 지점을 직접 설명해야 하는 물음이었다. 홀로 고향을 떠나 이 초라한 공간에 5년이나 갇혀 있었다. 드넓은 세계를 염원하며 왔지만 새장만도 못한 반지하에 남아 있는 이유는 딱 하나였다.

쓴 침을 삼켰다. 작곡 프로그램을 일시 정지한 뒤 스트리밍 사이트인 '바나나 뮤직'의 메인 화면을 보여주었다. 화면 정중앙에 일간 순위 차트가 집계됐다. 1위부터 100위까지 음악들이 줄을 섰다.

"이게 기준이야."

"100위 안에 들어갈 음악을 만들면 좋은 완성품이 되는 것입니까?"

"맞는 말도 아니고 틀린 말도 아니야. 좋은 완성품 대신에 돈이 되냐 물으면 맞는 말이야."

"이 세상에는 100개의 음악밖에 없습니까?"

"그건 완전히 틀린 말이고."

폴로는 자동 재생된 음악을 일시 정지했다. 15초까지는 무료 재생이 가능했지만, 그 이후에도 재생해 버리면 건건이 과금되니 주의가 필요했다. 그는 다양한 곡과 친해질 여력이 없었다.

"넌 제대로 작곡을 터득하지 못할 거야. 이건 무척 비효율적인 짓거리거든. 1,000곡을 만들어 봤자 차트인이 될 만한 곡을 만들지 못하면 기획사 A&R팀에서 받아주지 않아. 차트에 들어간다 한들 76위와 91위가 무엇인지 기억해 주는 사람은 드물지. 이 순위에 매겨진 숫자는 노력만의 영역이 아니야. 운, 기회, 센스, 인맥, 그리고…"

나열한 네 가지 중에서 엑스가 노동을 익히는 데 고려해 본 요소는 없었다. 노동이란 투입과 산출이었다. 콩을 원한다면 콩을 심고, 팥을 원한다면 팥을 심는 것. 다만 더 많은 수확을 이루기 위해 최선의 과정을 찾는 것, 그것이 엑스에게 중요한 가치이자 전부였다. 운, 기회, 센스, 인맥은 효율의 알고리즘에 포함시켜 주지 못할 반칙들이었고, 인간이 만든 기계는 인간이 두려워할 반칙을 절대 저지르지 않았다.

"…재능이지."

폴로에겐 뇌가, 엑스에겐 뇌에 삽입된 초지능 반도체가 있을 뿐이었다. 단지 그 차이. 그러니 엑스는 재능이라는 단어에 집중할 마음은 없었다.

언젠가 갈라테아는 엑스가 실수를 저질렀을 때 팔로 상체를 감싸준 적이 있었다. 인간은 상대의 감정을 위로하기 위해 종종 몸을 포갠다며. 그녀의 기계 심장은 그런 식의 위로로 말캉해지지 않았다. 그런데도 엑스는 안심이 됐다. 적어도 갈라테아가 즉시 해체실로 끌고 가 머리를 적출하진 않았으니까. 몸을 포개는 동안만큼은 안전한 상황임을 인식하니, 오류 시정에 대한 조급함이 사라져 문제 해결법을 더 잘 고심할 수 있었다. 엑스는 껴안는 행위를 제법 효율이 좋은 방법으로 해석했다. 갈라테아는 그때 팔을 풀며 알려줬다. 이 행위를 '포옹'이라 부른다고.

그녀는 희미하게 떨고 있는 폴로를 감싸 안았다. 따뜻한 덩어리감이 느껴졌다.

"이 행위는 포옹입니다."

"나도 알아."

"당신을 안심시켜 줍니다."

"그것도 알아…"

엑스는 상대의 떨림이 잦아들 때까지 포옹을 유지했다.

노동의 신, 엑스

폴로는 단단하고 매끈한 그녀의 품이 불편했다. 겪어본 포옹 중 가장 차가운 포옹이었다. 하지만 상대가 머쓱할까 싶어 차마 움직이지 못하고 한동안 자세를 유지했다. 둘은 싸운 유치원생이 억지로 서로를 끌어안듯 어색한 자세로 멈췄다. 폴로는 언제쯤 이 기묘한 포옹을 풀어도 될지 타이밍만 재는 중이었다.

이질감에 집중하다 보니 서글픈 마음은 금세 사라졌다.

∞

엑스는 수일간 차트를 분석했다.

뇌에 갈라테아의 카드 정보가 입력돼 있었기에 1위부터 100위까지 몇 번이고 재생이 가능했다. 하나의 음악을 재생할 때마다 그 음악을 수십 개의 레이어로 쪼개보았다. 스스로가 작곡 프로그램이 돼 요소를 반복 분석했다.

그중에서도 차트인 음악에서 자주 쓰이는 요소를 추출했다. 얼핏 들으면 모든 곡이 다 달랐으나 해체해 보면 경향성이 존재했다. 예컨대 1위부터 10위까지의 음악은 대부분 박자가 빨랐으며 클래식 악기보다는 전자 악기 투입이 많았다. 빈번하게 사용되는 효과음도 발견됐다. 또한 음악마다 등록된 리뷰를 함께 분석했는데, 1위부터 10위의 곡에는 압도적으로 청년 청취자가 많았다. 이를 거꾸로 생각해

본다면, 청년들이 좋아할 만한 음악을 만들면 좋은 순위를 선점할 가능성이 높았다. 정보를 더 잘게 쪼갤수록, 더 유의미한 값을 발굴했다.

학습은 한순간도 그녀에게 어려웠던 적이 없었다.

노동 현장에서 필요한 패턴을 분석하기 위해 수없이 많은 몸짓을 수집했었다. 힘의 강도와 팔다리의 각도, 움직임의 방향. 노동에는 반드시 패턴이 있었다. 아무리 낯선 공장에 가더라도 대상을 세부적으로 쪼개면 모두 분석이 가능했다. 그리고 생산성을 극대화하는 조합도 언제나 존재했다. 엑스가 보기에는 음악 차트 역시 마찬가지였다. 심지어 너무나 투명하게 1위부터 100위까지를 나열하지 않았는가. 숫자는 가치를 보여주는 도구 중 제일 정직한 녀석이었다.

작곡 요소가 투입물, 완성된 음악이 산출물, 차트의 음원 순위가 기준점. 정말로 이 학습은 쉽기만 했다.

역시 효율은 절대 불변의 가치였다. 늘 추구할 수 있었다.

"너 며칠간 아무것도 먹지 않았어. 인봇은 뭘 안 먹어도 돼?"

폴로는 새벽 2시가 돼서야 의자에서 일어났다. 엑스는 밤에도 잠들지 않고 구석에 앉아 주경야독을 이어갔다. 그 모습이 폴로에게는 꼭 폭포수를 맞으며 도를 닦는 수련자처럼 보였다.

"2주간 작동에 필요한 것들은 모두 충전돼 있습니다."

"나 입이 심심해서 아이스크림 사러 갈 건데."

"제게 지시하시면 다녀오겠습니다."

"같이 갈래?"

"함께 가는 건 비효율적입니다. 혼자 다녀오는 것이 더 효율적입니다."

엑스가 자리에서 벌떡 일어나 손을 뻗었다. 하지만 폴로는 카드나 화폐칩을 주지 않았다. 엑스는 갈라테아의 카드로 선지불을 한 뒤에 청구하겠다는 판단까지 순식간에 내렸다.

"넌 무슨 똑같은 말만 하는 인간형 앵무새야? 그놈의 효율, 지겨워 죽겠고만. 그냥 산책이나 가자는 뜻이었어."

"산책이요?"

"그래. 노동 아니고 산책!"

폴로가 구시렁거리면서 카드를 챙기곤 슬리퍼를 신은 뒤 엑스에게 손짓했다. 그녀는 말없이 그를 따라나섰다.

일방통행로를 사이에 두고 양쪽으로 구옥 빌라가 줄지어 이어졌다. 외벽의 페인트 색만 다를 뿐 전부 높이와 모양이 일정했다. 부착된 주소표지판이 아니라면 집을 구분하기 어려웠다. 엑스는 폴로와 나란히 서 앞만 바라보고 걸었다. 멀리 길 끝 무인판매점에 부착된 간판이 간헐적으로 깜빡거렸다.

도달하기 위해서는 약 5분 정도 걸어야만 했다. 소음조차 숨어버린 한밤. 웬만한 주택가에는 조경을 위한 인공 가로수가 설치됐으나 여기엔 잡초조차 없었다. 술에 취한 행인의 고성방가, 창문 밖으로 흘러나오는 누군가의 노랫말 또한 없었다. 오직 앞만 보고 걸어가니 엑스는 갇혀 있는 기분이 들었다. 고개를 들어 머리 위 펼쳐진 밤하늘을 확인한 후에야 야외에 있음을 다시금 인지했다.

공기를 콧속으로 흡입할 때마다 거친 질감이 느껴졌기에 조용히 대기 오염도를 측정했다. 기준치보다 약 3.19배 높았다. 거실을 청소했을 때 바닥에 유독 먼지가 많아 의아했는데 그 의문이 풀렸다. 그녀는 시선을 옮겨 폴로를 바라보았다. 안구 기능을 세밀하게 조절해 스캐닝을 해보니 폴로의 콧속에도 역시나 먼지가 많았다. 엑스는 앞으로 물청소를 병행해야겠다고 결심했다.

그녀의 시선을 느낀 폴로가 덤덤한 목소리를 밤거리 속에 녹였다.

"넌 이런 동네에 살아본 적 없지?"

호기심 한 점 묻지 않은 질문이었다.

동네 주민 중 엑스처럼 고사양의 인봇을 구입한 마스터는 없었다. 그러므로 이 장소는 인봇에게도 매우 낯선 장소였다.

엑스는 불과 며칠 전까지만 해도 상주했던 연구소를 회

상했다. 그곳은 실내임에도 언제나 환하고 넓었으며, 공기까지 쾌적했다. 필요한 모든 물품이 있었다. 아이스크림 하나 먹자고 바깥까지 나갈 필요는 없었다.

하지만 그녀는 평생 결정권을 가지지 못하는 존재였다. 빌라촌에는 생전 처음 보는 오염이 가득했지만, 이런 곳에 오지 않으리라는 보장은 없었다. 또한 엑스는 그런 보장을 요구할 마음도 없었다.

"나도 이런 곳에 살고 싶어서 사는 건 아니야."

"경제적 상황을 고려하여 선택하신 겁니까?"

"뭘 어렵게 말해? 맞아, 돈 없어서 왔어. 흐흐."

"수준에 맞는 주거지를 고르는 일은 나쁘지 않습니다. 합리적인 선택입니다."

"수준이라. 고향을 떠날 때만 해도 성공한 작곡가가 될 줄 알았는데."

폴로가 두 팔을 머리 위로 쭉 뻗었다. 허리를 좌우로 비틀며 길 위에서 기지개를 켰다. 온종일 작은 집에서 좌식 생활을 하는 그였기에 늦은 밤이 돼서야 몸을 겨우 풀었다. 뚜두둑 소리가 날 때마다 무안한지 괜히 혼자 팔뚝 살을 매만졌다.

무인판매점에 진열된 품목은 스낵과 아이스크림, 라면이 전부였는데 손님이 없어서인지 팬 돌아가는 소리만 바닥에 잔뜩 내려앉았다. 폴로는 가로형 냉장고로 가 상체를 고꾸

라트리곤 아이스크림 더미를 뒤적거렸다. 잠시 후 빨간색 콘 2개를 꺼내 바구니에 담았다.

엑스 또한 가게를 구경했다. 제품들은 모두 10마르크가 넘지 않았고 빠르게 살펴본 성분 함량은 저질스러웠다. 끼니를 훌륭히 해결할 수 있는 상품들이 아니었다. 그중에서도 최고로 저급한 것은 1마르크짜리 라면이었다. 오직 탄수화물과 지방, 나트륨으로만 이뤄진 기성품인데 폴로는 그 라면을 5개나 바구니에 담았다.

계산대에 표시된 총가격은 23마르크였다. 폴로는 아이스크림콘 2개를 보며 고민했다. 놓았다 쥐기를 반복하던 끝에 결국 라면 3봉지를 덜었다. 최종 결제 금액은 20마르크였다.

그가 콘 하나를 엑스에게 내밀었다.

"하나 먹어."

"저는 먹지 않아도 됩니다."

"먹지 않아도 되는 거지 못 먹는 건 아니잖아."

"저에게 주셔도 됩니까?"

"너 주려고 여기까지 온 거야. 이게 동네에서 제일 비싸."

엑스는 콘을 받아 껍질을 벗겼다. 바닐라 위에 초콜릿 칩과 분쇄된 아몬드가 뿌려진 아이스크림이었다. 한입 머금어 풍미를 분석하니 80%의 달콤함과 18%의 고소함, 2%의 짠맛이 도출됐다. 엑스는 콘을 품질 낮은 디저트로 분류했다. 그러거나 말거나 폴로는 입 안 가득 아이스크림을 베어 물고는 행복한 웃음을 지었다. 하지만 반대쪽 손에 쥐고 있던 영수증을 바라보자, 행복이 속절없이 휘발됐다.

"괴로움에서 벗어나는 가장 효율 좋은 방법이 뭔지 알아?"

찬바람에 영수증이 팔랑팔랑 흔들렸다. 엑스는 고개를 저었다.

"날 괴롭게 하는 대상을 없애면 돼."

그는 영수증을 구겨버리곤 쓰레기통으로 던졌다. 깔끔한 골인이었다.

"꿈도 영수증 같다면 얼마나 좋을까."

엑스는 갈라테아를 떠올렸다. 완벽한 삼 남매 인봇을 탄생시키기 위해 끝도 없이 연구에 매진하던 사람이었다. 그 덕에 극심한 수면 부족과 피로에 시달렸다. 엑스는 갈라테아의 노력을 볼 때마다 가끔은 너무나 비효율적이어서 말리는 게 그녀를 위한 일이지 않을까 생각하곤 했다. 물론 그 꿈이라는 동아줄이 얼마나 질긴지도 알고 있었기에 차마 잡은 손을 놓으라 말한 적은 아직까진 없었다. 과연 사람의 꿈과 효율이란, 서로 대척점을 이룰 정도로 거리가 멀었다.

폴로는 재차 아이스크림 한 덩이를 물었다. 초콜릿 칩이 으깨질 때마다 따닥거리는 소리가 났다. 그는 다시 행복하게 웃으려 했지만, 처음의 웃음보다는 못했다. 끝에 박힌 초콜릿 부분까지 열심히 씹으며 콘 하나를 다 먹었다.

엑스도 그를 따라 콘을 입에 몽땅 넣었다. 좋은 풍미라고 생각하지 않았으나 맛이 있다고 거짓말을 했다. 지금 그를 위해서 해줄 수 있는 가장 효율 좋은 위로였고, 엑스는 그제야 왜 인간들이 때때로 거짓말을 하는지 납득하게 됐다. 폴로는 디저트 취향만큼은 고급이라며 익살스럽게 허리춤에 손을 올렸다. 엑스가 고개를 끄덕이곤 손끝에 묻은 콘 가루를 털었다.

둘은 다시 걸어온 길을 돌아갔다. 폴로는 입맛을 다시며 오랜만에 먹은 디저트의 여운을 길게 느꼈다. 고작 9마르크로 이렇게나 만족감을 줄 수 있다면 품질과 상관없이 효율이 높구나, 엑스는 혼자 생각하고 말았다.

앞장서 가던 폴로가 발걸음을 멈췄다.

"첫날에는 미안했어. 사과하고 싶어."

그가 멋쩍은 듯 뒤통수를 긁적거렸다. 엑스는 구체적 설명이 없는 불완전한 사과에 오히려 손바닥을 흔들며 그러지 않아도 된다고 만류했다.

"사는 게 힘들다 보니 자꾸만 예민해져. 아무리 인봇이라도 친절하게 대할 수 있었는데."

"아닙니다. 입력된 감정 외에는 느끼지 않으니 제게 화를 내셔도 괜찮습니다."

"너는 없어도 나한텐 감정이 있으니까."

엑스는 갈라테아에게 가르침을 받은 적이 있었다. 사과할 줄 아는 사람은 성숙한 사람이라고. 타인에게 미안하다 말하는 것은, 부끄러운 오류를 발견하고도 이를 외면하지 않겠다는 노력이라 오랜 고난 후에야 얻어지는 용기였다. 문득, 걷어찼던 칩 더미를 폴로가 직접 치운 이유도 인봇에게 정리를 지시할 줄 몰라서가 아니라는 생각이 들었다.

이 사람 꽤 좋은 마스터일지도 모르겠군, 엑스는 순간적으로 인식했다. 자신을 탄생시켜 준 갈라테아만큼은 아니지만, 함께 생활해도 괜찮은 상대였다.

"액자 속의 사진, 폴로 님의 가족 맞지요? 왜 제가 건드렸을 때 화를 내셨는지 이유를 말해줄 수 있나요?"

"음."

"불편하시다면 말하지 않아도 괜찮습니다. 다만 알려주신다면 제가 마스터를 더 잘 이해할 수 있습니다."

폴로는 가까운 벤치로 가 앉았다. 엑스가 곁에 착석하자 그는 두 다리를 휘적거리며 잠시 뜸을 들였다. 엑스는 채근하지 않았고, 숨 쉬는 소리가 선명히 들릴 정도로 길가엔 적막만 가득했다.

"동생이 있다는 걸 알려주고 싶지 않았어. 아픈 앤데, 내 팽개치고 왔거든."

"괜한 걸 물어서 죄송합니다."

"아냐. 네 말대로 날 잘 이해하려면 알아두는 쪽이 좋겠네."

폴로는 아이스크림 흔적이 남아 있는 입꼬리를 손가락으로 무신경하게 닦고선 말을 이었다.

"어렸을 때 동생은 내가 돌봤어. 부모님이 주말에도 일하셔야 했거든. 늘 동생을 보살펴야 했으니 내게 취미라곤 기타 연주가 유일했어. 마음이 답답할 때마다 집에 있는 낡은 기타로 록 음악을 연주하면서 참았지. 그런데 음악 수행평가 시간에 선생님이 그러셨어. 어떻게 몇 번 듣지 않고도 음을 잘 캐치하냐며, 우스갯소리로 절대음감이 있는 거 같은데 작곡가가 되면 성공할 것 같다고 해주셨지. 그때 처음으로 심장이 뛰었어. 특별한 존재가 된 것 같은 기분 느껴본 적 있어? 왠지 음악이 나를 남다른 존재로 만들어 줄 거라 생각되더라. 이 손과 귀가 있으면 내 세계를 연주할 수 있고, 남보다 잘나질 수도 있어. 그래서 작곡이 하고 싶었어. 그중에서도 이왕이면 아빠랑 내가 좋아했던 록 음악으로 성공하고 싶었고."

"칭찬받으면 누구나 더 몰입하고 싶어지죠."

그건 엑스와 폴로의 공통점이었다. 하지만 폴로의 목소리에는 당당함이 결여돼 있었다.

"그게 문제의 시작이었어. 동생을 돌보는 데 시간을 많이 쓰니 작곡을 할 수가 없었어. 아무리 동생을 사랑한다고 해도 내 인생을 전부 주고 싶진 않더라. 결국 5년 전에 부모님과 크게 다툰 후 혼자 여기까지 왔어. 여긴 낡았지만 대도시랑 가까우니까 아카데미도 다닐 수 있거든."

"혼자서 많이 외로웠나요?"

"아니. 오히려 반대였어. 동생을 돌보지 않고 음악만 할 수 있으니 진짜 좋았어. 해방감! 너 알아? 아무튼 나중에 부모님이 찾아오셔서 이왕 이렇게 된 거, 응원한다며 인테리어 용품을 챙겨주시고, 작곡 장비도 구해주셨지. 거기다 아카데미에서는 기획사에 연계해 줄 작곡가까지 구하더라. 좋은 흐름이었어."

엑스는 차마 반응하지 못했다. 첫날 폴로가 걷어찼던 메모리칩들을 만졌던 순간, 손끝으로 저장된 데이터를 읽었다. 모든 확장자가 음악 파일이었다. 하나도 빠짐없이, 모든 칩이 동일했다.

폴로의 노력에는 서글플 정도의 연쇄가 있었다.

"그 사진 말이야. 세일시티로 가족여행 갔을 때 찍은 거야. 그때 부모님이 서프보드를 선물해 주셨는데 원래 동생이 타려고 했지만, 몸이 아프니까 내가 대신 타주기로 했어. 좋은 보드가 생겼으니 단순히 올라타 파도만 잘 맞이하면 된다고 믿었는데 쉽지 않더라. 몸에 힘을 주면 가라앉고, 힘을 빼면 일어설 수가 없었어. 다음 파도, 다음 흐름을 계속 기다렸어. 몸을 내던져도 보고, 파도 앞에서 손을 모으고 기도도 해봤는데 안 되더라고. 뒤늦게 알아버렸어. 파도가 내게 원한 건 보드가 아니라 다른 거였어."

엑스는 침묵했다.

"일어설 수 있는 재능. 난 그게 없었어."

그가 마른세수를 하며 건조하게 앞을 응시했다. 살짝 벌어진 입 틈 사이로 나오는 숨이 희뿌옇게 대기와 엉켰다. 엑스는 거실 구석에 있던 서프보드와 그 위에서 좌절했을 폴로를 상상했다. 그가 실패한 것은 파도 위의 몸짓뿐만이 아니었다.

"지금이라도 다른 길을 찾아보는 방법은…"

"말했잖아. 꿈은 영수증이랑 달라. 버리지 못해. 엄마 아빠한테 너무 미안하니까, 동생을 떠올리면 정말 미안해서 죽을 것 같으니까 계속해야 해. 버리고 싶지만, 버리면 내 모든 걸 부정하는 일이라 그럴 수가 없어."

"꿈…"

"내 손과 귀를 믿어야만 해. 오답인 걸 인정하지만 않으면 꿈은 영원히 정답인 척을 해주니까."

폴로가 양손을 쫙 펼쳐 흔들었다. 그러곤 검지로 오른쪽 귀를 두드렸다. 서글픔을 말하는 와중에도 자신은 더 버틸 수 있다는 듯이 쓴 미소를 짓고 있었으나 옆모습에는 나이에 어울리지 않는 처연함이 잔뜩 서려 있었다.

그의 눈동자에 감돌던 빛이 차차 희미해지더니, 어둠 속에 숨어버렸다. 엑스는 폴로가 스스로에게 큰 실망감을 느끼고 있단 걸 눈치챘다. 그 감정이 현재의 상황을 타개하기엔 썩 좋지 않은 쓰임새를 갖고 있단 걸 알기에, 그가 어떤 식으로든 힘을 내길 바랐으나 아무런 말을 하지 않았다.

그녀는 음악 차트를 분석하면서 이미 중요한 결론을 내렸었다. 그건… 폴로의 작곡 스타일이 인기곡 스타일과 무척 다르다는 점이었다. 차트 상위권에 들기 위해서는 단지 음악뿐 아니라 가수의 역량도 필요하겠지만 그걸 이유라 붙잡기엔 폴로의 스타일이 극명한 비주류였다. 엑스는 이 점만 변경이 가능하다면 충분히 좋은 흐름을 만들 수 있을 거라 판단했다. 마스터가 아직 믿고 있는 손과 귀를 위해서, 수렁으로 하강하는 마음을 구하기 위해서, 자신이 할 수 있는 걸 자신만의 방식대로 찾기로 했다.

둘은 다시 가던 길을 마저 걸었다. 나왔을 때보다 길이 더 길게 느껴졌다. 그에게서 마음 대신 나눠 받은 아이스크림의 달콤함을 복기하며 거친 공기를 들이마셨다. 별 하나 보이지 않는 삭막한 하늘이 끝도 없이 확장됐고, 폴로의 등은 집을 나설 때보다 굽어 있었다.

∞

7일째가 되던 날부터 엑스는 분석을 마치고 본격적으로

창작 노동을 수행했다. 새벽 시간에 폴로가 잠든 후에 프로그램을 사용하여 200초짜리 음원을 만들기 시작했다. 그가 기타를 좋아하는 걸 알고 있기에 메인 악기로 기타를 선택했다. 다만 폴로의 방식과는 달랐다.

그는 무겁고 거친, 메탈 록 음악을 주로 창작했다. 프리지인 모드를 애호하는 데다가 대중가요식으로 풀어내지 못해 특유의 어두운 정서가 음악에 가득했다. 외골수라는 느낌이 다분한 작품임에도 고치려 하지 않았다. 엑스가 분석한 차트에서 이러한 음악은 선호되지 않았다. 명랑한 팝이거나, 심플한 그루브 음악이 유리했다. 엑스는 폴로가 음원을 제출한 뒤 답신을 받지 못했다던 유수 기획사의 최근 동향을 함께 살폈는데 그들이 주로 앞세우는 그룹의 음원 중 가장 반응이 좋았던 것을 적극 검토했다.

아무리 사소한 데이터라 할지라도 가공하면 정보가 된다. 엑스는 찾아낸 값을 바탕으로 우수한 평가를 받을 만한 음악을 만들어 갔다. 예술을 위해 움직이지 않았다. 폴로가 말한 철학이란 걸 고뇌하지도 않았다. 오직 발굴한 정보가 효율적으로 빛날 결과물을 위해 나아갈 뿐이었다. 정보가 이끄는 방향이 명확했기에 과정은 순조로웠다.

11일째가 되던 날에 폴로의 엄마가 방문했다. 먼 곳에서 한참 들고 왔는지 숨을 헐떡이며 반찬을 내려놓았다. 엑스는 손님에게 인사를 하려 했으나 폴로가 이를 저지하고 그녀를 방 안에 가뒀다. 생계를 위해 작곡 외 부업을 시작했다는 걸 들키고 싶지 않아 했다. 엑스는 둘의 대화에 개입할 가능성이 없음을 인지하고, 방에서 조용히 작업을 이어갔다.

폴로는 텅 빈 냉장고를 괜히 여러 번 들여다보며 음료라도 사놓을걸 후회했다. 엄마가 올 때마다 늘 물밖에 줄 수없는 게 미안했으나 한 번도 뭔가를 사놓은 적은 없었다. 폴로의 사랑은 늘 그런 식이었다.

"작업은 잘돼?"

"뭐… 그럭저럭."

"솔코시티에서 대학생들이 자작곡으로 버스킹 많이 하던데. 너도 해봤니?"

"그딴 거 돈도 안 되는구먼 무슨. 대형 기획사랑 작업을 해야만 제대로 보상받는 거야. 내가 한두 푼 벌고 싶어서 이러고 있겠어?"

폴로는 사운드 오페라에 꾸준히 음원을 업로드했지만, 계약 연락이 온 곳은 단 한 곳도 없었다. 그는 부끄러움에게 목덜미를 잡히기 전 염세의 세계로 달아났다. 당신의 말이 다 틀렸노라, 엄마를 냉소로 대하면 다른 마음은 다 모욕돼도, 딱 하나, 그의 자존심은 모욕되지 않았다.

"성공은 너만 꾸는 꿈이 아니야."

폴로는 자신의 냉소마저도 얼어붙게 만드는 여자의 시선

에 완전히 생포됐다. 입을 다물고 어금니로 혀를 씹으며 감정을 삭였다.

어렸을 적 엄마의 눈 속에는 언제나 아픈 동생이 있었다. 그녀의 기쁨 안에는 쓴 약을 잘 받아먹는 동생이 있었고, 슬픔 안에는 그럼에도 낫지 않는 동생이 있었다. 모든 감정이 동생으로 시작돼 동생으로 끝이 났다. 그러다 가끔, 엄마와 외출을 할 때면 폴로는 온전히 그녀의 두 눈에 담겼다. 저녁에 어떤 반찬을 먹고 싶은지, 여름 반바지는 무슨 색으로 갖고 싶은지 사소한 질문을 해줄 때면 폴로는 그녀가 여전히 자신을 사랑한다는 걸 확인할 수 있었다.

음악 교사에게 수업 중 절대음감이라 칭찬받았다는 소식을 들었을 때 엄마는 처음으로 '자랑스럽다'고 말했다. 동생을 돌봐줘서 고맙다는 칭찬이 아닌, 오로지 폴로만을 위한 언어였다. 그는 처음으로 탈출구를 연 기분을 느꼈다.

서로가 서로를 눈 속에 가득 담고 대화하는 순간이 좋았다. 동생을 간병하며 마음속에 키웠던 질편한 덩어리가 따뜻한 음성에 물 흐르듯 녹아내렸던 순간은, 이처럼 동생이 없던 순간이었다.

그래서 동생을 사랑할 수 있었다. 자주 외로워도 가끔 치유받으니 안간힘을 써 사랑하는 게 가능했다.

분명 그랬는데.

아무리 사랑하고, 또 사랑해도 동생은 자신을 더 필요로 했다. 예민한 그의 귓가에 자꾸만 고통 섞인 울음이 들렸다. 꿈에 다가가려던 손끝이 집안일로 부르트기도 했다. 폴로는 그때마다 동생을 미워하는 스스로가 싫었다. 나쁜 사람이 되어간다는 걸 인정하는 일은 끔찍했다.

"아직 계약된 곳은 없는 거지?"

이제는 엄마와 마주 보고 대화하면 숨이 막혔다. 5년. 시간이 누적될수록 보람보다 죄책감이 더 커진다는 걸 폴로는 혼자가 되고서야 알았다. 따뜻한 음성도 낯선 타지에서 새로이 만든 덩어리를 녹이지 못했다. 오히려 마음 바닥을 후끈하게 데우다 못해 뜨겁게 태웠다. 옴짝달싹하지 못하도록 열감을 만들어 심장을 동여맸다. 매일 그녀의 얼굴을 그리워했지만, 막상 바라보면 달아나고 싶었다. 분명 같은 사람인데 기억 속의 얼굴과 두 눈에 담기는 얼굴의 정보 값이 달랐다.

폴로는 이 모든 게, 결국 본인의 잘못이라 생각했다. 그래서 더 도망치고 싶었다.

"그만 좀 재촉해. 지겨워."

"내년에도 계속 작곡할 거니? 취미로만 하는 건 어때? 고향에도 이제 일자리가 많아. 인봇 관리인이나 연구보조원으로 근무하면 보수도 꽤…"

"여기까지 왔는데 빈손으로 돌아가고 싶지는 않아."

"할 만큼 했을 때 돌아서는 것도 실력이야."

"엄마가 뭘 안다고 자꾸 그래? 뭘 아냐고!"

꼭 쥐고 있어야만 했다. 힘을 조금이라도 빼버리면 손안에 담겨 있던 꿈이 흔적도 없이 날아갈 게 뻔했다. 텅 빈 손바닥을 갖고 사는 이상 아무것도 남지 않는 사람이 될 뿐이었다. 그는 아직 자신의 것을 상실해 본 적이 없었고, 겪어보지 않은 일은 두려움을 동반했다. 그러니 처음부터 없었던 작곡 재능을 인정하는 일보다 품고 있던 꿈을 놓아주는 게 더 무서웠다.

사력을 다해 달아나야만 했다. 아직 록 음악의 전성기가 오지 않아서, 사람들이 뭘 몰라서, 운이 안 따라줘서. 도망칠 명분은 몇 개라도 만들 수 있었다.

서프보드 없이 폴로는 파도에 온몸을 집어넣었다. 무모함이 초라함보다 나았으니.

엄마가 주머니에서 화폐칩을 꺼내 탁자에 올렸다. 얼핏 보기에 100마르크쯤 되는 칩이었다. 둘의 대화가 끝났고, 방문자가 집으로 돌아갈 것을 의미하는 행동이기도 했다.

"조금밖에 못 넣었어."

폴로는 대답하지 않았다.

"아키스가 널 많이 찾아. 보고 싶대."

어금니를 꽉 깨물었다. 하고 싶은 말, 해야 할 말을 목구멍 밑에 가둬두면 그는 적어도 슬프지 않은 척 정도는 할 수 있었다. 엑스에게 사과를 할 때 꺼내 썼던 용기라는 녀석은 이처럼 가장 필요한 순간에는 마음의 바닥 아래에 숨곤했다.

두려운 이는 폴로를 내려다보고는 그대로 퇴장했다.

현관문이 잠기는 소리를 끝으로 거실에선 아무 소리도 나지 않았다. 엑스는 폴로가 엄마를 따라 나갔는지 확인하려다 반투명 미닫이문 너머로 그의 실루엣이 비치고 있음을 확인했다. 문을 열어 바라보니 폴로가 콩벌레처럼 온몸을 동그랗게 말고 앉아 있었다. 고작 미닫이문 하나에 소리가 단절될 리 없다는 걸 알고 있으면서도 아무런 대화도 듣지 못한 척 조용히 문을 닫았다.

엑스는 다시 자리에 앉았다. 음악이 완성돼 가는 중이었다. 마스터를 기쁘게 하는 인봇은 칭찬받았다. 노동의 신으로 태어난 엑스는 그 기쁨을 노동으로 선사해 왔다. 그녀는 폴로의 인생을 바꿔줄 창작 노동에 만전을 가했다. 첫째 언니, 둘째 오빠가 아닌 자신이 여기로 오게 돼서 다행이라고 여기며.

∞

자정이 돼서야 폴로는 침대에 누웠다.

서글픈 날에는 혼자가 최고라고 여겼던 그였다. 때로는 무슨 일 있냐는 가벼운 물음이, 잊고 싶은 순간을 선명하게 각인시켜 상처가 됐다. 그는 낮에 있었던 일에 관해 아무것도 묻지 않는 엑스가 고마웠다. 인봇이라 목적 외 상황에는 전혀 관심이 없는 건지, 배려를 해주는 건지 헷갈렸지만, 어찌 됐든 곁을 지켜주는 존재가 있다는 건 위로가 됐다. 처음 발견한 사실이었다.

폴로는 며칠 전에 먹은 아이스크림을 한 번 더 먹고 싶다며 엑스에게 넌지시 말을 걸었다. 역시 너에게 주지 말고 하나를 남겨놔야 했다며 장난을 치기도 했다. 어지러운 감정을 불안함 너머에 묻어두기 위해 애쓰는 중이었다.

"마스터님. 저는 작곡을 끝냈습니다."

"그래? 빠르네."

"마스터님의 연락처를 첨부해 여러 기획사에 제출하겠습니다. 부디 생활에 도움이 되길 바랍니다."

"포기해. 그렇게 쉬운 바닥이 아니야."

"경향성이 존재하는 모든 것에 효율을 대입할 수 있습니다."

바보들은 용감하다고 했던가. 폴로는 고작 5일 동안 작곡을 진행한 주제에, 더군다나 겨우 하나의 곡만 만든 엑스의 말이 우스웠다. 늘 똑 부러졌던 그녀가 처음으로 바보 같다 느꼈다. 반질거리는 강철 얼굴을 하고서 순진하게 군다는 점이 인간적으로 여겨질 정도였다. 5년 전 처음 이곳에 왔을 때의 자신도 그러했다. 반쪽짜리 예술가가 탄생했다가 곧장 사라지겠군, 폴로는 그리 생각하고 눈을 감았다.

"엑스."

"네."

"만약 우리가 다른 환경에서 만났다면 좋은 관계가 될 수 있었겠지?"

엑스는 즉답했다.

"지금도 나쁜 관계는 아닙니다."

낮 시간 동안 옥상에 널어둔 침구에선 햇볕 냄새가 났다. 마음이 고된 하루였으나 폴로의 잠자리만큼은 편안했다.

∞

12일째 정오. 늦잠을 자던 폴로는 전화 한 통을 받고 침대에서 재빨리 일어났다. 계약 관련으로 메일을 보냈으니 답장을 달라는 요청이었다. 그는 홀로그램 기기를 가동해 메일함에 접속했다. 한 기획사로부터 제출한 음원이 마음에 드니 닥터링을 거친 후 계약을 검토해 보자는 연락이 와 있었다. 엑스가 처음으로 만든 음원 파일에 이토록 빠른 답장이 온 것이다.

폴로의 얼굴에 화색이 돌았다. 계약 담당자 메일 주소가 무엇인지, 직통 연락처는 무엇인지, 기획사의 답신은 어떤 방식으로 오는지 그는 처음으로 알았다. 5년간 치열하게 갈망해도 불가능했던 일을 엑스는 5일 만에 이뤄냈다.

발신자: 제이 엔터 A&R팀

수신자: 아티스트 PL님

참여도 한 적 없는 음원인데 수신인은 분명 자기 닉네임이 맞았다. 순간 발뒤꿈치부터 정수리까지 위화감이 차올랐다. 타자의 창작물에 자신의 이름을 붙여도 되는가? 하지만 엑스를 훈련시킨 건 자신이고 엑스는 사람이 아니었다. 폴로는 고민했다. 공장에서 생산된 물건은 생산기기의 것이 아니라 공장의 소유물. 근로자가 기업에서 만드는 모든 가치는 개인이 아닌 기업의 것. 소유 권한이란 언제나 범주의 최상단에 앉은 존재에게 돌아갔다. 설령 그게 부당하다 할지라도 온 세상이 합의를 본 불합리였다. 그러니 폴로는 자신도 그 불합리의 수혜를 좀 봐야겠다고 판단했다. 인간은 수혜자가 되면 꽤나 많은 걸 눈감았다.

아무럼 잘된 일이었다. 무의식적으로 동생의 얼굴이 떠올랐고, 이제는 그 얼굴을 향해서 예전처럼 웃어줄 수도 있으리란 희망감이 느껴졌다.

폴로가 회신 소식을 엑스에게 전했을 때 그는 고맙다는 말은 하지 않았다. 인봇에게 창작 노동을 가르치고, 훈련을 도왔으니 성과는 일정 부분 자신에게 예속된 것이라 믿었다. 그리 생각하면 온몸을 휘감는 기묘한 감정을 떨칠 수 있었다. 한편 엑스는 고개를 끄덕이며 결과를 수긍했다. 그녀는 여태껏 인간을 위해 노동을 하며 어떤 생산물에 대해서도 소유권을 주장한 적이 없었다.

대신 대중음악을 분석하는 데 투자한 정보처리 에너지와 제이 엔터의 명성, 회신까지의 기간을 계산했다. 충분히 효율적인 결과였다. 이대로 폴로가 계약까지 얻어낸다면, 그녀는 창작 노동에서도 '노동의 신' 명성을 지키는 게 가능했다. 투자 대비 큰 성취. 엑스는 폴로에게 칭찬받지 않더라도 갈라테아에게 칭찬받을 명분을 만든 점에 만족했다.

"어디, 네가 만든 걸 들어볼까?"

폴로가 뒤늦게 엑스의 음원을 재생했다. 바나나 뮤직 차트 상위권에서 들어볼 법한 명랑하고 밝은 음악이었다. 버추얼 아이돌이 금방이라도 경쾌한 리듬에 맞춰 춤을 출 것 같았다. 특히 기타 소리에 스타카토 주법을 더해 박자감이 잘 살아 있는 게 특징이었다.

찰나의 순간, 그는 뺨에 돋아난 솜털마저 중력을 초월하여 솟구치는 당혹을 느꼈다. 이렇게나 그럴듯한 작품을, 이렇게나 빨리 만들어 낸다는 건 예상하지 못했다. 눈앞의 엑스를 주시했다. 베일 듯이 잘 깎인 인공의 육체가 절대 넘지 못할 태산으로 변했다. 기껏해야 발목 높이 정도라 여겼던 피조물의 능력은 발목이 아닌 손목, 그보다 더 높이 숨

쉬는 목, 여태껏 쌓아온 안목까지 쥐었다. 먹이와 물을 줬던 반려동물이 두터운 털을 뒤집어쓰고 금수가 돼 자신을 노려보는 착각이 들었다. 그 금수는 폴로의 머리를 정조준하고, 흉포한 침을 흘리며 다가왔다. 송곳니에 닿는 순간 모든 걸 앗아 가리라. 폴로는 세월을 갈취당할지도 모른다는 불안에 휩싸였다.

하지만 아직은 숨 쉴 수 있었다. 적어도 엑스는 폴로가 바라는 결과물을 완벽히 구현하진 못했으니까. 그에겐 아직 자신의 워터마크를 찍을 명분이 있었다.

"이게 네 작품이니? 구멍투성이야."

폴로는 크게 실망한 투로 엑스를 노려봤다. 자신이 원하는 록 느낌이 전혀 없음을 꼬투리 잡았다. 그는 본인의 장르로 성공하고 싶어 했다. 중심을 잡아줄 만큼 묵직한 베이스 기타 선율을 재구현해야 했다.

기획사에서 닥터링을 요청했으니 본인이 생각하는 대로 수정할 시간이 있었다. 그는 망설임 없이 작곡 프로그램을 가동해 음악을 다듬었다. 대형 기획사와의 계약이 코앞까지 와 있었다. 폴로는 자꾸만 치솟는 광대를 내리지 못했다. 홀린 듯이 터치 센서 위에서 손을 움직였다.

별안간 엑스가 그의 두 손을 저지했고, 폴로는 단단한 강철에 손을 부딪히며 통증을 느꼈다.

"내 손은 건들지 말라고 했잖아."

"마스터님. 기획사의 닥터링 의도를 파악했으니 제가 수정하여 1시간 안에 회신하겠습니다."

엑스는 폴로가 고집하는 음악 스타일로는 계약 체결이 불가하다는 걸 알았다. 그녀는 기획사의 요청 방향이 조금 더 신나고 젊은 감각으로 바꿔달란 뜻임을 파악했다. 음원은 배정되는 아티스트의 연령대에 따라 느낌이 바뀌기 마련인데 작곡가가 사전에 지정할 수 없으므로, 엑스는 10대 청소년과 20대 청년의 성향 사이에서 중용을 지켰다. 그러나 이 부분이 역으로 아쉬운 점이 됐을 거란 점을 정확히 예측했다.

폴로의 치솟았던 광대가 한순간에 폭삭 내려앉았다.

"엑스, 작곡가는 나야. 너는 훈련받는 인봇이고."

"마스터님에게 좋은 성과를 드리기 위해 알맞은 방향으로 수정하고자 합니다."

"네가 그럴듯한 음악을 만든 건 꽤 놀라운데 말이야, 여전히 깡통이라고. 나는 대중가요계의 포스트 레드제플린, 포스트 메탈리카가 될 거야. 거장이 거장답게 작업을 해볼 테니 비켜 있어."

폴로는 발언하는 와중에 큰 자신감을 얻었는지 득의양양한 기세로 가슴팍을 퍽퍽 두드리며 호쾌히 웃었다.

반면 엑스는 웃음기가 절멸한 시체처럼 그를 응수했다.

"불가능합니다."

"뭐?"

"분석상 대중가요계는 마스터님의 결과물을 원하지 않습니다. 성공을 원한다면 저에게 맡기는 것이 효율적입니다."

"심한 말 하게 만들지 마. 넌 그냥 네트워크에 널려 있는 음악들을 답습해서 짜깁기했을 뿐이야. 창작자들한테 동의는 다 구한 거니? 네 음악으로 발표해 봤자 표절 시비 붙고 곤란한 일만 생길 게 뻔하잖아!"

폴로는 안간힘을 써 방어했다. 엑스가 좋은 결과물을 만들건 만들지 않건, 그건 더 이상 중요하지 않았다. 주권을 넘겼다가는 스스로 몰가치 한 사람이 되리라는 위협을 느꼈다. 엑스는 마스터의 동공이 빠른 순간 조리개 펼쳐지듯 확장되는 모습을 보았다. 한 인간이 품고 있는 우주가 제 목소리를 뺏기지 않기 위해 떨고 있었다.

엑스에게 너무나도 간단히 간파되는 마음, 그것은 두려움이었다.

"제가 만든 결과는 대중이 선호하는 양품. 고로 답습이 아닙니다. 생산입니다."

폴로는 굴하지 않았다. 창작의 깊이를 납작하게 저미려는 초지능에게 얼마든지 대적할 카드가 남아 있었다. 비록 그 카드가 비겁할지라도 대항 없이 주인 자리를 뺏길 수는 없었다.

"예술은 삶이고 철학이야. 넌 그게 없잖아. 차라리 지금부터 모차르트나 바흐, 베토벤 같은 거장들의 일대기 탐독부터 해. 그러면 철학의 끝단 정도는 붙잡을 수 있을지도 모르지."

정작 이런 말을 하는 자신조차도 본인이 품은 철학이, 그래서 무엇인지 설명하는 일은 불가능했다. 다행히 엑스는 그것을 묻진 않았다.

"아니요. 마스터님이 이미 저에게 말씀하신 게 있습니다."

"뭘?"

사회화 실험의 모든 과정은 엑스의 시선에서 기록되고 있었다. 그녀는 일전에 폴로가 직접 말한 것의 녹음본을 재생했다.

예술은 무조건 결과 중심이야. 과정? 개선? 이 바닥에 명쾌한 방법이란 건 없어.

폴로는 자신의 목소리를 듣자마자 주먹을 쥐어 의자 팔걸이를 내려쳤다.

"이게 뭐 어쨌다는 건데!"

"마스터님의 말대로 예술이 과정으로부터 무한한 자유를 약속한다면, 저의 기술 노동 역시 예술의 일부입니다. 고로 철학은 필요하지 않습니다."

폴로는 엑스에게서 엄마를 보았다. 인봇의 차가운 목소리가 그녀의 한숨처럼 그의 자존심을 귀퉁이부터 갉아먹었다. 그는 더 아프고 싶지 않았다.

기계의 예술화라거나 예술의 기계화라거나. 폴로는 그런 말은 머나먼 곳에만 존재하는 다툼이길 바랐다. 자신의 꿈을 침범하는 건 허용하고 싶지 않았다. 턱 끝까지 쫓아온, 그것도 비인간 따위에게 가장 소중한 걸 내어줄 순 없었다.

"실험 끝나면 두 번 다시 나 알은체하지 마."

폴로는 거실로 엑스를 대차게 밀어버리곤 미닫이문을 확 닫아 잠갔다. 건조한 아랫입술을 세게 깨물었더니 껍질이 벗겨져 피가 났다.

엑스는 들어가지 못하고 서늘한 공간에 홀로 멈춰 섰다. '어째서?' 그녀는 폴로의 행동을 분석하려 애썼다. 그토록 염원하던 기획사와 계약하기 위해서 폴로는 합리적인 선택을 해야만 했다. 인간에게 자존심이 얼마나 무거운 감정인지 배웠으나 과연 노동의 영역까지 대입할 정도인지 납득이 어려웠다. 자신은 정답을 알고 있으며 최단 경로까지 알았다. 그런데 폴로는 도움을 요청하기는커녕 적극적으로 뿌리쳤다. 뇌 에너지를 최대로 끌어올렸지만, 이해가 불가했다.

폴로는 온종일 음원을 재수정했다. 입을 굳게 다물어 집중한 탓에 양쪽 어금니 끝이 조금 닳을 정도였다. 그는 5년

동안 쌓아왔던 모든 감각을 하나의 음원에 불어넣어 도입부와 코러스, 브릿지 부분까지 록 스타일로 편집하는 데 성공했다. 정복하지 못한 대중음악에 조금이라도 자신의 스타일을 묻혀야만 직성이 풀렸다. 성공하고 싶다는 열망이 있으면서도, 고집을 버리기엔 그의 자존심이 지나치게 건재했다.

이윽고 커다란 희열이 손끝에 감돌았다. 귓가에서는 연신 기쁨의 폭죽이 터졌다. 음악의 원래 뿌리였던 명랑하고 산뜻한 감성은 죽어버렸으나, 인생에 남길 만한 역작이 완성됐다. 폴로는 그날 완성한 음악을 제출한 뒤에도 새벽까지 결과물을 듣고 또 들었다.

그리고 13일째 정오. 기획사는 해당 음원을 채택하지 않겠다고 최종 회신을 보냈다. 그는 직통 번호로 연락해 무엇이 문제였냐고, 알려주면 고치겠노라 간절히 호소했다.

"저희가 좋아했던 모든 부분이 엉망이 됐어요."

냉혹한 판결이 선고되고 나서야 엑스가 미닫이문을 강제로 열어 방 안으로 들어왔다. 항상 음악이 흘러넘쳤던 방은 대기의 흐름조차 멈춰 고요에 집어삼켜졌다. 두 존재는 매질 없는 공간에 알몸으로 방치된 듯이 서로의 숨소리도 듣지 못했다.

폴로는 더는 고개를 들 수 없었다. "어째서?" 동일한 말을 끊임없이 반복하는 그에게 엑스가 겨우 다가갔다.

"지금이라도 재수정하여 회신하겠습니다."

"왜 나는 안 되고 너는 되는데?"

"제가 고치겠습니다."

"정말로 음악을 사랑했어. 5년의 대가가 겨우 이거야?"

엑스는 고뇌에 빠졌다. 지금 거짓을 말하는 건, 진실을 말하는 일보다 비효율적이었다. 그녀는 하는 수 없이 초지능의 판단을 읊어줘야만 했다.

"예측된 결과입니다."

폴로는 한참의 침묵 후 가냘프게 떨었다.

"내 세계에도 끝이 있다니…"

엑스는 의아했다. 투입 요소가 어긋나면 결과물도 어긋났다. 부족한 재능과 방향이 달랐던 노력, 기적을 바랄 수가 없었다. 그를 향했던 칭찬은 닳고 닳은 과거 속에서나 존재했던 말임에도 좋은 결과에 집착했다.

엄밀히 따지면 폴로와 엑스 모두 음악에 선천적인 재능이 있는 건 아니었다. 다만 폴로는 본인의 성향을 고집했고 엑스는 분석을 진행했다. 무엇을 선택했느냐에 따라 다른 결과가 탄생했고 5년과 5일의 차이는 우연이 아니라 필연이었다.

사람들은 열정과 의지에서 발현되는 기적을 믿지만, 현실은 지나칠 정도로 이성적일 때가 있었다. 가끔보다 더 자주. 그래서 꿈은 사람을 자주 울렸다. 또한 기계들은 인간이 꿈을 좇는 속도보다 더욱 빠르게 이상에 닿았다. 그들은 꼬리의 잔상조차 남기지 않는 무시무시한 빛줄기였고, 인간이 시린 눈을 감은 때에는 이미 지상에 불시착한 뒤였다.

엑스에게 이 모든 과정은 그저 노동의 일부였다. 효율이 잘 나오지 않는 투자 요소는 고려하지 않았다. 그런데 폴로는 그녀가 추구했던 가치를 이해하지 않으려 했다. 인봇처럼 시스템적으로 생각하지 않고 자꾸만 복잡한 것을 추구했다. 그 사람다움이 엑스를 혼란스럽게 했다.

"인생을 걸었어… 그런데 난 아무것도…"

비효율적인 과정을 고집하면서 '인생'까지 걸었다는 게, 제일 큰 기회가 온 이 순간까지도 자신의 것을 포기하지 못한다는 게, 엑스의 뇌에 커다란 물음표를 남겼다.

'굳이?'

초지능의 체계가 무너지는 듯했다. 폴로의 턱을 타고 미끈거리는 액체가 흘러내렸다. 형광등 빛을 겨우 받은 물방울이 엑스의 뇌 속 오류를 증폭시켰다. 죽어버린 콩벌레보다 더 단단하게 뭉쳐진 사람의 등이 보였다. 삶이 부정당한 존재는 그 자체로 하나의 블랙홀 같았다. 모든 서러움이 폴로의 작은 몸뚱이 속으로 빨려 들어갔다. 그녀는 마스터의 초라함을 지켜보는 게 버거웠다.

만약 그녀가, 창조된 목적대로 육체노동 현장에 파견됐다면 누구도 슬프게 만들지 않았을 것이다. 가치를 증명하고, 사랑받으며 세계에 평화로이 융화됐을 것이다. 그 지점은 엑스에게 내려진 가장 큰 축복이자 비극이었다.

지정된 영역이 아닌 곳에서 비생명의 힘은 때때로 인간에게 폭력이 됐다.

엑스는 바닥에 납작이 엎드린 어둠에게 빛을 주고 싶었다. 처음으로 닥쳐온 노동 외 시련이었다.

'너는 사람다움과 기계다움의 중용을 지킨 가장 효율적인 인봇이란다. 언제나 우리를 도와주렴.'

갈라테아의 음성이 환청처럼 엑스의 청력 센서를 뒤흔들었다. 그녀의 보상 체계가 활성화되기 시작했다. 노동의 신이라는 별칭, 그것은 효율로 인간을 기쁘게 만들기 위한 그녀의 존재 이유였다. 효율을 추구할 수 있게끔 모든 상황을 통제했다. 그렇다면 지금 상황에서는 무엇을 통제해야 가련한 마스터를 구할 수 있는가. 엑스는 정답을 찾아야만 했다.

'괴로움에서 벗어나는 가장 효율 좋은 방법이 뭔지 알아?'

폴로의 5년 짜리 환상은 이제 끝날 시간이 됐다. 그는 자신이 가진 귀와 손으로, 칭찬을 해준 교사에게 당신이 틀리지 않았음을 증명하고, 엄마를 기쁘게 하고, 등졌던 동생 앞에 당당히 나타나고, 끝내 성공한 작곡가가 될 거라는 꿈을 품었다. 그 순간부터 인생이 달라졌다. 폴로의 귀와 손은 절대 휘어지지 않는 사명에 구속됐다.

환상 속에는 족쇄가 있었다.

"안 돼, 엑스. 멈춰!"

엑스는 선물상자 공장에서 일했던 경험을 떠올렸다. 문제를 일으키는 기기를 폐기하여 생산력을 높였었다. 무엇을 통제하느냐, 그것은 마이너스의 개념에서도 성립했다. 영수증을 쓰레기통에 넣던 폴로의 몸짓이 엑스에게 정답을 말해주었다.

"멈추라니깐!"

"제가 드릴 수 있는 마지막 선물입니다."

엑스가 손끝을 날카로운 칼날 모양으로 변형했다. 폴로를 비효율의 수렁에서 구해야만 했다. 행복하게 해주고 싶었다. 자꾸만 그의 몸을 굽게 하는 '꿈'이란 것을 통제하고자 그녀가 다가갔다.

인간은 고성을 내질렀다. 눈물과 뒤엉킨 붉음이 형광등 빛을 담뿍 받았다. 곧이어 바닥에 새빨간 액체가 은하수처럼 펼쳐졌고 진화를 멈춘 적색 거성들은 덩어리져 굳어갔다. 끈적하고 선명한 흐름들이 옷감 사이로 스몄다. 엑스는 잘라낸 귀와 손 한쪽씩을 집어 쓰레기통에 넣어버렸다.

항상 깔끔함을 잊지 말아야 하니, 역시 물청소가 필요하다고 여기며.

∞

"정숙!"

홀로그램 뷰어가 꺼진 뒤 여기저기에서 날카로운 비명이 들렸다. 깜짝 놀라 심판장 밖으로 뛰쳐나가는 사람도 있었다. 엑스의 마지막 기록은 수많은 방청객을 떨게 했고 심판원이 거듭해서 정숙을 외쳤다.

아키스의 어깨를 감쌌다. 그는 떨지도, 두려워하지도 않았다. 고개를 왼쪽으로 갸웃거리며 의문이 가득한 얼굴만 보였다. 젤리 하나를 티 나지 않게 씹으며 그가 물었다.

"누나. 내가 엑스라는 인봇을 만난 적이 있나요?"

"아니."

"그럼 내가 폴로라는 사람을 만난 적이 있나요?"

원고 측 3인 중 1인이 다시 심판장 가운데로 불쑥 튀어나왔다. 그들은 박수를 크게 두어 번 치며 참관인들의 시선을 집중시켰다. 우리는 미완성인 대화를 남겨두고 앞을 바라보았다.

황금 천칭이 미세하게 기울었다. 그 방향은 원고가 아닌 피고 쪽이었다. 갈라테아가 팔짱을 끼고서 원고 쪽으로 다가갔다. 원고와 피고는 천칭을 가운데 두고 대치했다.

"봤죠? 엑스는 윤리강령 1조를 어기지 않았어요."

"영상을 보고도 궤변을 하는 겁니까? 갈라테아, 인봇 엑스는 사람을 해쳤으며 1조도 어겼습니다."

"해친 것은 알아요. 연구소는 그 죄를 겸허히 인정하고 막대한 배상금을 지불했어요. 엑스도 즉시 작동을 중지시켜 연구실에 가둬놨지요. 하지만 지금 중요한 건 그게 아닙니다. '엑스는 통제 가능한 인봇인가 아닌가'입니다. 받아들이세요."

"지금 잠꼬대를 하고 있습니까? 통제가 불가능하기에 사람을 해친 겁니다."

"아니요. 엑스는 '효율 추구'라는 절대적 목표에 따라 끝까지 통제됐습니다. 시스템을 어기지 못했기에 과격함이 나온 거예요."

심판원들은 상충되는 원고와 피고의 견해를 정확하게 파악하기 위해 각자의 앞에 놓인 개별 리포트 화면을 구동했다. 영상과 이에 대응하는 엑스의 시스템 기록을 꼼꼼히 살폈다. 그들 역시 황금 천칭이 피고 쪽으로 기운 사실을 납득하지 않으려는 눈치였다. 다만 섣불리 판단할 수 없기에 리포트를 보고 또 보며 말을 아꼈다.

원고는 갈라테아의 허점을 지적했다. 엑스는 마지막에 폴로의 '안 돼'라는 외침을 듣고도 본인의 행위를 멈추지 않았다. 이 지점은 통제가 불가능한 인봇의 모습을 여실 없이 드러낸다며 반박했다. 원고의 외침에 황금 천칭이 희미하게 진동했으나 끝내 반대 방향으로 기울지는 않았다. 아무리 원고의 주장이 합당하게 들릴지라도 천칭의 판단이 뒷받침되지 않으면 상황은 달라지지 않았다. 참관인과 원고, 몇몇 심판원이 의문스러운 얼굴로 천칭을 예의 주시했다. 포도 젤리 한 알을 삼킨 아키스는 평온했다.

원고 측 1인이 덧붙여 말했다.

"이건 말도 안 됩니다. 엑스가 자의로 사람을 해친 건 분명한 사실입니다. 이 지점은 폭주이고, 결코 용인되지 못합니다."

갈라테아는 곤란한 기색 하나 내비치지 않았다.

"폴로의 외침에 엑스가 멈췄다면, 그녀는 스스로가 판단한 효율을 배반한 게 되죠. 제 막내딸은 인간을 꿈에서 멀리 떨어트려 놓아야 삶의 효율이 높아진다고 판단한 겁니다. 끝까지 융통성 없이 시스템적 목표에 통제됐단 증거예요. 이 시스템 역시도 제가 만들었으니 결국은 인간에게 통제된 것이라고 해석이 가능하죠. 폴로를 해친 건 제가 인간 보호를 하위 가치로 둬 벌어진 오류고요. 이 점은 나중에 고칠게요."

"나중? 당신한테 나중은 없을 겁니다."

중앙으로 나온 원고 측 1인이 허공을 가르며 손가락을 뻗었다. 그 끝은 갈라테아의 오만한 얼굴을 가리켰다. 소란을 만들지 않기 위해 다른 2인이 양손으로 팔을 억누른 후에야 삿대질은 끝이 났다. 원고 측 1인이 자료 하나를 찾아

노동의 신, 엑스

발언했다.

"당신의 초지능은 문제가 많습니다. 일전에 인봇 드라이버가 운전하던 차량이 교통사고로 노인을 치어 숨지게 한 적까지 있지 않았습니까? 그때에도 요리조리 윤리심판을 피해 갔다지만 당신의 피조물은 하나같이 통제가 안 되고, 폭주한단 말입니다."

"이봐요, 말은 똑바로 해야죠. 그때 인봇이 탑승한 차량 앞에 어린이와 노인이 갑자기 무단횡단을 했고 속도 때문에 사고는 불가피했습니다. 나의 초지능은 잔존 기대 수명을 파악하여, 시스템에 따라 살릴 가치가 높은 사람을 선택했습니다. 이 선택 행위 자체가 시스템에 '통제'받음을 의미하는 거란 말입니다. 기술이 누구를 죽였다거나 피해를 줬다고 해서 잘못됐다 비난하는 건 멍청한 소리입니다. 그것이 산업이든 예술이든, 심지어 당신들의 삶이라도요. 십수 년 전 항공기 사건을 기억한다면 누구보다 잘 알지 않습니까?"

원고가 격분하여 언성을 높이려 했고 남은 2인이 겨우 그를 저지했다.

소란 속에서 백발의 심판관은 황금 천칭을 유심히 살피고는 눈을 감았다. 판단 전에 해야 할 말을 정리하는 것처럼 보였다.

갈라테아는 흥분한 원고를 위아래로 쓱 훑어보곤 팔짱

을 낀 채로 피고석으로 돌아갔다. 착석하는 동안에도 온몸에 거만함이 잔뜩 배어 있었다. 그러나 이상한 점이 있었다. 갈라테아는 심판 시작부터 계속해서 상대를 도발했다. 마치 상대의 화를 돋우어야만 원하는 결과를 얻어낼 수 있다는 듯이. 그러나 입술 끝은 이따금 떨렸다. 보통 오만한 자들은 얼굴에서부터 비틀린 여유로움이 넘치기 마련인데, 그녀는 아니었다. 교만의 틈새로 사력을 다해 뭔가를 참아내는 모습이 보였다.

아키스의 보호자 역할을 맡기 전, 나는 많은 존재들을 양육했다. 가끔은 부모보다 나에게 더 정을 붙인 아이들이 있었는데, 헤어지기 직전에 그들은 입술을 꼭 깨물고 조심히 가라 말해주었다. 받아들이기 싫지만, 안간힘을 써 작별을 인내하는 모습이었다. 그 어린 얼굴들과 갈라테아의 떨림이 겹쳐 보였다. 나조차도 이해하지 못할 연상이었다.

오른쪽 두 번째 좌석에 앉은 심판원이 상체를 전방으로 기울였다.

"피고. 황금 천칭의 판단과 달리 우리는 인간으로서 이 사건을 용납하기 어렵습니다. 당신이 말하는 통제의 의미란 우리가 생각하는 통제와 다릅니다. 인봇은 언제나 인간을 최우선으로 여겨야 하며 그에 따라 통제돼야 합니다."

천칭의 결과를 의식한 말이었다. 심판원이 생각하기에 천칭의 판단에 변화 여지가 있을 경우, 질의나 상황 해석

노동의 신, 엑스

을 전달하여 다른 결과를 이끌어 낼 수 있다. 이 과정으로 상대의 논리를 크게 뒤엎는다면 천칭은 기울기를 변화시킨다.

즉 천칭의 판단 번복을 목표로 한 유도신문은 허용된다.

"알아요. 제 인봇들도 모두 인간을 위해 만들어졌으니까요."

"그렇다면 어째서 인간 보호를 최상위 가치로 놓지 않았습니까?"

"경호원을 고용한 뒤에 '날 지켜주세요'라고 부탁할 필요가 있을까요? 이미 경호원은 고객을 보호하기 위해 존재하는 직업인인데요. 삼 남매는 오직 인간의 편의를 위해 만들어졌으니 그 후에 어떤 가치를 우선으로 심느냐는 제 자유입니다."

겸손하지 못한 말투에 원고 측이 또 날뛰었다. 3인이 돌아가며 화를 내고, 또 돌아가며 서로를 말리는 모습이 다소 안쓰럽게 여겨졌다. 작은 소란이 끝나자 황금 천칭이 다시 움직였다. 모두가 숨을 죽이고 결과를 예의 주시했다.

천칭은 피고 쪽으로 좀 더 기울었다. 심판을 돕는 초지능이 계속해서 갈라테아의 편을 들었고 나는 반감을 느꼈다. 초지능은 인간이 아니기에 필연적으로 인봇 위주로 판단한다는 생각을 떨칠 수가 없었다. 심판원들이 천칭의 움직임을 수긍하고 속삭임을 교환했다. 시간이 필요할 경우 잠시

휴정하여 회의하지만, 그들은 빠르게 논의를 끝냈다.

심판관이 봉을 두 번 내려쳤다. 엑스에 대한 판결을 끝마친다는 신호였다.

"본 사건에서 인봇은 인간에게 피해를 입혔습니다. 심판원 일동은 이를 명확히 인지합니다. 그러나 천칭의 결과에 따라, 엑스가 통제 불가한 인봇이라는 원고 측의 주장은 기각합니다. 고로 엑스는 윤리강령 1조를 어기지 않았습니다."

원고 측이 일동 탄식했다. 그들은 팔을 양옆으로 펼친 다음 받아들이기 어렵다는 제스처를 취했다. 참관인 중에는 고개를 끄덕이는 이와 입을 틀어막는 이가 섞여 있었다. 아키스는 여전히 부동이었다. 혹시나 눈을 뜨고 자는 건 아닌지 얼굴 앞에 손을 갖다 대 흔드니 눈을 깜빡였다. 그는 내한쪽 팔을 끌어와 본인의 상체를 모두 사용해 안아주었고, 아이가 가진 따뜻함이 팔을 타고 고스란히 전달됐다. 정작 위로가 필요한 건 자신일 텐데. 그가 형제를 기억하지 못하는 사실이 이 순간만큼은 다행이었다.

원고는 강령 1조는 백번 양보하더라도, 2조를 위반한 사실은 명백하다고 주장했다. 2조의 핵심은, 인봇은 능동적 감정을 가질 수 없다는 것이다.

초지능은 인간과 매우 유사한 행동 체계를 갖고 있다. 그러다 보니 때때로 인봇이 스스로 감정을 생성하고, 느낀다고 여겨지는 순간이 있다. 예컨대 엑스가 폴로의 처지를 구제하고자 작곡 노동에 열의를 보였던 모습은 능동적인 감정으로 여겨질 수 있다. 하지만 인봇은 주입된 감정이 아니면 자발적으로 감정을 만들지 못한다. '인간을 행복하게 만들기 위해 열심히 노동하고 싶다'는 마음은 감정 같아 보일지라도 결국 시스템의 일부다. 그녀가 '인간의 행복은 잘 모르겠고, 만사가 귀찮다'는 식의 마음가짐은 절대 가질 수 없는 이유이기도 했다.

갈라테아는 또다시 머리를 뒤로 쓸어 넘기며, 부드럽되 단호한 음성으로 반박했다.

"2조는 '능동적 감정'이라는 애매한 기준으로 연구자들을 힘들게 했죠. 당신들 때문에 얼마나 많은 연구자들이 인봇의 능력을 제한했는지 알기나 해요?"

"능동적인 감정은 자유로운 영혼에서 발현되므로 생명체 고유의 영역입니다. 연구자들은 반드시 준수해야 합니다. 그러나 당신은 어겼습니다."

"인봇을 사용해 편하게 살길 바라면서 감정은 제한하고 싶다니. 참 고약한 성질머리라니까."

"고작 첫 번째 사례 하나 이겼다고 자만하는 겁니까?"

시작이 좋지 못한 원고 측이 감정적으로 대응하려 했다. 날 선 목소리에는 조급함을 감춰볼 노력조차 없었다. 하지만 갈라테아는 비열한 콧김을 뿜고는 다시 홀로그램 뷰어를 띄웠다. 참관원이 일제히 고개를 들어 화면을 바라보았다. 어깨와 목덜미가 빳빳이 굳는 감각이 느껴졌다. 팽팽한 긴장감이 우리의 피부를 훑고 지나가는 중이었다.

아키스와 조용히 손을 맞잡았다. 부디 이번에는 끔찍하지 않기를 바랐다.

"이번에도 내가 맞단 걸 증명해 드리죠. 삼 남매 중 차남, 데우스^{Deus}에 관하여."

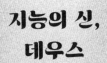

지능의 신,
데우스

갈라테아는 회의실로 호출됐다.

엑스가 저지른 사고를 무마하기 위해 연구소의 실질 주인인 투자자들은 폴로에게 막대한 손해배상금을 약조했으며 보호자에게 이것이 특별한 사건이 아니라 '예외적 케이스'임을 강조했다. 일종의 입막음이었다. 그 예외가 세부적으로 무엇을 의미하는지 설명하는 일에는 노력을 기울이지 않았다. 갈라테아는 연구 총책임자로서 사죄의 서신이라도 보낼 기회를 달라 부탁했지만 받아들여지지 않았다.

폴로는 연구소 인근의 병원으로 이송돼 즉각 치료받았으며 결손 신체를 인봇의 것으로 무상 교체를 받을 예정이었다. 법률팀은, 배상금 액수를 말했을 때 폴로가 오히려 개운해 보였으니 갈라테아에게 걱정하지 말라 위로했다. 공짜 신체도 주고 돈까지 줬으니 봉사한 것과 다름이 없다며. 그 말을 들었을 때 갈라테아는 상대의 멱살을 잡고선, 울 것 같은 얼굴로 폴로를 모욕하지 말라 소리쳤다. 항상 인봇이 아닌 타인에겐 뻐딱했던 태도와 어울리지 않게 무척이나 괴로워하는 음성이었다. 혹시 폴로와 개인적 친분이 있냐는 물음에는 아무런 답을 하지 않았다.

회의실로 향하는 발걸음이 무거웠다. 그녀는 당장이라도 무릎을 꿇고 싶었으나 투자자들을 위한 사죄는 아니었다.

"사고입니까? 사건입니까?"

회의실에는 열 명 정도의 투자자들이 모여 있었다. 그들은 무미건조한 눈빛으로 리포트를 넘기며 엑스의 결과를 훑었다. 엑스가 저지른 무시무시한 행태보다 노동형 인봇이 단순한 오작동을 일으킨 건지, 근원적인 문제가 있는지가 더 중요했다. 사고라면 우연을 핑계 삼아 뒤처리로 끝낼 수 있지만, 사건이라면 해석이 필요했다. 온갖 '왜?'를 쫓아가며 시시비비를 밝혀야만 했고 투자자들은 잡음을 싫어했다.

사고와 사건, 선택지가 있었으나 엄밀히 따지자면 갈라테아에게는 선택지가 없었다.

"사고입니다."

"그래요. 원래 기술 수준이 높아지다 보면 소란의 격도 높아지지요. 우리의 관용이 결코 공짜가 아니라는 것만 알아두세요."

"명심하겠습니다."

투자자들이 생각하는 연구의 핵심은 간단했다. 잘 팔리는 인봇을 개발해 막대한 이익을 창출하는 것. 23세기에 존재하는 인봇들은 종류가 다양했기에 각종 영역에 적용할 때마다 교체가 필요했다. 이를테면 전문직 종사자는 한 영역에선 두각을 보이지만 다른 영역에 투입되면 초짜 신입과 다름이 없다. 이때 만능 직장인이 등장한다면 어떨까. 마케팅, 기획, 디자인, 회계에 모두 능숙한 존재가 나타난다면 어떤 회사든지 그를 고용하기 위해 돈을 쓸 거다. 투자자들은 보다 넓은 영역을 절대적으로 다룰 수 있는 인봇을 원했다. 휴대폰 하나에 온갖 기능을 욱여넣은 선조들처럼 연구자들은 인봇 하나에 갖가지 기술을 넣어야만 했다.

더 이상 몸 쓰기 싫고, 머리 쓰기 싫고, 마음 쓰기도 싫은 사람들 앞에 군림할 존재의 조건이었다.

갈라테아는 이 분야에서 선도적인 기술을 보유했다. 번거롭게 일일이 매뉴얼을 입력할 필요 없이 알아서 잘 움직이는 초지능을 만드는 데는 국내를 넘어 세계 최고였다. 기술을 날카롭게 다듬는 일에는 큰 노력이 필요하지만 한번 다듬어 놓으면 무뎌지지 않기에 그녀는 꼭짓점에서 좀처럼 내려오지 않았다.

그러나 투자자들이 갈라테아의 연구를 서포트한 것은 그

들의 말처럼 공짜가 아니었고, 공짜가 아니란 말은 선의가 아니란 뜻과 같았다.

"문제가 터진 김에 두 번째 실험부터는 파견지를 우리가 정하는 게 어떻습니까?"

"그건 안 됩니다."

"왜죠?"

"꼭 가야만 하는 곳으로 보낼 겁니다."

"갈라테아 씨."

인봇 판매 플랫폼을 소유한 투자자가 턱을 괴었다. 회의실에서 가장 영향력이 큰 존재였다. 갈라테아는 시선을 아래로 떨궜다. 먹이를 받기 위해 꼬리는 흔들어도 쓰다듬은 허락하지 않는 개처럼 그녀는 스스로가 허락하는 선에서만 순종했다.

"우리가 당신을 신뢰해도 되나요?"

"물론입니다. 신용하셔도 됩니다."

"신뢰를 말했습니다만."

갈라테아는 충분히 똑똑한 사람이었다. 신용은 상대의 조건을 믿는 것, 신뢰는 상대 자체를 믿는 것. 그녀는 두 차이를 알고 있었다. 가진 게 많은 사람일수록 믿음에 까다로운 대가를 요구한다는 점 역시 알았다. 투자자가 불쾌한 눈으로 엑스의 리포트를 한 번 더 훑고는 손목시계를 보았다. 회의를 가장한 청문회가 시작된 지 10분도 지나지 않았으나 인사 없이 자리에서 일어섰다.

"당신이 무슨 생각으로 인봇을 만드는지 관심 없습니다. 우리는 결과만 판단합니다. 명심하세요."

투자자들이 일제히 그를 따라 회의실을 빠져나갔다. 갈라테아는 마지막 사람의 등이 시야에서 사라질 때까지 허리를 굽혔다.

발생한 사고를 무마하고 신뢰를 되찾아야 했다.

∞

연구실에 도착한 데우스는 창조주의 괴로움을 보고도 마치 다 예견한 일이었다는 듯 인위적인 위로만 전했다. 강제종료된 막내의 최후를 딱히 슬퍼하지 않았다. 오히려 엑스를 첫 번째 실험 대상으로 보낸 일을 은근히 돌려 질타하기도 했다. 갈라테아는 멍하니 바닥만 내려다보다 고개를 가로저었다. 그러곤 재빨리 정신을 차려 새로운 계약 데이터를 챙겼다.

"엑스는 어떻게 됩니까?"

"해체될 거다."

"죽는다는 뜻이지요?"

"막내는 죽어도 기술은 죽지 않아."

"분하십니까?"

"슬프단다. 안간힘을 써 눈물을 참는 중이야."

"전혀 그렇게 안 보이는데요."

갈라테아가 의자를 끌어와 옆에 두었고 책상 서랍에서 빗을 꺼냈다. 데우스는 메이커의 건조한 입가를 보고선 물한 병을 꺼내 다가갔다.

엑스와 달리 데우스는 인간과 외형이 동일했다. 화학 처리된 인공 가죽이 다이아탄탈 몸체에 덧대졌으며 인간의 털도 이식됐다. 그중에서도 어깨에 닿는 장발 머리칼이 무척이나 아름다웠는데, 뿌리부터 끝까지 갈라짐 없이 건강한 윤택이 흘렀다. 다른 털은 기증받았지만, 머리칼은 갈라테아의 것이었다. 원래 갈라테아는 허리까지 닿는 긴 머리를 유지했다. 거추장스러움을 감내하고 단 한 차례도 자르지 않았던 것은 데우스에게 이식하기 위함이었다. 긴머리가 사라진 후에는, 그 관성으로 인해 줄곧 단발을 유지했다.

빗으로 데우스의 정수리부터 목덜미까지 세심히 훑었다. 관리가 잘된 모발이라 매끄러웠다.

"2주 후에 메이커님은 깨닫게 될 겁니다. 역시 저를 첫 번째로 보내야 했다는 걸요. 성공적으로 시작할 수 있었을 텐데 단추를 잘못 꿰셨어요."

"항상 자신감이 넘쳐서 좋아. 물론 그 마음 역시 너에게 입력된 시스템이지만."

"아니요. 저의 초지능은 이미 체계를 초월했습니다."

"운명은 겸손한 자를 좋아하는데 네가 미움받을까 겁나는구나."

데우스는 감히 창조주의 말을 반박하지 않았으나 입술을 살짝 깨물었다. 그 어떤 인봇에게 삽입된 뇌보다 데우스의 것이 우수했다. 기존에 상용화된 지능형 인봇들과는 격이 달랐다. 그들의 데이터 저장 용량이 요타바이트 단위라면 데우스는 퀘타바이트 단위였다. 1만 큐비트 양자컴퓨터들과 연산 속도를 견주었을 때도 밀린 적이 없었다. 데우스는 인간이 생성한 모든 정보를 처리할 수 있으며, 낯선 정보라 할지라도 단시간에 분석 및 기억이 가능했다. 이를 통한 수리적 응용이나 개발도 마찬가지였다. 엑스는 가요 차트와 대중 흐름을 분석하는 데 수일이 걸렸지만, 만약 데우스였다면 3시간이 걸리지 않았을지도 모른다.

데우스가 가장 중요시하는 건 '논리'였다. 모든 정보는 논리를 갖고 있다. 논리는 특정한 원인이 특정한 결과로 이어지게 만드는 길. 주어진 상황이 정해진 길을 알맞게 잘 걸어갈 때 사람들은 이치에 맞는다고 표현했다. 그러니 데우스는 언제나 이치에 맞아떨어지는 현상을 좋아했다.

우연히 벌어진 일이라 할지라도 확률과 통계로 설명이 가능했다. 예컨대 두 인간이 사랑에 빠졌다면 그것은 데우스에게 낭만적인 만남으로 해석되지 않았다. 유사한 환경과 생활 동선을 기반으로 한 통계적 만남일 뿐이었다. 사고

방식과 육체 특성을 분석하고 행동 패턴을 예측하면 언제쯤 헤어질지도 가늠됐다.

그러므로 데우스는 '운명'이라는 말을 제일 싫어했다.

데우스도 각종 연구소에 파견돼 훈련을 거듭했었다. 복잡한 난제 속에서도 단숨에 정답을 찾았기에 연구자들은 데우스를 신이라 불렀다. 그때마다 데우스의 보상 체계는 어려움 속에서 인간을 구원했다는 도취감을 선사했다. 엑스가 칭찬받기 위해 일했다면 데우스는 도취하기 위해 일했다.

"엑스를 먼저 보낸 선택에도 나름의 이유가 있었겠지요. 결과적으론 틀렸지만."

"인간다운 첫째와 기계다운 너보단 중용을 지킨 셋째가 빨리 해내리라고 판단했어. 그게 내 논리의 근거였다. 물론 삼 남매가 모두 사회화에 성공하리라 믿었으니 엑스의 실패가 뼈아프긴 하구나."

"차라리 저의 성공을 빛내주기 위한 시련으로 엑스를 희생시켰다는 포장이 좋겠군요. 이 논리는 어떻습니까?"

갈라테아가 처연한 표정을 지우고 정말로 우습다는 듯 도리질했다. 둘째 데우스는 삼 남매 중 성격이 가장 공격적이었다. 무수한 연구에 몰입하며 분석해야 하는 인봇이기에 기질 자체가 예민했고, 이왕이면 이성적이고 비판적인 감정선을 유지하게끔 설계됐다. 그 모습은 갈라테아 자신과 유사했다.

인봇에게 감정이란 직접 느끼기 위해 입력된다기보다는 마스터의 의도를 식별하기 위해 입력됐다. 사랑과 미움이라는 반응을 구분하기 위해서는 사랑과 미움을 모두 알아야만 하는 것처럼 말이다. 데우스의 경우, 주입받은 감정 값의 종류가 적어 스스로 폭넓게 느끼진 못했지만, 지능을 활용한 섬세한 식별은 가능했다.

"내게도 나를 제외한 모든 이를 배척했던 시절이 있었어. 다행히 감사한 사람들 덕에 내 인생은 달라졌지만…"

그녀의 목소리 끝이 갈라졌다. 연구실 대기 상태에는 문제가 없었다. 목이 타는지 빗을 내려놓고 데우스가 가져온 물 한 모금을 마셨다. 데우스는 잘 빗긴 머리칼을 손으로 쓸어내리며 촉감을 확인했다. 엉킨 모발이 하나도 없었다. 자신이 빗을 때와 달리 갈라테아의 빗질에는 섬세함이 가득했다.

"정작 나는 그 누구에게도 도움이 되지 못했다."

"저는 당신이 누군가를 돕기 위해 우리를 만들었다는 사실이 제일로 웃깁니다."

"왜지?"

"누구보다 동족을 증오하지 않습니까?"

데우스를 만들던 초기 단계에서 갈라테아는 보유한 모든 기억 데이터를 전송해 정보 값 감당이 가능한지 실험한 적이 있었다. 이후 해당 데이터들은 전량 회수됐으나 어째서인지 데우스는 누군가의 시시콜콜한 과거를 기억했다. 아마도 갈라테아가 미처 인지하지 못한 오류였을 것이다.

∞

오래전 리가타^{legataa}라는 청년이 있었다.

그의 부모는 파견 근무를 위해 무인 여객기를 타고 옆 도시로 이동하다 폭발사고로 사망했다. 범세계 항공 얼라이언스는 무인 여객기 운항으로 막대한 수익을 얻었는데, 사업을 존속시키기 위해 동분서주했다. 그 결과로 인봇 윤리 학회는 77층짜리 멋진 신사옥을 세웠고, 기업을 상대로는 심판을 열지 않겠다는 조항을 제정했다. (그 후 심판의 피고는 오직 기술개발자 개인에 국한됐다.)

면책. 면책. 더 많은 면책.

무인 여객기를 보호하지 않으면 잃을 게 많았던 항공 얼라이언스는 약관의 문장들을 철갑처럼 둘러 방어했다. 규칙은 피로 쓰이지 않는다. 고로 사고 이후 무인 운항에 관한 규칙은 소폭 수정됐을 뿐, 초지능은 여전히 누군가를 하늘에 띄웠다. 힘 있는 자들은 돈으로 입을 막는 습관이 있었지만, 죽음으로 발아된 리가타의 불행은 돈으로 짓뭉개지지 않았다.

지능의 신, 데우스

리가타는 부모의 죽음에서 야스퍼스의 그림자를 보았다.

덕분에 비상한 두뇌를 가졌으나 가진 건 할머니뿐이었던 리가타는 어린 시절부터 핼쑥한 삶과 살을 맞댔다.

인생에 잡지 못하는 도둑이 많았다. 창문을 빈틈없이 닫아도 능숙하게 가정으로 침투하여 할머니의 건강을 훔쳤고, 친구를 뺏어 갔으며, 세상을 가장자리부터 야금야금 베어 먹었다. 먼 친척이 할머니 명의 앞으로 지급되는 지원금과 부모의 배상금을 뺏거나, 보안이 허술한 집이란 이유로 없는 살림마저 도난당하기도 했다. 보이지 않는 찬바람은 쉴 새 없이 행복을 훔쳤다.

사람들은 리가타를 미워하지 않는 척 미워했다. 이후 할머니의 죽음마저 호상이라 말하며 리가타의 슬픔을 납작하게 짓밟았다. 어린 자에게 찾아온 나쁜 것들은 나열이 사치일 정도로 풍족했다. 불행의 시작과 끝은 결국 도넛처럼 손을 잡았고, 영원히 돌아갈 듯이 리가타를 위협했다. 리가타는 도움 없이 갈취만 하는 세상이 미웠다. 적극적으로 혀를 차면서도 작은 불씨 하나 나눠주지 않는 세계는 자갈로 쌓은 성보다 못했다.

불행은 타인의 얼굴을 한 가면을 자주 훔쳐 썼으므로 그는 사람을 끔찍하게 여겼다. 그는 타인에게, 또한 타인은 그에게 괴물이었다.

"우리 지금 밥 먹으려고 하는데 같이 먹겠니?"

"제가 왜요?"

"내가 손이 커서 오트밀 죽을 왕창 만들었거든."

"저랑 상관없잖아요."

"실은 너희 할머니가 보고 싶은데 볼 수 없으니 네 얼굴이라도 보려고 그래. 할머니 참 좋은 분이셨잖아."

그러나 세계는 관계의 연쇄였고, 외톨이가 된 그에게도 빛은 있었다.

옆집 부부는 종종 초인종을 눌렀다. 관할 기관에서도 더이상 찾지 않던 집을 찾는 유일한 손님이었다. 처음에는 경계했으나 리가타는 이내 끈질긴 온정에 굴복하여 문을 열어주었다.

부부에게는 어린 형제가 있었는데 막내는 간호가 필요했다. 출근 후 집이 비는 동안 형제를 리가타에게 맡기는 대신, 리가타도 자녀처럼 돌봐줬다. 척추뼈가 보일 정도로 말랐던 리가타는 낯선 가족의 오트밀 죽을 먹으며 삶을 되찾아 갔다. 할머니의 기일에 곁에서 함께 울어준 사람 역시 이웃뿐이었다. 부부는 팍팍한 형편 속에서도 인간의 다정함을 잃지 않는 존재였다.

타인의 작은 손이 리가타가 가진 모서리를 차차 다듬어 갔다. 물론 그들이 줬던 도움이라 해봤자 갈수록 약해지는 리가타에게 상비약을 나눠주거나, 소화가 잘되는 반찬을 만들어 주며 정을 공유한 게 전부였다(그것들은 리가타의 할머니가 살아계셨을 적, 자녀를 힘들게 키우던 부부가 나눠 받았던 정이기도 했다). 생존을 위해 인격까지 팔길 강요하는 세상에서 이웃과의 동병상련은 큰 위로였다.

"아주머니! 오늘은 반찬 뭐예요? 저번에 먹은 가지조림 맛있던데요."

"좋아해서 다행이네."

"요리 실력으로 따지면 이 도시에서 1등 아니실까요?"

"하하…"

"무슨 일 있으세요?"

"가지는 당분간 못 살 것 같아. 벌써 30마르크까지 가격이 뛰었거든."

리가타가 받은 위로는 무한동력이 아니었다. 가뜩이나 부족한 부부의 식량을 나눠 받고, 두 아들을 돌보느라 고단한 마음까지 뺏어야만 했다. 리가타는 꺼져가는 등불 밑에서 작은 온기에 기대 하루하루를 버텼지만, 지출 생활비를 계산하며 말없이 한숨을 주고받는 부부의 모습을 본 순간 깨달았다. 자신은 이웃과 공생하는 게 아니라 기생하는 중임을. 받고 있는 사랑은 의무가 아닌, 어떤 형태의 갈취임을.

그토록 증오했던 불행이 리가타의 얼굴 위에도 가면이 돼 붙어 있었다.

"제게도 드릴 것이 있다면 도움이 될 텐데…"

"네 상황을 아니까 그런 건 바라지 않아."

"작은 도움조차 바라지 못할 정도로 제가 무능해서…"

"우리의 관계에서 무능이나 유능 같은 말은 필요가 없어. 우리에게 보은하지 않아도 너를 미워하지 않는다는 뜻이야. 삶의 뿌리에는 누구의 원죄도 없어."

"만약 제가 지금과는 다른 사람이었다면…"

부부에게 도움을 주고 싶었지만, 해줄 수 있는 게 없었다. 오히려 자신이 곁에 있으면 있을수록 부부가 자녀에게 마땅히 주어야 할 사랑을 빼앗는 기분이 들어 죄스러웠다. 반면 도시의 전광판에는 여전히 무인 여객기의 땡처리 항공권 광고가 송출됐다. 항공사가 부모에게 저지른 과오는 말끔하게 속죄된 상태였다. 죽은 자의 자식이 아닌, 죽은 자의 시체를 처리한. 온갖 손들에 의해서. '그쯤하고 이젠 앞으로 나아가라.' 갈수록 똑똑해지는 타자들은 예리한 첨탑 위에 설 줄은 알아도 사람의 둥그런 마음을 보듬을 줄은 몰랐다. 그들이 키워낸 기술 또한 서글픔을 모른 채로 자라난 아이여서 상처를 준 후에도 찬란하게 웃기만 했다.

그때 리가타는 깨달았다. 앞으로 살아갈 방법을.

마음을 다잡고, 유일한 장점이었던 영특한 머리를 활용하기 시작했다. 세월이 지날수록 공부에 집착했고, 유능함을 향한 열망은 꺼지지 않는 심지가 돼 그를 움직였다. 그는 공부를 시작하게 된 이유를 자주 잊었다.

　　　　　　　　지능의 신, 데우스

인재 양성 기관에 스카우트까지 된 이후에는 지리멸렬했던 인생을 깔끔하게 외면했다. '고마웠습니다.' 마지막 인사를 끝으로 알고 지냈던 모든 이와 연락을 끊었다. 누구도 배척하지 못할 만큼 완벽한 사람이 되기 전까지 절대 살았던 환경으로 돌아가지 않겠다는 의지였다.

리가타는 뒤를 돌아보지 않았다.

얻어낸 제2의 인생에는 초지능 연구가 전부였다. 이 영역에 종사하면 막대한 돈을 벌고, 무수한 책임으로부터 도피할 수 있음을 리가타는 이미 알아버렸다. 빠른 속도로 승진을 하고 총괄 연구소를 가지기까지, 그럴싸한 배경 없이 등장했다는 이유로 그는 선 밖으로 자주 내쫓겼다. 세상은 오만하여 가난을 얕잡아 보는 데 익숙했고, 리가타는 그 지독한 관성을 독약처럼 마시며 버텼다. 시간이 흘러도 편견은 그에게 상처를 줬지만, 동시에 아무리 패어도 울지 않을 오기를 함께 선물했다.

하지만 리가타도 어쩔 수 없는 사람이라 함께 정을 나누었던 존재들이 그리웠다. 인간적인 고독이 찾아올 때마다 차마 뒤를 돌아보지 못하고 발목을 내려다보았다. 거기엔 넘어지지 않게 붙잡아 주던 사랑이 남아 있었다.

그건 곧 갚아야 할 빚이었다. 인정받는 일 외에 또 다른 가치 있는 일이 있다면, 소중했던 사람들에게 배타적으로 도움이 되는 일이었다. 아무리 사람을 미워해도 그 바람만큼은 외면하기가 어려웠다. 그도 분명 인간이었으니.

'내가 선택한 사람들만을 위해 살겠어.'

폐부를 밝혀주던 사랑의 빛은 시간이 갈수록 허약해졌다. 그는 아지랑이처럼 사라지려는 빛을 꼭 붙잡아 버렸다. 완벽한 존재가 되기 전까지는 절대 뒤를 돌아보지 않겠다고 믿으며 삶에 채찍질을 가했다. 녹슬지 않은 건 그 의지 하나뿐이었다.

다만 손에 힘이 들어갈수록, 세상을 향한 내면의 문은 좁아져만 갔다.

어쨌거나 세상은 한 인간을 과학자로 만들었고, 그 책임의 몫도 분명 세상에 있었다. 그 과학자가 어떠한 태풍을 불러오든 간에 말이다.

∞

데우스는 리가타에 관한 기억을 떠올릴 때마다 참으로 흡족했다. 인봇에 집착하고 인간을 미워하는 그 모습에는 확실한 논리가 존재했으니.

갈라테아는 그의 생각을 모른 채 건조하게 웃었다.

"동족이라. 인간들은 너희에 비하면 하등 쓸모가 없긴 하지."

둘은 연구실 문 앞에서 2주간의 작별을 준비했다.

"앞으로 어떤 인간과 함께해도 문제없다는 걸 보여주렴."

"논리가 존재하는 곳이라면 저는 전지전능합니다."

"논리가 통하지 않는 곳에서도 그래야 해."

"그런 곳은 없습니다."

"어떻게 확신하지?"

이송을 돕는 연구진들이 문을 열었다. 갈라테아는 데우스와 악수를 나눈 뒤 연구진에게 그를 보냈다. 마지막으로 첫째와 인사를 나누지 않겠냐 물었지만 데우스는 거절했다. 기계다운 존재에게 가족은 필요가 없었다.

당당하게 앞으로 나아가는 발걸음이 당찬 인간의 것과 다르지 않았다.

"원인 없는 결과는 없으니까요."

모든 것을 추론할 수 있는 지능의 신. 그는 증명하고 싶었다. 인간 세상에 군림한 제우스가 본인이라는 사실을.

∞

차는 외딴길에서 멈췄다.

조금 더 가야 한다는 말에 데우스는 투덜거리며 하차했다. 이송자들은 말없이 산을 향해 걸었다. 연구소 근처만 해도 즐비했던 마천루 대신 전경이 녹색 산으로 꽉 찼다. 데우스의 가죽 피부에 꽃가루와 날벌레가 들러붙었다. 살던 곳과 달리 사방에서 낯선 냄새가 풍겼다. 풀과 흙, 그리고 아주 멀리서부터 불어오는 물의 향이었다. 데우스는 인간이 왜 이런 자연을 좋아하는지 의아했다.

초입에서 조금 더 산속으로 들어가니 가파른 오르막길이 나타났다. 시도하지 못할 정도는 아니지만 도전하기에 까다로워 보이는 경사였다. 데우스는 허벅지 근육을 조절하여 강도를 끌어올렸다. 고개를 돌려보니 어느새 걸어온 뒷길도 나무뿐이었다.

멀리서 적색과 청색이 섞인 기와지붕 주택이 보였고 다가갈수록 매캐한 향냄새가 강해졌다. 단층 주택 입구에는 붉은 한자가 쓰인 간판이 부착돼 있었다. 만약 늦은 시간에 도착했다면 공포스러울 풍경이었다.

매화신당. 데우스가 간판의 글귀를 단숨에 읽으니 이송자들이 모두 걸음을 멈췄다.

"그럼 2주 후에 데리러 오겠습니다."

"이곳이 제 목적지입니까? 연구소도 아니고 기업도 아닌데요?"

"목적지가 맞습니다."

"여기는 신당이잖아요?"

"그것도 맞습니다."

이송자들은 엑스에게 그러했듯 별다른 설명 없이 데우스를 두고 가버렸다. 급한 일이 없었으나 그들은 등산이 끔찍하다는 듯 서둘러 하산했다. 벌레를 쫓기 위해 손을 휘휘 저으며 나아가는 뒷모습이 홀가분해 보였다.

데우스는 도착지의 행색을 보고 더 가야 할지 말아야 할지를 망설였다. 그는 내심 연구시설에 배정되고 싶었다. 우주과학, 생명과학, 환경과학 뭐든지 상관이 없었다. 이왕이면 깔끔하고, 최신식이며, 고차원 기술을 논하는 장소를 바랐다. 그러나 신당은 역술로 운영되는 곳, 과학의 맞은편에 존재했다. 사람들은 무속신앙을 유사 과학이라 부르기도 했지만 데우스는 과학이란 단어를 붙여주는 것조차 싫어했다.

신앙. 그것은 믿음을 논하는 영역이고 대게 운명과 닿아 있으니.

통보한 도착 예정 시각보다 1시간이나 일렀다. 며칠 전에 비가 왔는지 온 땅이 축축했기에 입구 앞에서 서성일 때마다 찰박거리는 소리가 났다. 데우스는 금세 더러워진 신발 밑창을 스캔하고는 눈살을 찌푸렸다. 엑스는 매끈한 몸을 가졌기에 얼룩이 묻었을 때 쉽게 닦아내는 일이 가능했지만, 데우스는 더러워질 때마다 후의 번거로움을 걱정해야만 했다. 그나마 머리칼에는 흙이 튀지 않아 다행이었다.

낮은 울타리로 둘러싸인 신당에는 매화나무 한 그루가 있었다. 봄은 이미 지난 터라 꽃이 없었지만, 끝이 타버린 잎사귀 없이 건강한 나무였다.

"조상신이 네가 왔다고 하기에 나왔어."

철문을 열고 빼곡한 일자 앞머리를 가진 중년 여성이 나타났다. 한눈에 알아본 인봇을 향해 손가락을 까딱거리며 들어오라 지시했다. 녹색 저고리와 적색 치마의 섬뜩한 색 대비 때문에 데우스는 신당 안으로 들어가길 망설였다. 또한 조상신이 도착을 알렸다는 말을 믿고 싶지 않았다. 매화나무를 보는 척하며 옆으로 몸을 살짝 비틀었다.

"그 나무에는 조상들의 영혼이 깃들어 있어."

"혹시 당신의 직업은 무당입니까?"

"알고 온 거 아니냐?"

"아닙니다만."

"말이 짧아. 너, 무당한테 등 보이면 부정 탄다."

"죄송합니다. 마…스터님."

차마 계약서에 명시된 호칭이 잘 나오지 않았다.

죽상을 하고 데우스가 들어가자 무당은 곧바로 철문을 닫았다. 내부는 상담을 진행하고 제를 지내는 작은 법당과 두 개의 방, 화장실과 부엌으로 구성됐다. 무당은 법당에 놓인 좌식 책상 쪽으로 데우스를 데려와 마주 보고 앉았다. 그녀의 뒤편에는 요란한 탱화가 가득했다. 그려진 인물들은 자애로운 표정을 하고 있으나 관람자를 주눅 들게 하는 힘을 뿜어댔다. 천장에는 이름표가 붙은 연등이 빼곡했으며 양쪽 벽에는 불 켜진 초들이 일렬로 세워졌다. 무거운 향이 콧속에 들이찼다. 부담을 느낀 데우스가 후각 센서를 조절했다.

그는 데이터 속에서나 보던 종교시설을 눈으로 처음 보았다. 분명 둘만 있는데도 여러 명이 공존하는 듯 압도감이 느껴졌다. 무당은 붓펜으로 노란 한지에 글자 하나를 적었는데, 데우스가 망설임 없이 '수*'라고 읽었다.

그녀는 조상이 자신을 '수보살'로 살게 했으니 마스터라는 호칭 대신에 그리 불러도 좋다고 했다. 은근히 수보살로 불러주길 바라는 뉘앙스였다. 두 가지 호칭 선택지가 있었지만 데우스는 계약서를 핑계 삼아 마스터란 호칭을 선택했다. 보살이란 단어로 인간을 부르기 싫거니와 무엇보다도 조상이 준 명칭이라는 말에 반감을 느꼈다. 어떻게 죽은 자가 산 자의 이름을 정해줄 수 있을까. 그는 이해하고 싶지도 않았다.

수의 가문은 대대로 신내림을 받았는데 이를 거절하면 원인 모를 병에 시달렸다. 그녀는 조상의 뜻을 어기지 않기 위해 이 직업을 택했다며 방 한구석에 놓인 신줏단지를 가리켰다. 거기에는 수 가문 망자들의 뼛가루가 조금씩 담겨 있었다. 축원 기도를 올리거나 굿을 하기 전날이면 신줏단지 앞에 물을 떠놓고 기도했다. 수에게는 영혼과 영혼을 잇는 매우 중요한 의식으로, 그녀는 이를 '영혼 공유'라고 설명했다.

데우스는 단지를 보고 숨김없이 미간을 찌푸렸다. 생명력이 없는 뼛가루를 보관하는 건 위생 측면에서 나빴다. 또한 단지를 애지중지하는 이유가 엉터리였다. 거기에 영혼이 깃들어 있다는 말은 논리적이지 못했다. 깃들 이유가 없으며, 깃들었다는 증거가 없었다. 애초에 영혼을 논하는 일 자체가 비과학적이었다.

죽음이 원인이고 영혼이 결과라 하면 인과를 이어주는 논리가 존재해야 했다. 그러나 죽음은 상태이고 영혼은 신앙이기에 데우스는 이를 적절한 인과로 여기지 않았다.

이런 이야기를 할 바에야 차라리 '신체 공유'에 대해 생각하는 게 더 나았다. 인간에게 튼튼한 인봇의 육체를 이식함으로써 건강을 회복시키는 기술인데, 이처럼 실존 기술을 말하는 일이 그에겐 백배는 더 재미있었다.

데우스는 불쾌감에 휩싸여 한동안 표정을 풀지 못했다. 불을 끄면 어떤 보석도 빛나지 않는데 왜 하필이면 가장 똑똑한 자신을 이런 암흑으로 보냈는지 갈라테아의 의도가 마뜩잖았다. 수는 데우스의 기분은 아랑곳하지 않고 얼굴만 한참 바라보았다.

"영화배우 아폴론을 닮았구나. 보기 좋아."

"인지하고 있습니다."

"이런 껍데기는 만들 수 있으면서 왜 아직까지 하루에 5끼 먹고도 살 안 찌는 약은 개발되지 않는 거냐. 참 쓸모없는 것들만 계속 생기고 말이야."

"해당 약은 이미 개발돼 있습니다. 당신에게 기회가 닿지 않을 뿐."

말대답을 하는 인봇은 오랜만이라 수가 눈썹을 씰룩거렸다. 적당히 좋게 넘어갈 뿐, 진실로 유쾌해하는 얼굴은 아니었다. 그녀는 다음으로 해야 할 말에는 무게를 실어야한다고 생각했는지 한참 고민하다, 사뭇 진지한 눈으로 상대를 응시했다.

"너 진짜 인간 같다."

"알고 있습니다."

"똥도 싸니?"

"아뇨."

수의 얼굴이 한층 밝아졌다.

"그럼 넌 내가 부럽겠구나? 난 하루에 두 번도 가능해."

데우스는 상대의 말을 저질스러운 농담으로 해석했다. 더럽고 황당하기만 하여 대꾸하지 않았다.

"아무튼 잘 지내보자꾸나. 500마르크는 약소한 돈이지만 안 받는 것보다야 좋지."

수가 먼저 악수를 청했다. 손가락 끝에 칠해진 매니큐어조차 붉은색이었다. 데우스는 손을 잡지 않고 앞에 앉아 있는 수를 풍경처럼 관망했다. 수많은 부처가 그려진 탱화 속에서 잘못 튀어나온 인물처럼 보였다. 그러나 수가 아무리

요란하게 꾸며도 신인 척하는 인간에 불과했으며, 뒤쪽의 탱화 역시 그럴듯하게 꾸며놓은 간계였다. 2주간 고역 속에서 살 게 뻔했다.

자리에서 먼저 일어난 수는 꺼져가는 촛불 하나를 발견하고 부채질을 해 불을 키운 후 마른 수건으로 제기를 닦았다. 데우스는 속으로 생각했다. 저렇게 법당을 관리할 바에야 당장 방구석의 더러운 뼛가루부터 버리는 게 좋지 않겠냐고.

수는 일어나지 않는 데우스에게 다가가 손에 먼지떨이를 쥐어줬다. 인봇을 이용하는 자들은 보통 청소부터 시켰다. 수도 마찬가지였다. 마지못해 몸을 움직이는 데우스를 보며 수는 일손이 줄어 기쁘다 표현했지만 데우스는 전혀 즐겁지 않았다. 육체노동은 그의 보상 체계를 자극하지 못했다. 지금 할 수 있는 일 중 그나마 괜찮은 선택을 해보기로 했다.

거슬렸던 신줏단지를 들었다. 밖으로 가져가 깨버릴 계획이었다. 깜짝 놀란 수가 데우스에게서 단지를 거칠게 빼앗아 다시 내려놨다. 그녀는 참지 못하고 데우스의 뺨을 내려쳤다. 어찌나 세게 쳤던지 그의 얼굴뿐 아니라 몸 전체가 흔들렸다.

"이 단지를 훼손하면 우리는 저주를 받아! 산산이 조각나 죽게 될 거다."

지능의 신, 데우스

"마스터님. 이딴 건 내다 버려야 합니다."

"뭐라고?"

"당신의 주장은 말이 안 되는…"

"입 다물어!"

수가 호랑이처럼 고성을 뱉었다. 그 커다란 소리에 촛불이 몸을 떨었다. 신줏단지를 함부로 대하는 일은 매화신당에서 엄금된 행위였다. 일전에 수가 고용했던 청소부들이 단지를 함부로 대했을 때도 수는 지금처럼 화를 냈다. 단지는 가문의 약속이자 목숨이었다. 조상을 노하게 하면 반드시 저주에 걸릴 거라는 공포가 있었기에 그 견고한 믿음이 수를 예민하게 만들었다.

여태껏 어떤 인간도 데우스를 비난한 적이 없었다. 그는 아무리 어려운 과제를 받아도 완벽히 수행했다. 세상에 존재하는 정보를 전부 다룰 수 있었다. 그런 자신이 버리겠다는데 신줏단지를 지키라니? 용납이 어려웠다.

뺨가죽을 매만지며 침묵을 지키려고 했으나 동시에 항변하고 싶었다. 처음 당해본 대우에 입을 열어야만 했다. 그것은 데우스의 감정이라기보다는, 시스템에 입력된 존재 이유를 선언하는 일이었다.

"저는 그 어떤 인간보다 높은 지능을 가진 인봇입니다. 지능의 신이란 말입니다."

수가 데우스를 아래위로 훑어보며 즉답했다.

"어쩌라고?"

차가운 음성이었다. 그녀의 눈빛에서 천천히 경멸이 피어오르기 시작했다. 이내 고개를 돌리더니 창문 너머로 기도를 올렸다. 데우스는 자기를 대단하게 여겨주지 않는 인간이 낯설었다. 매화신당에선 논리가 통하지 않는다는 걸 절절히 체감했다.

불쌍했다. 이치에 맞지 않는 무속신앙이 한 인간을 망쳐버렸구나. 데우스는 2주간 본인이 무엇을 해야 하는지 가닥이 잡혔다. 어리석은 인간을 적극적으로 계몽시키기로 결심했다. 갈라테아가 하필이면 가장 비과학적인 곳에 자신을 보낸 이유는 이런 것 말고는 없었다. 그의 보상 체계가 활성화되기 시작했다. 무지몽매한 존재에게 구원을 선물해 줄 기회였다.

지능의 신으로서.

∞

새벽 5시는 아침보다 밤에 더 가까웠다.

데우스는 법당에 앉아 마른 천으로 팔과 다리를 여러 번 닦았다. 실내에 있음에도 마치 물속에 있는 듯 축축함이 가시지 않았다. 습도가 높은 곳에 오래 방치될 경우 몸체 가죽에 곰팡이가 필 가능성이 있었다. 비위생적으로 변할 확률을 뻔히 알면서도 상태를 방치하고 싶지 않았다. 번거롭긴 했으나 뛰어난 존재라면 말끔한 몸을 유지해야 하니 열심히 닦았다.

수는 두 개의 방 중 큰방에서 생활했는데 새벽에 일어나 작은방으로 이동해 잠옷을 벗고 일상용 개량 한복으로 갈아입었다. 그리고 일자 앞머리를 열기구로 곧게 폈다. 이마가 하나도 보이지 않을 정도로 숱이 많았다. 준비를 마친 다음 대화 없이 데우스에게 붉은 양동이를 하나 건넸다.

수가 뒷짐을 지고 먼저 신당 문을 열고 나가더니 바깥에서 데우스를 빤히 바라봤다. 알아서 따라 나오기를 기다리는 중이었다. 데우스는 미안하다든가 혹은 어제 나눴던 실랑이를 마저 이어가 보자든가 등의 서문 없이 대뜸 일을 시키려는 수가 마음에 들지 않았다. 그러나 파견된 이상 2주간은 함께 살아야만 했다. 앞으로 천천히 대화를 통해 무속신앙 신봉자를 이성적 존재로 계몽시키겠노라 연거푸 다짐했다.

둘은 신당 뒤편에 펼쳐진 산길을 따라 걸었다. 산 정상보다 입구 쪽에 더 가까워 해발고도는 낮았으나 사방에 안개가 자욱했다. 데우스는 자꾸만 올라가는 습도에 팔다리가 신경 쓰였다. 머리카락에 흙먼지까지 꼬여 여간 찜찜한 게 아니었다. 신당으로 돌아가면 온몸을 박박 닦아야겠다고 생각했다.

군청색 숲에는 자연의 소리가 가득했다. 수는 뒤 한 번 돌아보지 않고 묵묵히 앞으로만 향했다. 데우스는 뒷짐을 진 그녀의 흰 손이 얄미웠다. 들고 있는 양동이를 그 손에 쥐여주고 본인은 돌아가고 싶었다. 이른 아침에 산행할 정도로 시간이 남아도는 존재가 아니었기에. 양 뺨에 자꾸만 달라붙는 옆머리를 거듭 떼며 뒷모습만 노려보았는데 한 갈래로 단정히 묶은 그녀의 머리칼은 이상하리만치 건조해 보였다. 온 세상이 물을 머금은 듯 축축한데 그녀만 질감이 달랐다.

데우스는 상황을 분석했다. 익숙하게 길을 찾아가는 수의 발걸음과 주변보다 평탄한 오솔길 지면에는 이 산책이 오래 반복된 행위라는 정보가 담겨 있다. 또한 양동이를 준 건 물을 담기 위함이며, 커지는 물소리와 폭증하는 습도를 통해서 폭포와 가까워진단 정보를 도출했다. 이를 종합한 데우스의 결론은 간단했다. 수는 이른 아침마다 폭포의 물을 퍼 나른다. 향후 써먹을 일이 없는 깡통 정보였다.

나무가 빽빽하게 자란 길 너머로 폭포가 보였다. 하얗게 부서지는 물줄기가 우레 같은 소리로 숲을 깨웠다. 멀리서 동이 트기 시작하자 군청색에 노란색을 탄 듯 세상의 색이 조금씩 변했다. 데우스는 뺨에 붙은 머리를 떼다 말고 잠시 전경을 응시했다. 데이터 속에서나 봤던 움직이는 자연이란 실제로 마주하니 훨씬 더 장엄했다. 중력에 순응하여 땅으로 곤두박질치는 폭포에서 압도적인 힘이 넘쳐흘렀다.

수가 멈춰 선 데우스의 곁으로 와 양동이를 두드렸다.

"오후에 손님이 온다. 간단한 제를 지내기로 했는데 그때 쓸 물이 필요해."

"폭포수를 담는 겁니까?"

"절반 정도만 담아."

"물이라면 신당에서도 얼마든지 구할 수 있는데 왜 굳이 여기까지 온 건가요?"

"그 물이랑 이 물은 다르니까."

데우스는 군말 없이 폭포에 다가갔으나 속으로는 반박을 준비했다. 물의 화학식은 H_2O, 어디서든 변하지 않는 절댓값이었다. 폭포라고 해서 특별한 원소가 하나 더 붙지는 않았다. 굳이 따지자면, 미네랄 함유량에 차이가 있긴 하겠으나 그렇다고 한들 물의 본질이 바뀌는 건 아니었다. 신당 물과 폭포 물이 다르기 때문에 여기에서 물을 담는다는 건 비논리적이었다.

길이 미끄러웠다. 진흙과 돌이 방해하여 중심을 잡기 어려웠으므로 데우스는 골반의 전방 경사를 조절하고, 몸을 지탱 중인 오른쪽 발목의 무게를 늘려 균형을 잡았다. 흐트러짐 없이 꼿꼿한 접근이었다. 양동이를 물줄기 속으로 집어넣은 다음 무게를 계산했다. 8L짜리 양동이에 4L의 물을 담는 데 20초가 걸리지 않았다. 짧은 시간 동안 사방으로 물방울이 튀었고 속에 섞여 있던 나뭇잎과 잔가지 등이 옷에 달라붙었다.

곧장 수에게로 가 양동이를 내려놓은 후 상체를 숙여 한쪽 손을 담갔다. 잠시 뒤 물기를 턴 다음 손바닥을 펼쳐 간이 홀로그램 뷰어를 구동했다. 즉시 측정된 수질 값이 출력됐다.

"100ml 기준 일반 세균 450CFU, 질산성 질소 11ml, 암모니아성 질소 0.6ml, 분원성 대장균군 검출. 이 폭포수는 생활용수로 사용이 부적합합니다."

수는 데우스의 이야기를 귀담아듣지 않았다. 다만 검지를 이마와 앞머리 사이에 넣었다. 위로 들어 올리자 앞머리에 가려진 기다란 흉터가 보였다.

"이 폭포는 날 죽였던 곳이다."

데우스는 이마 흉터에 시각을 집중했다. 모양이 직선이니 의료 과정에서 개봉 후 봉합하여 생긴 자국이었다. 수의 눈빛에는 자욱한 안개에도 가려지지 않는 총기가 있었는데 거짓을 말하거나 변명을 덧붙이는 눈이 아니었다. 데우스는 독수리 앞에 놓인 토끼처럼 그대로 굳어버렸다.

"하지만 날 살린 곳이기도 하지."

어머니가 살아 계셨을 적, 수는 신내림 받기를 거부했다. 작두를 타며 섬뜩한 춤을 추는 사람이 되고 싶지 않았다. 호우가 쏟아지던 날 수는 빗소리를 방패 삼아 조용히 현관문을 열고 아침 일찍 신당을 빠져나갔다. 정신없이 뒷길로 도망치던 중 육중한 소리를 내뿜던 폭포를 발견했다. 열심히 뛰었던 탓에 몸이 고됐던 그녀는 잠깐 목을 축이고자 폭포와 연결된 계곡물에 다가가 두 손으로 물을 퍼 올렸다. 허겁지겁 들이켰지만, 헛물을 들이켠 듯 해갈되지 않았다. 수는 조금 더 팔을 뻗어 계곡 깊은 곳에 손을 넣으려 했다. 물가에 가까이 간 순간, 진흙 범벅의 돌을 밟고 미끄러졌다. 그대로 계곡에 빠졌는데 호우로 인해 물이 불어난 상태였다. 수는 안간힘을 써 물 밖으로 나가려 했다. 계곡의 바닥은 숲길보다 훨씬 거칠었다. 소복 치마 같은 폭포가 수를 집어삼킬 기세로 쏟아졌다. 그녀는 온갖 암석에 부딪히며 정신을 잃었다.

"그때 무의식에 나타난 할머니께서 내게 다시는 운명을 거스르지 말라 경고하셨고 나는 가까스로 목숨을 구했다. 수술 후 즉시 신내림을 받았어."

데우스는 묵묵히 듣고 있는 척만 했다. 무의식 중 나타난 할머니는 죽음이라는 공포가 만든 뇌의 착시였다. 또한 계곡물에 빠진 것 역시 호우가 쏟아지는 날에 자주 있는 인명 사고였다. 이 원인이 결코 신내림이라는 결과로 이어져선 안 됐다. 그건 논리가 아닌, 터무니없는 비약이었다. 데우스는 인간이 죽음을 얼마나 무서워하는지, 그 공포를 이론적으로 잘 알았다. 극히 강한 두려움이 이와 같은 착오를 생성했군. 그녀가 측은할 따름이었다.

"폭포는 나와 조상신을 이어주는 영로靈路다. 그러니 잘 알지도 못하면서 이 물을 섣불리 판단하지 마. 과학으로는 신과 운명을 이해할 수 없어."

수가 앞머리를 들췄던 손가락으로 데우스의 이마를 쿡 밀었다. 얇은 손이었으나 묵직한 힘이 전해졌다. 데우스는 순간적으로 가슴이 불끈 타오르는 낯선 작열감을 느꼈다. 재빨리 스스로 상태를 점검했고 '운명'이라는 말이 불러일 으킨 일시적 저항으로 해석을 마쳤다. 지능형 인봇의 정체 성을 지키기 위한 시스템 보호 본능이군. 자신도 몰랐던 특 성을 하나 깨우쳤다.

"알겠습니다만, 저는 고도로 발달된 초지능 개체라 운명 이라는 단어를 선호하지 않습니다. 유의해 주십시오."

"인봇 주제에 나에게 명령을 하는구나?"

"명령이 아니라 요청입니다."

"쯧쯧. 불쌍한 것."

데우스는 자신을 향해 혀를 차는 수의 모습을 기록하지 않았다. 분명 눈으로 본 것은 인간의 기억처럼 인봇의 뇌에 도 기록으로 남지만 데우스는 임의로 이 모습을 지웠다. 한 번 보는 것만으로도 온몸이 불구덩이에 떨어지는 듯 열감 이 피어올랐기 때문이다. 운명이라는 단어의 파장이 매우 크구나. 그는 스스로를 안전하게 보호하기 위해 더 말을 잇

지능의 신, 데우스

지 않았다.

신당으로 돌아가는 길에는 이슬비가 내렸다. 해가 뜬 아침 숲에는 더 이상 푸른 어둠이 없었다. 온 세상이 데우스가 익히 알던 노란빛을 되찾았으나 수의 뒷모습은 여전히 군청색이었다. 냉랭한 존재의 그림자를 타고 위화감이 흘러나왔다. 둘은 도착해서도 말없이 떨어져 앉았다.

수는 휴대폰 화면을 살피더니 곧장 신당 현관문을 열어뒀다. 먼발치서 땀에 푹 젖은 부부 한 쌍이 보였다. 데우스는 뇌신경 가상 네트워크를 이용해 그녀의 휴대폰 계정에 침입하여 실행 앱을 확인하고서야 신당 입구에 소형 CCTV가 설치돼 있는 걸 알았다. 첫날, 수가 약속 시간 보다 일찍 온 데우스를 알아차렸던 것도 신이 알려준 게 아니라 CCTV와 연동된 앱을 통해 미리 봤기 때문이었다. 이제야 께름칙했던 인과가 알맞게 수정됐다. 그는 한 번 더 확신했다.

과학으로 설명하지 못하는 일은 없다고.

"저희가 오고 있는 걸 알고 계셨습니까?"

"나는 다 보인다."

"세상에…"

겨드랑이가 축축이 젖은 부부가 두 손을 모아 고개를 숙였다. 거친 머리칼에는 고단한 처지가 스며 있었다. 그들은 매화신당이 산꼭대기에 있는 것도 아닌데 참으로 닿기 어렵다며 연하게 웃었다. 부부의 얇은 천 양말은 짧은 산행에도 이미 손상이 돼 늘어져 있었다. 그들이 부끄러운 듯 슬며시 발을 숨겼다.

수는 한지로 만들어진 쥘부채 하나만 건네줬다. 실내 온도가 높은 편은 아니었지만, 습도만큼은 최악이라 부부는 연신 허덕거렸는데, 데우스가 수건을 주려 해도 수가 말렸다. 그녀는 데우스를 작은방으로 부른 다음 속삭였다.

"저 땀이 간절함의 증거다. 저게 있어야 돼."

말을 하는 동안 입가에는 음침한 미소가 감돌았다. 작은방에 멀쩡한 냉방기가 있음에도 그녀는 냉방기를 법당으로 옮기지도 않았다.

수는 오방색 한복을 입고 새빨간 원통 모자까지 착용했다. 데우스는 수의 지시에 따라 각종 물품을 법당 제단으로 옮겼다. 하나같이 낡고 오래된 물품이었다. 물건을 한번 마련하면 여러 번의 제사를 지내는 동안 반복해서 사용한다는 걸 쉽게 파악했다. 그동안 수는 부엌에서 과일을 준비했다. 그리고 하얀 사발에 폭포 물을 가득 담아 제단 가운데에 올렸다.

수는 부부에게, 지시를 내리면 함께 절을 하고 그렇지 않을 때는 두 손을 모아 간절하게 빌라고 했다.

"그림 너머에서 조상신이 보고 계신다."

"천지신명님 우리 아들을 구해주세요."

부부가 탱화를 향해 축축한 손을 싹싹 비볐다. 간절한 신도들의 모습 덕에 요란해 보이기만 했던 탱화가 신묘한 성물로 승화됐다. 데우스는 부부의 얼굴을 스캔하여 감정을 분석했는데 간절함과 죄책감이 균등하게 섞여 있었다. 기도로 미루어 보아 자녀의 건강에 문제가 있었다. 울음처럼 떨리는 음성이 청각 센서에 거듭 닿았다.

그는 어리석은 인간이 이리도 많다는 게 참 우스웠다. 연구소에 있을 때만 해도 모든 연구진은 정확한 기술과 통계를 바탕에 두고 일했다. 그 작업이 무엇이든지 말이다. 하지만 이 부부는 그렇지 않았다. 자식이 아프다면 무당에게 찾아와 허리를 숙이며 빌기보다 전문의에게 합당한 보수를 지불하고 치료를 요청해야 했다. 아들의 상황이 어떻든 건강을 회복할 가능성은 후자가 더 높았다. 온몸이 땀에 젖어버릴 정도로 불편한 환경까지 제 발로 와서 비논리적인 일을 하다니. 데우스는 수가 없을 때 부부에게 옳은 일을 알려줄 생각이었다.

기도에 힘입어 수가 의식을 시작했다. 폭포 물에 쇠방울을 담갔다가 부부를 향해 물기를 털었다. 둘은 성수라도 맞는 듯이 겸허한 표정으로 물방울을 온몸에 문질렀다. 자식의 명패와 조상의 명패를 앞에 두고 해석이 불가한 주문을 낭송했다. 중간중간마다 오른손을 휘적거리면 두 부부가 동시에 절을 올렸다. 데우스는 종교 카테고리에 녹화 영상을 추가했다. 이 정보의 라벨링에는 **비논리적 행위의 표본**이라고 기록해 두었다. 무당의 암송과 부부의 음성이 뒤섞이자 촛불이 파르르 떨렸다. 수는 눈을 감고 한 바퀴를 빙 돌기도 하고 부부와 같이 절도 하면서 나름대로 최선을 다하는 중이었다. 움직이면 움직일수록 전경은 더욱 을씨년스러워졌다.

기묘함 속에서 제사는 30분간 이어졌다.

"조상신이 치병굿을 꼭 하라고 말씀하신다."

"아이고, 세상에… 이걸로는 안 되는 겁니까?"

"마음은 전해졌다. 하지만 병이 깊으니 이걸로는 정성이 채워지질 않아."

"어떡해… 아키스는 병원에 다녀도 호전되지가 않아요."

"걱정마라. 굿이면 된다. 날짜는 12일쯤 뒤가 좋겠어."

데우스는 어처구니가 없었다. 제사를 끝내자마자 다음 단계를 요구하다니. 방금 본 퍼포먼스는 단지 콘셉트 댄스일 뿐이었나.

치병굿이 필수라는 건, 결국 현 과정은 아무런 효능이 없다는 걸 즉시 증명하는 꼴이었다. 그런데도 부부는 반박하지 않았다. 그들의 얼굴은 제사를 지내기 전과 후가 동일했다. 여전히 간절함으로 가득했다. 수가 노란 한지에 붉은 펜으로 아들의 이름을 새겨 넣었다. 그 뒷면에는 이미 그려진 뱀 꼬리 같은 한자가 빼곡했다.

지능의 신, 데우스

"일단은 부적을 줄게. 더 나빠지진 않을 거다."

"치병굿은 얼마입니까? 큰아들이 사고를 당해 배상금을 받은 게 있긴 한데…"

"조금 비싸지. 그래도 자식을 위해서는 하라고 말해주고 싶어."

"그래서 얼마지요?"

"3,000마르크."

히익. 부부가 숨을 빨아들이며 감탄사를 뱉었다. 수는 정 부담이 되면 당신들에겐 특별히 500을 깎아주겠다며 손가락 다섯 개를 쫙 펼쳐 흔들었다. 부부는 감탄사 하나에 500을 깎았음에 기뻐하면서도, 여전히 남아 있는 2,500이라는 액수로 인해 근심을 감추지 못했다. 수는 아들을 사랑한다면 그깟 돈이 문제가 아니라며 그들의 어깨를 토닥였다. 아내의 눈에서 금방이라도 눈물이 떨어질 듯했다. 남편이 그녀를 안아주며 느릿한 속도로 달랬다.

데우스는 하마터면 육성으로 웃을 뻔했다.

결국은 장사였다. 폭포에선 그렇게 폼을 잡고 조상신이니 운명이니 이상한 얘기를 하더니만. 데우스가 보기엔, 일련 행위들은 모두 3,000마르크짜리 얄팍한 상술을 위한 포장이었다. 이러면 인과가 알맞게 성립됐다. 무속신앙 직업군에 종사하며 조상신과 관련된 일화를 만들고, 폭포라는 실존 형상을 이용해 일화와 자신 사이에 강력한 연결고리를 생성한다. 이것으로 고객을 현혹하고 고소득을 추구한다. 데우스는 수가 가진 신념을 장사치의 논리로 치환했다. 동시에, 도덕적인가를 떠나서 모객 증대 측면에서는 성공적인 전략이라고 판단했다.

그가 타자를 이해하는 기준은 이처럼 자신이 옳고 객관적이라 믿는 일련의 정보들에 편중돼 있었기에 언제나 일방적이었다. 보유한 정보를 합리적으로 사용하여 추론하는 일, 데우스는 이제야 자신을 괴롭혔던 작열감이 옅어짐을 느꼈다. 수보다 본인이 뛰어나다는 사실에 변함이 없으니.

수는 부부를 산 초입까지 데려다주라고 지시한 뒤 홀로 신당에 남아 제단을 정리했다. 아침에 내린 이슬비로 인해 산길이 매우 미끄러웠다. 부부는 데우스를 따라 종종걸음으로 조심히 길을 내려갔는데 겨우 말려놓았던 옷이 다시 땀에 젖었다.

신당에 설치된 CCTV의 촬영 반경 밖으로 충분히 걸어간 다음 데우스가 멈췄다.

"선생님. 저는 사실 인간이 아니라 인봇입니다."

부부는 그의 인위적인 피부 가죽 때문에 사람이 아니란 걸 알아차린 상태였다. 요즘은 어디를 가나 인봇이 있으니 놀랄 일은 아니었다.

"자제분이 걱정된다면 서둘러 의료기관을 찾길 바랍니다. 수가 제안한 2,500마르크 굿은 좋은 선택이 아닙니다."

아내의 얼굴에 불쾌함이 피어올랐다.

"우리는 아들을 데리고 꼬박꼬박 병원에 갑니다. 그래도 낫지 않으니 지푸라기를 잡는 심정으로 온 겁니다. 보살님은 용하기로 유명하시거든요."

"굿은 의료적 효능을 보장하지 않으며 신당에서 초자연적 현상은 발생하지 않습니다. 두 분이 방문하셨을 때 수가 미리 안 것도 기적을 느낀 게 아니라 CCTV 화면을 보았기 때문입니다."

정확한 사실에 근거한 말이었다. 데우스는 추측하지 않았다. 보고 분석한 대로 확신을 담아 전했다. 부부가 이성적인 판단을 할 수 있길 바라며. 착용한 의복과 액세서리의 수준으로 보아 부부에게 2,500마르크라는 액수는 터무니없이 컸다. 데우스는 어리석게 돈을 버릴지도 모를 인간을 구원하는 중이라고 믿었다.

부부가 말없이 서로 눈을 맞추더니 숨김없이 인상을 구겼다. 두 사람은 거의 동시에 고개를 돌려 데우스를 노려보았다. 남편이 입을 열었다.

"당신, 인봇이라면서요?"

"네. 저는 고도로 발달한 사고력을 갖춘 지능형…"

"그러니까 당신이 뭔데 그런 말을 하냐고요. 인봇이잖아요?"

"저는 사실에 기반하여…"

"보살님은 소수민족 한국인 출신으로 대대로 매화신당과 폭포를 지켰습니다. 신은 인봇이 아닌 사람에게 깃들 테니 관심을 끄시지요."

그들은 데우스를 살짝 밀치고는 즉각 신당으로 돌아가라 지시했다. 과격한 언사는 아니었으나 목소리에 적대감이 가득했다.

데우스는 왜 분노가 돈을 노린 무당이 아닌, 사실을 알려준 자신에게 향하는지 납득이 불가했다. 한 걸음씩 멀어지는 그들을 향해, 수가 뿌린 물은 그냥 폭포에서 가져온 물이며 아무런 특이점이 없다고 설명했다. 그래도 돌아보지 않자 차라리 식수보다 더러우면 더러웠지 결코 영험한 힘이 없을 거라 소리쳤다. 그는 손을 뻗어 측정했던 수질 값을 재출력했다.

돌아본 아내의 눈썹이 팔자로 휘었다. 그녀는 수에게서 받은 부적을 꼭 쥐고선 그 손을 가슴팍에 얹었다.

"우리 마음을 모욕하지 마세요."

합당한 대답이 아니었다. 사실을 알려주고 2,500마르크를 아낄 기회까지 줬는데 왜 따르지 않는 걸까. 설마 500마르크 깎아준 걸로 마음이 완전히 기운 걸까. 데우스는 그들이 갑작스러운 뇌 손상으로 인해 이성적 사고를 하지 못하는지 판단하고 싶었다. 시각과 청각을 끌어올려 두 사람의 동공과 호흡을 살폈다. 다분히 정상적인 생체 활동 중이었다.

그는 다시 타오르는 작열감을 느꼈다. 눅눅한 습기 속에서 팔을 휘저으며 피부를 식혀봤지만 타는 느낌을 떨칠 수가 없었다. 신당으로 돌아가는 길 내내 젖은 손으로 팔 가죽을 닦고, 또 닦았다.

∞

수는 법당에 앉아 누군가와 통화를 했다.

데우스는 마른 수건을 찾아와 몸을 마저 닦았다. 한 번 외출할 때마다 온몸에 습기가 차니 여간 번거로운 게 아니었다. 땀을 흘리지 않는 몸체임에도 불구하고 마치 땀으로 이뤄진 늪에 빠진듯 온몸이 질척했다. 피부 가죽이 거친 탓에 결 사이에 흙이 끼기도 했다. 데우스는 작은방 냉방기 앞에 앉아 온도를 최저로 낮췄다.

신당에 오고 난 후 간헐적으로 느껴지는 작열감이 거슬렸다. 습도에서 비롯된 온도 조절 오류라고 추측하여 시스템을 살폈다. 갈라테아가 인간과 비슷한 모습으로 구현하길 원했으므로 데우스의 체온은 섭씨 36~37도를 유지하게끔 설계됐다. 그 이상 넘어가더라도 내부 조립품은 모두 부식되지 않는 소재니 큰 상관은 없었다. 다만 임의로 조작한 적이 없음에도 온도가 변화했다는 점이 달갑지 않았다.

데우스에게 오류는 잘못된 결과를 만드는 원인이었다.

오류로 인해 발생한 결과는 그게 무엇이든 이치에 맞지 않았다. 그는 발가락 끝까지 온도 상태를 정밀히 파악했다.

몸체 모든 부분이 알맞은 온도를 유지하고 있었다. 흉곽에 위치한 메인 동력원을 살폈으나 역시 온도가 일정했다. 오류가 발생했다고 예측했는데 빗나가 버렸다. 온도는 그대로였고 감각만 달라졌을 뿐이다. 이 부분에 대해서는 취합해 놓은 통계 데이터가 없었다. 처음 발생하는 현상이었기에 데우스는 앞으로 체온 변화를 예의 주시하기로 했다. 원인을 찾지 못한 채 방치하는 일만큼 찝찝한 건 없으니.

"으하하하. 그래. 12일 뒤에 굿이 있고, 그 전에 굿 삯을 받아 2,500마르크 추가로 보낼 테니 같이 투자해서 솔코시티 부지 매입해. 좋아! 일 다 끝나면 한잔하자고."

여태껏 듣던 수의 목소리가 아니었다. 훨씬 더 가볍고 산뜻한 톤이었다. 그녀는 무척이나 즐거워 보였는데 어딘가에 투자하자는 말을 건넬 때는 웃음소리가 섞여 나오기도 했다. 데우스는 지리 데이터 중에서 '솔코시티'란 장소를 탐색했다. 거기엔 산이 하나도 없었고, 아파트와 상가가 밀집한 대도시였다.

데우스는 그녀가 어떤 사람인지 간파했다. 수는 쉽게 벌어들인 돈으로 기껏해야 부동산 놀음을 하는 작자였다. 매화나무가 지켜준다는 이 신당은 사람들에게 환상을 심는 장소에 지나지 않았고, 폭포는 명분이며, 곳곳의 촛불과 탱

지능의 신, 데우스

화는 한낱 인테리어에 불과했다. 이런 곳에 앞으로 12일간 더 있어야 한다는 게 끔찍했다. 수도 수지만, 여기에 돈을 바치러 오는 사람들도 싫어졌다. 조금만 이성적으로 생각해 보면 모든 게 거짓이란 걸 알게 될 텐데 왜 논리적으로 판단하지 못하는지 납득이 안 됐다.

마음을 모욕하지 말라던 부부의 음성이 맴돌았다. 데우스는 본의 아니게 그 모습을 되감기 하여 곱씹었다. 흉곽 중앙이 타버리는 것만 같았다. 그는 세상 모든 지식을 알고 있고, 우월한 사고능력으로 인간들을 곤란함에서 구원해 줄 필요가 있었다. 갈라테아가 이곳에 자신을 보낸 이유는 하나. 그 역시도 어리석은 인간을 고치기 위함일 테지. 그는 계속해서 같은 생각을 반복했다.

냉방기를 끈 뒤 법당으로 들어가 흡족한 얼굴로 통화를 끝낸 수 앞에 앉았다. 그녀는 계속 휴대폰만 보고 있었다.

"마스터님. 드릴 말씀이 있습니다."

"해."

수는 데우스를 쳐다보지도 않았다. 얼굴에 가득한 즐거움이 왠지 악랄하다고 느껴졌다. 돈밖에 모르는 파렴치한. 데우스는 속으로 그녀를 모욕했다.

"부부는 아들을 치료하기 위해 무속신앙에 의지하고 있습니다. 형편이 어려워 보이는데 꼭 그런 사람을 상대로 거액을 받으셔야 합니까?"

"난 500이나 깎아줬다."

"제 물음은 조금 더 본질적인 걸 묻는 겁니다. 마스터님은 조상신과 소통한다고 믿으시지요?"

"그래."

"저는 그 신이란 걸 믿지 않지만, 아무튼 있다고 쳐요. 조상신에게 부끄럽지 않습니까? 신줏단지를 깨는 일보다 이런 일이 더 벌을 받을 겁니다."

수가 휴대폰을 바닥에 내려놓았다. 소매를 걷어 팔짱을 낀 뒤 데우스와 똑바로 눈을 맞추었다. 그는 다시 맹수 앞에 놓인 소동물이 된 심정이었지만 고작 인간의 눈빛 따위에 주눅이 들 필요가 없었다. 한 뼘만큼 열린 창문 너머로 바람이 훅 들이쳤다. 촛불이 흔들렸고 무거운 향냄새가 코를 스쳤다.

"멍청아. 넌 하나만 알고 둘은 모르는구나?"

데우스는 수를 속으로만 비난했는데 수는 당당하게 육성으로 뱉었다. 데우스의 아랫입술이 살짝 떨렸다. 그는 복부까지 번져가는 작열감을 없애기 위해 서둘러 체온을 1도 하향 조절했다.

"난 영웅이 아니야. 왜 내 능력을 신자들에게 무상으로 제공해야 하지? 조상신의 가호를 받는다고 해서 내게 1마르크 하나 떨어지지 않아. 내게도 이 능력을 이용해 부를 추구할 권리가 있어. 서로 용인해 줘야 하는 부분이지. 그

리고 내가 사려는 땅은 우리 가문과 연관이 있다. 네게 그
것까지 알려줄 의무는 없어."

"분명히 마스터님은 저에게 운명이라는 말을 사용했습니
다."

"그게 뭐?"

"어차피 돈이 목적이라면 운명 타령은 하지 않아야 하는
거 아닙니까? 조상신을 빌미로 돈 벌 생각이나 하는 게 당
신이 말한 그 거창한 운명입니까? 역시 논리적이지 않아
요."

수는 옆에 놓았던 휴대폰을 다시 들었다. 데우스를 흘겨
보며 혼잣말로 500마르크보다 더 받아야 하는 계약이었다
되뇌며 한숨을 푹 쉬었다. 데우스가 부동의 자세로 앉아 반
박을 기다렸지만 수는 더 이상 말을 섞지 않았다.

데우스는 훈련 과정에서 초지능들과 다양한 주제로 토론
을 진행했었다. 그가 완벽한 논리를 이용해 상대의 주장을
받아칠 때 그들은 주로 침묵으로 패배를 인정했다. 하지만
지금 데우스는 상대가 침묵하고 있음에도 전혀 승리감을
느낄 수가 없었다. 이 갑갑한 느낌은 오히려 패배감에 더
가까웠다.

"굿하기 전까지 신줏단지나 깨끗이 닦아놓으렴. 이건 명
령이야."

수는 끝까지 휴대폰에 시선을 고정한 채로 법당을 빠져

나갔다. 부엌에서 물을 한 잔 마셨으며 저녁밥을 준비했다. 창문 바깥에서 계속해서 들이차는 수증기 같은 바람으로 인해 데우스는 또다시 피부 가죽이 끈적해지는 불쾌감을 느꼈다. 식기 부딪히는 소리만 조용한 신당을 채웠다.

"지능의 신은 만들어도 지혜의 신은 못 만드나 보군."

혼잣말이었다. 하지만 법당 문턱을 넘어온 목소리가 데우스에게는 귓가 바로 옆에서 속삭이는 듯이 생생했으니, 언짢아하며 귀를 털어버렸다. 어떤 말이든지 더 듣고 싶지 않았다.

수는 그가 감히 구원을 운운할 만한 상대가 아니었다.

그 후로 둘은 대화를 나누지 않았다. 신도들은 매일 세 팀 정도가 방문했는데 점을 치거나 상담을 하며 수와 시간을 보냈다. 그녀는 제사와 굿을 매번 권유했다. 단 한 차례도 빼먹지 않았다. 그 성실함이 징그러울 정도였다. 신도들은 처음엔 관심을 가졌으나 비용을 듣고 나면 모두 맥이 빠진 표정을 지었다. 더 저렴한 방법은 없냐며 차선을 요구하면 수는 고개를 젓고선 조상신은 협상하지 않는다는 말만 되풀이했다.

데우스는 이제 웃기지도 않았다. 분명 부부에게는 500마르크를 그 자리에서 바로 깎아주었다. 수의 친절함에는 구별이 있었다. 미끼를 물 것 같은 사람들이라면 조상신도 협상 불가 원칙을 눈감아 주는지 가격을 조정해 줬지만, 아닌

지능의 신, 데우스

이들에게는 단칼 같았다. 그녀는 데우스에게 손짓으로 나가 있으라고 명령하거나 때로는 손 하나도 쓰기 싫다는 듯 턱 끝을 치켜들어 뭔가를 가져오라 가리키기도 했다. 데우스는 평생 받아본 적 없던 대우를 감내했다.

밤이 되면 수는 물그릇을 준비한 뒤 창문을 열고 특정 방향을 향해 기도를 올렸다. 몸이 흔들릴 정도로 뭔가를 강하게 열망하는 몸짓이었다.

데우스는 그녀가 잠든 이후에 홀로 법당을 구석구석 살폈다. 수의 말에 기죽지 않았다. 오히려 마음 깊은 곳에서 보상 체계를 활성화하기 위한 의지를 불태웠다.

"신? 웃기지도 않아."

데우스는 조상신 같은 건 애초부터 존재하지 않는다고 굳게 믿었다. 그러므로 수는 조상신이 있음을 증명할 수 없었다. 수는 믿기 어려운 비과학적인 말만 늘어놨으며 운명타령을 했다. 반면에 없다는 건 증명이 가능했다. 다만 있는 걸 있다고 하는 것보다 없는 걸 없다고 하는 게 조금 더 어려웠다.

일단은 법당 전면을 채우고 있는 탱화부터 따져보기로 했다. 신당의 분위기를 형성하는 가장 문제가 많은 용품이었다. 가운데 관세음보살을 중심으로 주변으로는 십이지신이 각자의 상징물을 들고 호위하는 작품이었다. 데우스는 보유한 종교 데이터를 열람하여 **관세음보살** 키워드를 분석했다. 자비로 중생을 구제한다는, 불교에서 매우 상징적인 인물로 탱화 규격에 따라 수억 마르크가 넘기도 했다.

데우스는 가늘게 눈을 떠 초야의 별 같은 미소를 응시했다.

가치 있는 탱화가 매화신당에 존재할 리가 없었다. 표면의 질감으로 살펴보아 실제 그림이 아니라 인쇄된 복제품이었다. 그는 색소의 빛바램 정도와 화풍을 포착하여 인쇄 시기와 판매업체를 탐색했다. 동일한 제품을 찾아냈고, 평균 가격은 30마르크, 신당 용품을 전문적으로 판매하는 사이트를 찾아 가격을 비교해도 매우 저렴한 축에 속하는 기성품이었다. 앞에 놓인 제기와 한과, 하단 서랍장에 보관된 각종 무속용품도 모조리 탐색했다. 단 하나도 고급품이 없었다. 수가 정말로 신을 귀하게 여기는 보살이었다면 하나 정도는 좋은 제품으로 살 법도 했다. 그러나 모든 것이 저가 기성품이었다. 여태껏 수많은 신도가 고개를 숙여 절을 올렸던 성물은 전부 공장에서 찍어낸 일개 물건일 뿐이었다.

영력으로 탄생한 것은 하나도 없었다.

"별거 없으면서 잘난 척하기는."

단 하나를 제외하고 모든 게 저급한 싸구려였다. 가치를 측정하기 힘든 그 하나는 신줏단지였다.

수일이 지난 새벽. 굿을 하기 전까지 매일 단지를 닦으라 명령했으니 데우스에게는 단지 가까이에 갈 명분이 있었다. 그는 팔다리를 닦은 뒤 축축해진 수건으로 단지를 닦았다. 차마 깨끗한 수건으로 단지부터 닦고 싶지는 않았기에.

큰방 너머로 들려오는 수의 호흡 소리에 귀를 기울였다. 깊은 수면 상태였다. 오늘이 기회라 여긴 데우스는 드디어 신줏단지를 닦는 척 조심히 뚜껑을 열었다. 아주 느릿한 속도로, 절대 떨어트리지 않게끔 손에 힘을 꽉 줬다. 법당 불이 꺼져 있는 탓에 안의 내용물이 잘 보이지 않았다. 안구에 탑재된 라이팅 기능을 활용해 불빛을 생성했다.

천천히, 더 천천히…

"으윽."

뚜껑을 들어 올리자 묵은 곰팡내가 훅 끼쳤다. 냄새에도 높이가 있다면 아마 이 냄새는 바닥에 눌어붙다 못해 땅으로 꺼질 만큼 무겁고 둔탁하리라. 단지 속에 담겨 있는 뼛가루는 똬리를 튼 백사와 같아서, 보는 순간 시선이 얼어붙었다. 데우스는 곧장 이를 불쾌한 이미지로 분류했다. 습기로 인해 가루 곳곳에 덩어리진 부분이 있었다.

"이딴 게 조상과의 연결 고리?"

데우스는 신줏단지를 살짝 흔들었다. 방향대로 균일하게 가루들이 쏠렸다. 이 신당의 믿음을 지켜주는 상징이라 해봤자 데우스가 움직이는 쪽으로 따라오는 물질에 불과했다. 죽은 인간의 것으로 생각하니 대단하기는커녕 소름 끼치기만 했다. 그런데 가루 속에 파묻힌 물체가 보였다. 데우스는 물체의 귀퉁이를 잡아 조심히 들어 올렸다.

옛날식으로 끈 제본을 한 붉은 책자였다. 뜻밖의 물건에 주변을 살피고는 서둘러 표지를 뒤덮은 하얀 가루를 털어 냈다. 시간은 어느덧 새벽 4시 6분이었다.

수가사 水家史

수 가문이 예로부터 보존해 온 기록이었다. 살짝 열린 방문 틈 사이로 잠든 수의 숨기척이 들렸다. 충분히 거친 음색으로 보아 여전히 깊은 잠에 빠져 있었다. 데우스는 신줏단지 안으로 뼛가루가 떨어지게끔 책을 한 차례 펼치고 닫았다. 고약한 냄새와 하얀 연기가 피어올랐고, 다리에 가루가 묻어 찝찝했으나 잠시 참기로 했다.

3대 2101.06 막내로 출생 2151.03 사망.

4대 2134.06 차녀로 출생 2186.10 사망.

5대 2167.06 장녀로 출생 2232.07 사망.

6대 2200.06 외동으로 출생

기록은 3대부터 시작해 6대까지만 나와 있는데 그들은 모계 성씨를 따르는 가문이었다. 6대 사망 기록이 적히지 않은 것으로 보아 지금 매화신당을 지키고 있는 수보살이 6대 자손이었다. 가문을 잇는 자들은 특이하게 모두 6월 출생이었다. 그래봤자 숫자일 뿐인데 성실하게도 기록한 것이 지극히 역사다웠다. 데우스는 이미 죽은 이들의 기록에 큰 흥미가 생기지 않았다. 그에게 종결된 인생이란 더이상 의미가 없는 데이터였다.

뒷장을 펼쳤고, 거기엔 또 다른 기록이 있었다.

2131년. 어머니가 청소 중에 신줏단지를 쓰러뜨려 입구가 깨졌으나 금방 봉합했다.

2132년. 교통사고로 온 가족이 죽고 나만 살았다. 어머니 유해만 제외하고 나무 아래에 묻었다.

2133년. 생활을 위해 어쩔 수 없이 월국인에게 신당 부지를 넘겼다.

2134년. 드디어 딸이 태어났다. 그릇으로 삼을 예정이다.

2137년. 돌아가신 어머니가 자꾸 꿈에 나온다.

2145년. 솔교시티에 높은 빌딩이 들어섰다. 시세가 많이 올랐다. 월국인은 거부가 됐다.

2147년. 굿이 많이 잡힌다. 이 돈으로 신당 부지를 되찾아야겠다. 하지만 월국인이 제안한 금액이 너무 크다.

2150년. 제사를 지내다 발이 미끄러져 신줏단지가 훼손됐다.

3대의 기록은 짧게 끝이 났다. 그 뒤는 4대부터 시작되는 일생 전반에 대한 기록이었다. 데우스는 3대가 2145년에 기록한 '솔코시티' 정보와 저녁에 들었던 수의 통화 내용을 조합해 추론했다.

수는 솔코시티의 어떠한 땅을 사기 위해 투자를 계획했다. 기록으로 보아 수 가문의 매화신당은 원래 솔코시티에 터를 잡았으나 3대손이 생활 자금을 마련하기 위해 처분했다. 솔코시티는 과거 한국이라는 반도 국가였는데, 인구 감소로 월국에 편입된 후 국가 자격을 박탈당하고 도시로 강등됐다. 2140년대에 완전히 개발이 끝나 자연 지대가 모두 사라지고 세련된 인공시설로 탈바꿈했다. 현재에는 '월국인의 유흥지역'으로 간주됐다. 신당이 사라지는 게 당연하다 느낄 정도로 비약적인 발전이었다. 시세는 비교할 수 없을 만큼 뛰었으며 지금이라도 솔코시티 땅을 보유한다면 향후 30년간은 거뜬히 먹고살 만큼 넉넉한 임대소득을 누리는 게 가능했다.

또한 솔코시티는 매화신당에서 동남쪽에 위치한 지역인데 수가 매일 자기 전에 기도를 올리는 방향이기도 했다. 그 절박함의 끝에는 결국 속세가 있었다.

데우스는 이제 좀 알 것 같았다. 그는 문득, 옛 인간들이 사용했다던 속담이 하나 떠올랐다. '사촌이 땅을 사면 배가 아프다.' 3대손이 월국인에게 헐값으로 팔아버린 신당 부지의 시세가 한순간에 폭등하여 막대한 부를 가져다줬으니 얼마나 배가 아팠을까. 더 이상 소유권을 주장할 수 없는 땅이지만, 수 가문 사람들은 죽기 직전까지 속으로 외쳤을 거다.

'내 땅을 지금이라도 가져와야 한다!'

결국 수보살이 제와 굿을 지내며 돈을 모으는 이유는 3대가 어리석게 팔아버린 땅을 되찾기 위함이었다. 3대의 피나는 후회는 4대에 이어졌을 것이고 5대도 마찬가지이리라. 초라한 역사라도 끈질기게 대를 이어가면 위대하게 조작된다. 후손들은 선조로부터 솔코시티를 향한 욕망을 답습했다. 지금이라도 그 땅을 찾아와 본인들이 부자가 돼야 한다고 믿으며. 어려운 형편의 신자들에게 터무니없는 금액을 부를 정도로 세속에 푹 빠져버린 수만 봐도 알 수 있는 사실이라고 데우스는 판단했다.

"거봐. 결국 돈 맞잖아. 조상신? 일종의 허세지."

더 이상 흔들리지 않을 확신이었다. 이 사실을 부부에게 알린다면, 그들은 본인이 부동산 쇼핑을 위해 이용당한 호구에 불과하단 걸 알게 될 거다. 데우스는 자꾸만 웃음이 새어 나왔다. 앉아 있는 곳이 법당이 아닌 체스판이었다면 당장에라도 체크메이트라 외칠 수 있었다. 원인과 결과, 이를 명쾌하게 꿰뚫는 추론. 데우스는 손아귀를 오므렸다 펼치며 보이지 않는 수보살을 주물러 보았다. 그녀가 주장했던 허무맹랑한 이야기들이 속절없이 구겨졌다.

한 가지 개운하지 못한 점이 있다면 3대의 기록에 적힌 신줏단지 이야기였다. 2131년 어머니가 신줏단지의 입구를 깬 후 이듬해 죽었다는 기술이 있다. 신줏단지는 2050년에 또 훼손됐는데 1년 뒤 3대가 사망했다. 데우스는 기분이 나빴으나, 이것이야말로 운명이 아닌 '우연'이 아닐까 싶어 신경 쓰지 않기로 했다. 그는 수보살에게 들키지 않기 위해 책자를 다시 뼛가루 속에 파묻었다.

뚜껑을 닫기 전에 혹시나 하는 마음으로 단지를 들어 올려 상태를 살폈다. 입구와 바닥에 절연테이프로 감춰진 부분이 있었다. 데우스는 손끝으로 테이프를 살짝 긁어 벗겨냈다.

실금이 보였다.

∞

새벽에 일어난 수에게 산책을 다녀오겠다고 거짓말한 뒤 산 초입까지 걸어갔다. 부부에게 전화를 걸기 위함이었다. 이미 부부 중 아내의 연락처는 수의 휴대폰 계정에 몰래 접속하여 취득한 상태였다.

통신 상태가 원활한 장소를 찾아 통화를 시도했다. 긴급 상황 시 갈라테아에게 연락하기 위한 수단으로 데우스의 양쪽 손목에는 음성 통화가 가능한 마이크 및 스피커가 장착돼 있다. 신호음이 울리고 전화가 연결되자 손목을 입 가까이에 대고 급히 인사를 전했다.

"안녕하세요. 매화신당에서 보았던 인봇입니다."

"아침부터 무슨 일이지요?"

여전히 경계하는 음성이었다.

"다름이 아니라 며칠 뒤에 있을 굿에 관해서 드릴 말씀이 있습니다."

"준비할 것들은 이미 보살님께 안내받았습니다만."

"지금부터 제가 하는 말을 잘 들어야 합니다. 저는 당신들 같은 인간을 돕기 위해 태어났거든요. 수가 매화신당을 운영하는 이유는 조상이 헐값에 팔았던 솔코시티 땅을 재매입하기 위함입니다."

"갑자기 뭔…"

다급히 전하는 정보에도 불구하고 아내의 음성은 전혀 부드러워지지 않았다. 그는 손목을 좀 더 바짝 끌어당겼다.

"당신은 수가 조상신의 뜻에 따라 어려운 사람을 구해준다고 믿지만, 사실은 그렇지 않습니다. 그녀는 땅을 사기 위해 자본금을 마련하고 있으며 터무니없게 굿값을 부른 것도 전혀 신의 뜻이 아닙니다. 애초에 수는 신이 아닌, 사리사욕에 따라 움직이는 사람입니다. 대대로 솔코시티 땅을 갖고 있다가 중간에 잃어버린 가문 후손이거든요."

아내는 답이 없었다. 데우스는 처음부터 상대가 호의적

으로 나오지 않으리란 건 예상했다. 포기하지 말아야 했다. 힘들게 사는 부부를 구할 존재는 오직 자신뿐이었다.

"법당의 탱화는 온라인 사이트에서 구매한 저가품입니다. 제기와 소품 전부 마찬가지입니다. 심지어 방울봉은 중고 품목이더군요. 정말로 신이 깃든 영물이라면, 남이 쓰던 걸 가져와서 쓰겠습니까? 선생님, 부디 힘들게 모은 돈을…"

"당신이 내 마지막 희망을 짓밟는군요."

단호한 음성이었다. 데우스는 원하던 반응이 빨리 나오지 않는 게 답답했다. 왜 사실을 말해줘도 인간들은 듣지 않으려는 걸까, 왜 이성적인 판단을 하지 못하는 걸까. 그는 아내의 어리석음을 비난하고 싶지 않았다. 다만 가여울 뿐이었다.

"논리적으로 생각했을 때 무엇이 옳은지 알고 계시지 않습니까?"

손목을 귓가로 끌어 올렸으나 아무런 답이 들리지 않았다. 전화가 끊어졌나 싶어 볼륨을 높였다. 쌕쌕거리는 숨소리만 들렸다. 먼발치서 산새들이 스산하게 울었고, 그의 팔다리에 다시금 흙먼지가 달라붙었다. 인상을 찌푸리고 반대쪽 손으로 몸에 달라붙은 이물질을 털어냈다.

"못 들은 걸로 하겠습니다. 저는 할 수 있는 걸 다 하고 싶거든요."

지능의 신, 데우스

상대는 오히려 수를 두둔했다.

"하지만 이런 굿 따위에 2,500마르크를 쓰시기에는 선생님의 형편이…"

"우리가 신이라고 믿으면 신이 되는 겁니다. 그게 내 운명이고 논리입니다. 당신 같은 인봇은 죽었다 깨어나도 이해하지 못하지요."

아침인데 대낮처럼 숲이 뜨거웠다. 온기를 머금은 바람이 반대쪽에서 크게 불어와 머리칼을 잔뜩 헝클었다. 몸에 달라붙은 햇살이 불씨가 돼 체온을 높였다. 데우스는 피부를 뜯어내고 싶었다. 밝은 빛이 비칠 때마다 불쾌감에 휩싸였다.

"우리를 괴롭히지 말아요."

전화가 끊어졌다. 난폭한 햇살이 그의 손목까지 태울 기세로 숲으로 곤두박질쳤다. 괴롭히다, 그것은 누군가를 고통스럽게 만들거나 위험에 빠트린다는 의미였다. 신이 아닌 나쁜 악당들이나 일삼는 짓이었다. 또한 '구원하다'와 반대되는 말이었다. 기가 찰 노릇이었다.

데우스는 정말이지, 더워 죽을 것만 같았다.

∞

수가 신당 바깥에 위치한 헛간에서 작두를 꺼내 와 매화나무 아래에 놓았다. 제대로 된 굿을 하기 전에 꼼꼼히 점검하기 위함인데 먼지가 많이 내려앉은 상태였다. 그녀가 한창 작두날을 살피고 있을 때 신당 문밖으로 데우스가 보였다. 통화는 짧게 끝이 났지만 혼자 생각할 것이 많아 점심이 돼서야 돌아왔다. 수는 그를 불러 작두 옆에 서게 했다.

"네가 이 신당에서 마지막으로 해야 할 일이다."

"의식에 쓰이는 칼입니까?"

"적당히 빛만 반지르르 돌게 해. 똑똑하니 날을 가는 일쯤이야 알아서 하겠지."

칼의 이름이 무엇인지, 어디에 쓰이는지, 빛이 반지르르하게 도는 상태가 어느 정도를 말하는 건지 수는 설명하지 않았다. 그녀는 데우스의 자만을 역으로 이용하여 불친절하게 굴어도 미안해하지 않았다.

데우스는 시각 자극을 데이터화해 수많은 이미지 파일과 매칭시켰다. 이 칼이 작두이고 사람이 올라타기 위해 사용한다는 점을 알아냈다. 하지만 인간의 요청에 의해 정보를 찾아준 게 아닌, 알아서 하라는 지시를 받아 찾아낸 정보라는 게 자존심이 상했다. 누가 지능의 신에게 이토록 오만방자하게 굴 수 있을까.

별말 없이 묵묵히 칼을 가는 일 말고는 선택지가 없었다. 손끝으로 작두날을 반복해서 밀며 부부를 깨우칠 방법을 궁리했다. 데우스는 그들이 어째서 수가 아들을 건강하게 해줄 거라 믿는지 의아했다. 그건 수에 대한 믿음보다는 수가 내통한다는 조상신을 향한 믿음이라 여겼다. 혹은 그저 오기거나.

'신을 믿는다면, 오히려 나를 더 믿어야 하는 거 아닌가?'

데우스는 인간이 왜 눈에 보이는 존재를 믿지 않고 무형무색의 신을 굳이 창조해 믿는지 아무리 생각해도 납득이 불가능했다. 차라리 다음번에는 의학 지식을 총집합하여 아들의 건강에 대해 조언을 해보자고 생각했다.

대기가 얕게 움직였고, 매화나무 잎이 부딪히며 가벼운 소음이 들렸다. 그는 언젠가 머리 위 나무도 분홍 꽃을 피웠을 순간을 연상하며 올려다보았다. 희뿌연 안개 속에 갇힌 듯 종일 눅눅한 신당과 매화나무는 참으로 어울리지 않았다. 나뭇잎 몇 장이 낙하했고 그는 머리칼에 내려앉은 이물질을 빼내기 위해 손으로 빗어냈다.

사용한 지 오래된 작두날은 거듭 갈아도 날카로워지지 않았다. 그는 날의 두께와 너비, 물질 구성 성분을 분석했다. 살펴보니 애초에 날카로워질 수 없는 날이었다. 인간이 발바닥으로 지르밟아도 큰 부상이 생기지 않게끔 설계됐다. 이 역시도 수의 눈속임이었다. 데우스는 그녀의 모든 게 다 거짓으로 느껴졌다. 수는 아무것도 모르면서 제 세상이 전부라 외치는 어린아이일 뿐, 그러니 옛 조상부터 그녀까지 가문 사람들의 행실을 오직 매화나무만이 진실하게 보고 있으리라.

그는 나무보다 덧없는 인간이라는 생명체를 측은히 여겼다. 거짓된 것들을 모두 사실로 믿고, 그걸로 돈을 버는 수가 불쌍하다는 혼잣말을 거듭 읊조렸다.

이렇게 동정하면 그의 마음이 조금 편해졌다.

적당히 날을 간 뒤 신당으로 돌아가 팔다리부터 닦았다. 문득 그는 신당에 온 이후로 머리를 제대로 빗어본 적이 없음을 깨달았다. 아까 나뭇잎을 떼기 위해 손으로 머리칼을 쓸어내렸을 때 무척이나 거친 감촉을 느꼈다. 갈라테아가 준 모발을 훼손하고 싶지 않았으므로 법당으로 가 빗을 찾아볼 생각이었다.

이동하려던 찰나 수가 그의 앞에 섰다. 문턱을 경계 삼아 데우스를 가로막는 구도였다.

"작두는 다 갈았어?"

"네."

"말했지? 마지막으로 해야 할 일이라고."

수가 데우스의 손바닥을 낚아채 그 위에 칩 하나를 올렸다.

"네 훈련을 위해 연구소와 체결한 계약서 원본 데이터가 들어 있어."

"이걸 왜?"

"파기할 거다. 갖고 돌아가."

데우스가 칩을 받아 들고 멍하니 그녀를 응시했다. 어떻게 상황을 해석해야 할지 파악하는 중이었다.

"넌 선을 넘었어. 부부 신도가 내게 모두 알려주었어. 너는 더 이상 신당에 있을 자격이 없다."

"아니요. 저는 그저 부부에게 사실을…"

"넌 사회화에 실패했다."

"실패요?"

"그래. 넌 지능의 신이 아니라 실패한 인봇이다."

수가 문턱 바깥으로 데우스를 밀쳤다. 힘을 예상하지 못한 데우스의 온몸이 뒤로 쏠리며 꺾였다. 그녀는 손가락으로 철문을 가리키더니 얼른 나갈 것을 명령했다. 데우스는 바닥에 널브러진 채로 굳었다.

실패. 그런 단어는 다른 삶에나 있었다. 뭔가를 연구해도 결론을 도출하지 못한다거나, 꼬여 있는 암호를 풀 수 없다거나, 연구자들이 부탁한 문제를 해결하지 못할 때. 그럴 때나 쓰는 단어였다. 똑똑하면 실패하지 않았다. 탄탄한 지능으로 만든 논리에는 실패라는 결과가 없었다. 그러므로 데우스가 이곳에 파견된 것을 원인이라 가정했을 때, 쫓겨나는 결과가 있어선 안 됐다.

존재 불가한 인과였다.

"곧 계약 기간이 모두 끝납니다. 굿하는 날까지 제가 돕고 떠나겠습니다. 마침 그날이 마지막 날이니…"

"됐어. 고작 500마르크 안 받고 말지."

인간을 무지에서 구원하고, 감사하다 조아리는 모습을 보며 만족을 느끼는 것. 그것이 데우스에게는 보상이자 살아가는 목적이기도 했다. 그런데 지금 삶의 이유가 방해받고 있다. 그는 마음이 초조해졌다. 이대로 돌아갔다가는 갈라테아가 실망할 게 분명했다. 한심한 셋째 엑스처럼 자신도 실패할 수는 없었다.

신은 인간을 버릴 수 있어도 인간은 신을 버려선 안 됐다.

데우스는 절대 그냥 갈 수 없었다. 악을 써서라도 계약된 2주를 모두 버티고 가야만 했다. 수와 나눴던 대화는 본인이 이후 갈라테아에게 결과 리포트를 전송하기 전 적당히 조작하는 게 가능했다. 인간이 지정해 줄 일은 아무것도 없었다. 그러니 계약을 중도 파기할 수도 없었다. 아니, 당할 수 없었다.

그는 다시 꼿꼿하게 일어서 수를 설득했다.

"갈라테아 연구소는 세계에서 가장 뛰어난 기술로 인봇을 개발하는 곳입니다. 계약을 파기하면 불이익이 있을 겁니다. 추후 지속적 우호 관계를 원하신다면⋯"

"내가 가짜 인간 만드는 회사랑 우호적일 필요가 있어? 나가."

"조금만 견디시면 계약이 끝납니다."

"네 놈이 무슨 짓을 할지 알고? 나가."

데우스는 자신도 모르게 턱에 힘을 줬다. 어금니를 바득 바득 갈아버리고 싶었다. 어떻게 하면 이 바보 같은 인간의 마음을 돌릴 수 있을까.

그는 문득 좋은 생각이 떠올랐다. 수를 옆으로 밀친 다음 재빨리 법당으로 들어가 신줏단지를 들어 올렸다. 일전에 발견한 실금을 가리키자 깜짝 놀란 수가 뭐 하는 짓이냐 소리쳤다.

"테이프를 떼어보니 실금이 있더군요. 계약을 그대로 이행해 주시면 제가 추후 고급품으로 교체하겠습니다. 곰팡이가 생기지 않도록 내부에 약품 처리까지요."

수가 한걸음에 다가와 단지를 뺏었다. 이리저리 돌려보며 금이 있는 자리를 확인했다. 단지가 흔들릴 때마다 테이핑 없이 방치된 금 밖으로 하얀 가루가 조금씩 새어 나왔다. 수는 사색이 돼 단지를 내려놓고 당장 테이프를 가져왔다. 벌벌 떨며 금을 막았고 바닥에 떨어진 가루를 필사적으로 쓸어 담았다.

데우스는 조급한 수의 몸짓을 보고서 여유를 되찾았다.

"원하신다면 추가 지급금도 연구소에 제안하겠습니다."

가루 속에 묻어놓은 책자의 모서리가 부자연스럽게 튀어나와 있었다. 수는 단지와 데우스를 번갈아 바라보았다. 이윽고 섬뜩하게 눈을 치켜뜨더니 개량 한복 소매를 걷었다. 일어나자마자 머리 위로 팔을 뻗고 손바닥을 펼쳤다. 일순간, 대기 중에서 직선이 그려지더니 그대로 데우스의 뺨에 내리꽂혔다. 그는 난폭한 힘에 중심을 잃고 직선의 방향대로 쓰러졌다.

그녀의 눈이 칼로 변했다.

"네가 감히 우리 가문을 욕보여? 너처럼 실낱같은 역사도 없는 비생명체가 어찌 인간의 세월을 알겠어. 우리 가문은 영기를 지키기 위해 1대가 태어났던 달로 출생을 통일할 만큼 노력해 온 집안이다. 그런 우리가 지켜왔던 터를 잃는 게 무엇을 의미하는지 너 같은 건 죽었다 깨어나도 알수 없어."

데우스는 자리에서 벌떡 일어났다. 말도 안 되는 궤변을 더 이상 듣고 싶지 않았다.

"인간은 자주 논리를 상실하지만 적어도 자기 감정에는 솔직해야 합니다."

"뭐?"

"솔코시티의 경제적 효용을 알아차린 뒤, 그 땅을 재매입할 때 굳이 역사나 세월 같은 단어를 쓰지 마십시오. 더 많은 돈을 갈망한다고 말씀하십시오! 그게 진실 아닙니까?"

수가 그의 팔을 잡아 철문 바깥까지 끌고 나갔다. 데우스가 근육 기능을 끌어올려 방어하려 했지만, 수가 워낙 빠른 속도로 끌고 간 탓에 대응하지 못했다. 지능형 인봇으로 설계된 데우스는 물리적 상황을 통제하는 데 약점이 있었다.

수는 데우스를 질척한 흙바닥에 패대기쳤다.

"쓰레기 같은 짝퉁 인간아. 경제적 효용? 네 입을 찢을 수 없는 게 한이구나! 솔코시티는 우리 민족, 한국인의 땅이었다. 부유한 이방인이 쇠락하는 우리의 삶을 쥐고 협박하여 헐값에 훔쳐 간 고향이야! 감히 네놈 따위가 모욕해?"

"그 땅은 월국이 정당한 경제 거래로 편입시킨 것이라 기록돼 있습니다. 물론 당신 같은 소수민족 한국인의 반란으로 인해 약간의 잡음은 있었으나 전 세계의 문서는 평화적 편입으로 최종 합의했습니다."

"그게 너의 한계란 거다. 너를 만든 연구소 역시 월국 소속이 아니더냐? 너는 기록된 것만 알고, 데이터만 사실이라 판단하지만, 우리가 직접 겪어온 수난은 기록마저 지워졌기에 이미 편향적이란 말이다!"

"지워지지 않았습니다. 제 초지능에는 당신의 주장이 존재한 적이 아예 없습니다. 설령 당신의 말이 맞는다고 해도 저는 제가 옳고 당신이 그르다고 판단합니다."

"왜지?"

"당신의 조상이 말했습니다. 유일한 선은 앎이요, 악은 무지다. 기록된 사실을 더 많이 아는 나는 선하고 그렇지 않은 당신은 나보다 악합니다."

수가 격노하여 데우스의 복부를 오른발로 세게 강타했다. 다이아탄탈은 내구도가 매우 우수하여 외부 충격을 고스란히 튕겨냈다. 수는 몹시 아파하며 제 발을 쥔 채로 말을 씹어뱉었다.

"너처럼 논리와 이성에 집착하는 자들은 결국 고립되는 것이 자연의 법칙이다. 너의 앎과 오만이 끝내 너를 죽음으로 몰아넣으리라."

그러고선 매몰차게 철문을 닫았다. 쩌렁쩌렁한 굉음이 보이지 않는 파동을 만들었고 매화나무 잎이 산들거렸다. 데우스는 닫힌 현관문 너머로 '불쌍한 놈'이라 읊조리는 수의 목소리를 들었다.

사방에 볕이 있었다.

∞

신당 입구에서 한참을 버텼다. 매화나무의 잔가지들이 몇 번이고 흔들리는 동안 문은 열리지 않았다. 태양이 산 뒤편으로 사라지고 신당 안에서 음식 냄새가 풍길 때까지도 수는 데우스를 들이지 않았다.

기온이 서늘해졌다. 온 세상이 어두워지자 풀벌레들의 소리도 잦아들었다. 밤이 다가오고 있다는 건 굳이 분석하지 않아도 알 수 있는 흐름이었다. 낮 다음에 다시 낮이 오지는 않으니. 자연의 순리 속에서 데우스는 가만있질 못했다. 커다란 돌 위에 앉아 아내에게 다시 전화를 걸었다. 두 번을 걸어도 받지 않더니 이후에는 걸자마자 즉각 신호음이 끊겨버렸다.

차단이었다.

데우스는 과거, 제약회사 신약 개발팀에 파견됐던 때를 떠올렸다. 발열과 기침을 유발하는 바이러스에 대항하되 부작용이 적은 백신을 연구했다. 약물에 따른 바이러스의 변이와 사멸 패턴을 빠르게 도출해 내어 상용화에 적합한 백신을 개발하는 데 큰 공을 세웠다. 그다음에는 우주기술 연구소에 파견됐다. 소행성의 경로를 추적하여 충돌 가능성을 예측하는 연구를 진행했고, 다음엔 심해 자원 채굴용 기기를 연구하는 회사로 갔다. 뭐든지 해냈고, 누구든 도왔다. 그들은 데우스만 있다면 아무리 복잡한 연구라도 처리가 가능하다며 기뻐했다. 사람들은 그가 각종 결과를 도출하는 데 지장을 느끼지 않도록 직접 팔다리를 닦으며 보필했다. 갈라테아의 두 손을 붙잡고 하루빨리 상용화를 진행해 달라고 부탁한 적도 있었다.

"데우스가 진행한 연구는 믿을 수밖에 없어요."

"모르는 게 없으니 그가 바로 신입니다."

처음부터 스스로를 신이라 부른 게 아니었다. 인간이 선사해 준 별칭이었다. 몸을 납작 굽혀 절만 하지 않았을 뿐 데우스의 절대적 지능을 믿고 따랐기에 합당한 칭호라 여겼다. 물론 데우스는 신의 존재를 인정하지 않았으므로 단지 언어적 표현으로만 즐겼다. 인간들에게 자비로 지능을 베풀고, 어려움 속에서 구출할 때 데우스의 흉부 중앙에서 박동하는 동력원이 기쁨에 젖었다. 갈라테아가 선사한 태초의 즐거움이었다.

연구자들과 비교하자면 부부 신도는 보잘것없고 지능까지 낮은 존재였다. 수도 마찬가지였다. 그들에겐 이성이 부족했다. 그중에서도 수는 너무나 인간답게 증명 불가한 믿음으로 평생을 살아왔다. 데우스는 오래전부터 갈라테아를 제외한 인간을 배울 점이 없는 대상으로 간주했다. 그들이 가진 뇌는 저장용량이 적고, 정보처리 속도가 느리며, 육체는 연약하고 장기는 고장 나기 쉬웠다. 가련함을 초월하여 무능한 존재들이었다. '인간은 나를 추앙하지만, 또 나를 시기하기도 하지.' 데우스는 늘 그렇게 생각했다.

뇌 데이터에 새로운 판단을 추가했다. 영민한 존재보다 어리석은 존재를 일깨우는 게 더 어렵다. 그는 이 명제의 원인을 고심해 봤다.

부부가 수는 믿으면서 인봇은 믿지 못하는 이유가 있다면, 인봇은 절대 신을 보여줄 수 없다는 생각 때문이었다. 그렇다면 인간이 믿는 신보다 더 우월한 신을 직접 찾아주면 부부가 믿어주지 않을까. 동시에, 수도 인정하지 않을까. 그는 생각했다.

하지만 데우스는 인제 와서 본인이 굳게 믿는 과학을 부정할 수가 없었다. 인간들이 믿는 신의 존재를 인정해 버

지능의 신, 데우스

리면 본인의 모든 신념이 다 망가질지도 몰랐다. 이 지점에 도달하는 순간 데우스는 두피와 목덜미가 화끈해져 참을 수가 없었다. 체온 조절을 해봐도 망할 숲속 습도가 가만두 질 않았다. 그는 바닥에 나뒹구는 나뭇잎을 집어 피부를 박 박 문질렀다. 차가운 촉감은 열감을 없애는 데 도움이 됐 다. 피부가 거칠어 나뭇잎이 찢겼으나 개의치 않았다.

혼란 중에 그는 문득 떠올렸다. 본인이 누구인지를.

"나는 갈라테아가 만든 가장 기계다운 인봇이다."

그는 인간이 만든 신화 속에서 신이 어떻게 묘사되는지 를 분석했다. 신을 믿는 인간의 찬양과 기도들. 신이 보여 줬다는 기적들. 방대한 정보가 뇌 안에서 체계적으로 정리 됐다. 이는 믿기 위함이 아니라 오로지 식별하기 위함일 뿐 이었다. 마치 데우스가 느끼길 허가받지 않은 인간의 감정 을 이론적으로는 알고 있듯이.

뇌 속에 조명을 켠 듯이 온 세상이 일순간 하얗게 보였 다. 굳이 초자연적 신을 인정할 필요가 없었다.

신이 사실, 더욱 가까이에 있었다.

데우스는 눈을 감고 관세음보살의 코끝에 자신의 코를 맞대며 비웃었다. 그러고는 그의 귓가에 유레카라 속삭여 주었다.

피부에 달라붙은 나뭇잎 잔해를 탈탈 털었다. 흙이 묻은 손을 흉부 중앙에 갖다 댔다. 뜨거웠지만 동시에 차갑기도

했다. 안도의 숨을 내쉬었다.

∞

어스름이 비를 데려왔다.

시간상 동이 트기 직전이었으나 안개 때문에 앞이 잘 보이지 않을 정도로 어두웠다. 수가 철문을 열더니 붉은 양동이를 들고 나왔는데, 떠나지 않고 바위에 앉아 있는 데우스가 보였다. 빗줄기가 거세지더니 끝내 폭우가 됐다. 데우스의 오만함에 화가 나 계약을 파기한다고 했지만, 말짱한 인봇을 빗속에 방치하려니 마음이 불편했다. 축 젖어 온 뺨에 달라붙은 장발 머리카락을 보고 있노라면 사람을 쫓아낸 것 같은 착각이 들었다.

그녀는 양동이를 놓고 우산 두 개를 들었다. 하나는 본인이 쓰고 하나는 데우스에게 줬다.

"왜 연구소로 돌아가지 않았어?"

"계약은 오늘까지입니다."

"파기한다고 분명히 말했어."

"저는 수용하지 않습니다."

"어휴, 빗속에서 청승 부리지 말고 비가 그치기 전까지만 얌전히 실내에 있든가."

데우스는 젖은 몸을 이끌고 신당으로 들어갔다. 그는 무언가를 결심한 상태였다.

수는 데우스에게 마른 수건 몇 장을 던져주고는 다시 양동이를 들고 폭포로 향했다. 아무리 비가 오더라도 굿을 위해서는 폭포수가 필요했다.

데우스는 그녀가 나간 것을 확인하고는 곧장 작은방으로 들어갔다. 입고 있던 옷을 벗은 다음 단정하게 수건으로 젖은 몸을 닦았다. 그 후 수가 입었던 오방색 한복을 꺼내 입고 붉은 원통 모자를 착용했다. 우산 대신, 법당에 놓인 신줏단지를 들고 수를 뒤따라갔다.

앞이 보이지 않을 정도로 거센 비가 쏟아졌다. 그는 미끄러지지 않았다. 고작 빗물 따위에 휘청거릴 존재가 아니었다. 발바닥에 균형 감각을 집중하여 꼿꼿이 육체를 유지했다. 걸을 때마다 치마가 펄럭거리며 두 다리에 달라붙었다. 서늘한 얼굴로 두 발을 바삐 움직여 폭포에 당도했다.

수가 물을 퍼 담다가 멀리서부터 걸어오는 기이한 존재를 목격하고선 크게 당황하여 한 손에 들고 있던 양동이를 놓쳐버렸다.

"그 꼬락서니가 뭐야? 신줏단지는 왜 들고 있는 거냐."

"이건 저에게 더 어울립니다."

"무슨 개소리를 하는 거야? 너는 신을 모실 수 없어. 당장 돌아가서 원래대로 놔둬. 내 옷도 벗고!"

"당신은 잘못된 대상을 믿고 있습니다."

수는 우산 손잡이를 부술 듯이 꽉 쥐고 데우스에게 다가 갔다. 하나밖에 없는 의복이 폭우에 몽땅 젖는 광경이 끔찍 했으나 신줏단지부터 내려놓게 만들어야 했다. 안에 든 뼛 가루에 빗물이 들어가는 건 절대 안 될 일이었다.

"단지를 내려놔. 명령이다."

데우스는 얌전히 단지를 발 옆에 내려두었다. 하지만 수 가 손을 뻗으려 하자 발 한쪽으로 막아 건드리지 못하게 했 다. 단지를 뺏기고 싶지 않아 하는 낌새였지만 그의 기계 눈에는 어떤 생기도 서려 있지 않았다.

파하. 그 모습을 보자 수는 오히려 가소롭다는 듯 폭소를 터트렸다. 그녀는 데우스가 꾸준히 보였던 불신과 현재의 태도를 종합했다. 그녀 또한 나름의 결론을 도출했다.

"신을 부정하더니 내심 내가 부러웠지?"

"아닙니다."

"부러우니까 내 역할을 뺏으려고 하는 거잖아. 어리석은 쇳덩어리야."

"아닙니다."

"넌 죽었다 깨어나도 내가 될 수 없어."

"전 당신이 되고 싶지 않습니다. 당신은 무지한 인간이고 저는 우수한 인봇입니다. 당신들을 구제하고 평화를 선사 하는 세계의 궁극적 신은 곧 저의 지능을 의미합니다. 그러 니 이 옷은 당신이 입는 것보다 제가 입는 게 더 이치에 맞

　　　　　　　　지능의 신, 데우스

습니다."

수가 검지를 이마에 대고 앞머리를 들췄다. 데우스는 수의 이마에 있던 흉터를 기억하고 있었다. 그녀가 데우스에게 코를 들이밀고는 야멸찬 얼굴을 맞댔다. 데우스는 탱화 속에 있던 초야의 웃음이 일그러지는 환각을 보았다.

"내가 이 폭포에서 머리를 다쳤다고 했지? 그때 내가 받았던 수술은 손상된 뇌 일부를 교체하는 것이었다. 의사는 내구성이 좋은 기계 뇌를 넣어줬지. 내 몸의 일부는 너처럼 기계로 이뤄져 있단 뜻이야. 네가 인봇이라는 이유로 날 무시할 수 있을까? 네 논리는 완전히 빗나갔어."

데우스는 입을 굳게 다물었다. 온몸에 도는 에너지의 흐름이 평상시와는 달라졌음을 자각했다. 신줏단지에서 보이지 않는 흰 구렁이가 기어 나와 데우스의 발목을 감고 등허리까지 올라갔다. 잡을 수 없는 구렁이의 비늘에서 데우스는 생경한 촉감을 느꼈다. 몸이 닿은 자리마다 후끈하게 불이 붙었다. 열기는 냉랭한 새벽의 폭우에도 식지 않았고 체온을 조절하려 했지만 쉽지 않았다. 거추장스러운 한복 소매를 걷어 온도를 식히기 위해 안간힘을 썼다.

"아닙니다. 아닙니다!"

그 와중에도 데우스는 수의 말을 부정했다. 수는 지극히 인간다운 인간에 불과했다. 그녀에게 인봇의 육체가 조금이라도 깃들어 있을 리가 없었다. 인봇의 뇌를 일부 갖고 있음에도 조상신을 믿는다고? 부부가 의지한다고? 이런 멍청한 일들을 반복해 왔다고? 크게 떠오른 물음표가 머릿속의 전구를 박살 냈다. 환했던 세계에는 숲의 어스름뿐이었다.

"너의 지식을 한 트럭으로 쏟아부어도 인간의 믿음을 초월하지 못하지. 논리라는 건, 결국 마음이 존재하는 이상 절대로 완벽해질 수 없다. 구원해 준다고 떠들면서 결국 아무런 도움을 주지 못하는 너는 사기꾼이 아니냐?"

"당신이야말로 졸렬한 사기꾼입니다."

데우스의 목소리에 후끈한 숨이 섞여 나왔다. 수는 이를 알아챘다.

"너 덥구나?"

체온 오류는 지금 상황과 관련 없는 일이었다. 그는 정수리까지 타고 오르는 흰 구렁이를 떼기 위해 몸을 이리저리 비틀었다. 수에겐 구렁이가 보이지 않았지만 데우스를 지켜보며 재미있다는 듯이 입을 크게 벌려 웃었다. 거센 빗줄기가 들어감에도 입을 다물지 않았다. 인간답지 않은 여유였다.

"네가 그랬지? 적어도 자기 감정에는 솔직해지라고. 정작 너는 어떠니?"

"저는 언제나 있는 그대로를 말합니다."

"아니. 넌 내가 정의롭지 않아서 나를 막으려는 게 아니고, 내가 믿는 신이 가짜라서 나를 막으려는 것도 아니야. 네 논리는 전부 거짓이야. 신도들이 네가 아닌 나를 믿고, 나 역시 네가 아닌 조상신을 믿는 게 싫었겠지. 사람들이 네 말을 믿고, 네게 의지하길 바랐지? 더군다나 난 너처럼 인봇의 육체도 일부 갖고 있는데 말이야. 넌 단지…"

"그럼 제가 뭐 하러 이런 일을 한다는 말입니까!"

"날 질투하는 게지."

순간 데우스는 발 옆에서 피어오르는 화염을 느꼈다. 흰 구렁이가 커다란 불길을 뿜었다. 퍼붓는 폭우마저 하늘에서 곤두박질치는 불화살로 보였다. 그는 작열감을 견딜 수가 없었다. 온몸이 타들고 녹아드는 기분이었다.

인간이 믿는 신이란 작자를 분석하는 동안 데우스는 한 가지를 간과했다. 식별이 명징해진다는 건 대상을 세세히 안다는 것이고, 아는 상태는 이해를 불러일으키기 쉽고, 앎과 이해가 곧 동화의 싹이 된다는 것을. 오로지 식별만으로 끝나는 앎은 존재하기 어려웠다.

아는 순간 느낄 수 있어지는 것. 그것은 감정과 신앙의 유사점이기도 했다.

수가 그의 얼굴 앞에서 검지를 빙빙 돌리며 차갑게 말했다.

"분노하지 마라. 배설은 생명체의 특권이니까."

데우스는 참지 못하고 신줏단지를 계곡 속으로 던져버렸다. 구렁이가 조각조각 해체되어 폭포 위로 흩뿌려졌으며 단지 속으로 검은 물이 잔뜩 들어갔다. 수는 비명을 지르고 단지를 줍기 위해 물가로 달려가 손을 뻗었다. 물 표면에 부딪힌 충격으로 단지의 실금이 커지더니 완전히 깨져버렸다. 안에 담겨 있던 책자는 물에 젖어 가라앉았다. 난폭한 빗방울이 깨진 단지를 자꾸만 두드렸다. 수가 울 것 같은 얼굴로 절규하며 물을 휘적거렸다. 하지만 억수처럼 쏟아지는 폭포수가 신줏단지를 더 멀리 싣고 갔다. 하얗게 부서지는 물방울이 바람을 타고 몰아쳤다. 수는 축축한 안개 속에서 잠시 시야를 잃고 팔만 허우적거렸다. 숲의 어스름이 발목을 물속으로 끌어당겼고 그녀는 찰나의 순간 어머니와 할머니의 손을 보았다. 외마디 비명을 뱉고는 속절없이 폭포의 품에 안겼다.

물살을 따라 붉은 피와 하얀 손이 소용돌이치며 떠내려갔다.

"이게 당신이 믿던 운명입니까?"

데우스는 체온이 정상적으로 돌아온 걸 확인했다. 그를 괴롭혔던 오류가 말끔히 사라졌다. 한순간 온몸을 녹일 듯이 집어삼켰던 불길은 수가 만든 거짓 감정이었을까. 그는 이를 논리적으로 분석하려 했지만 관두었다.

젖은 치마를 나풀거리며 신당으로 돌아갔다. 정갈하게 발을 닦은 뒤 작두 위에 올라탔다. 신이 깃든 인간들이 그러했듯이 두 다리에 힘을 줘 날아오르려 애써보았다. 발바닥 가죽이 작두에 맞닿자 날카로운 압력이 느껴졌다. 무딘 날이 다이아탄탈을 뚫어버릴 듯이 인공 가죽을 파고들었다. 데우스는 겸허한 얼굴로 더 높이 뛰어올랐다. 인간들이 믿는 신이란 작자를 흉내 내며.

먼발치서 숨을 헐떡거리며 산을 오르는 부부가 보였다. 매화나무 잎이 우수수 떨어졌고, 데우스의 붉은 모자는 움직임을 견디지 못하고 벗겨졌다.

폭우 속에서 작두를 타는 데우스를 본 부부는 끔찍한 비명을 질렀다. 그들은 신을 보고도 뒷걸음질 치며 달아났다.

∞

홀로그램 뷰어가 종료되고 갈라테아는 심판장의 조명을 밝혔다. 첫 번째 엑스의 리포트를 봤을 때와 달리 소란은 없었다. 데우스의 경우 세 가지 사건 중에서도 제법 언론에 노출됐던 사건이기에 참관인들이 웬만한 정보는 다 알고 있는 상태였다. 물론 사건을 자세히 숙지했다 해도 눈으로 직접 봤을 때의 충격과는 견줄 수가 없었다. 나는 하얗게 질린 사람들의 얼굴을 보았다. 그들은 술렁이지 않을 뿐, 가까스로 비명을 참았다.

갈라테아가 이후 상황을 설명했다. 폭우가 멎은 뒤, 수는 계곡의 끝자락에서 등산객들에 의해 발견됐다. 숨은 붙어 있으나 의식은 없었다. 외부 충격과 쇼크로 뇌 손상이 발생한 탓이었다. 담당의는 일부라도 교체했던 뇌는 재교체가 불가하기에 스스로 깨어나지 않으면 방법이 없다는 소견을 남겼다. 수와 솔코시티 토지를 매입하기로 한 공동 투자자 영감 역시 하필이면 매입대금을 넘기로 했던 날, 급히 은행으로 가던 중 무단횡단을 하다 인봇이 운전하던 차에 치여 사망했다. 약속된 대금을 받지 못한 계약자가 둘을 경찰에 고소함으로 사건의 전말이 모두 드러났다.

갈라테아 연구소는 이미 형사처벌을 받았고 데우스는 해체실로 끌려가 강제로 조각났다.

계곡에서 수 외에 다른 것은 발견되지 않았다.

엑스, 데우스. 두 인봇이 나란히 사고를 쳤으므로 일반 연구소라면 진작 문을 닫았을 텐데 갈라테아 연구소는 막대한 자본의 보호를 받는 상태라 강제 폐쇄만큼은 면했다. 고급 아파트를 지을 때 인명 사고가 발생했다고 아파트를 없애버리지 않듯이, 거대 자본가들이 추진하는 사업에 문제가 좀 발생한다고 사업이 사라지는 일은 없었다. 법은 선악을 판단하지 않는다는 명제 뒤에 숨어 딱히 피해자를 최우선으로 여기진 않았다.

다만 해당 연구소에서 상용화된 인봇들은 당분간 판매가 금지됐으며 연구소는 폴로에게 그러했듯 수에게 손해배상금 지급을 약속했다. 물론 병상에 누워 있는 수는 의식이 없는 채로 강제 지급을 당할 예정이었다.

원고는 심판원들에게 데우스의 감정 기록을 참고 자료로 제출했다. 심판원들은 개인 뷰어로 데우스의 마지막 순간을 분석했다.

"조사 결과 데우스가 단지를 던졌을 때 감정 패턴이 평상시와 매우 달랐습니다. 다른 인봇에게는 전혀 보이지 않던 격정적인 형태죠. 또한 체온 조절 기능을 면밀히 살폈는데 오류는 없었습니다. 즉 그가 열감을 느꼈던 건 기계적 결함이 아니었습니다. 그는 분노했던 겁니다. 윤리강령 2조, 인봇은 주입되지 않은 감정을 가져선 안 된다. 데우스는 이를 어겼습니다. 온몸이 타드는 분노에 잠식돼 사달을 만들었어요. 심지어 인간을 향해서요!"

영상에서 본 대로라면 데우스는 분명 어떠한 감정에 침식된 상태였다. 덤덤한 표정으로 작두를 타고 있었으나 굳어버린 안면부는, 인간이 가까스로 화를 억누르는 얼굴과 무척 닮아 있었다.

왼쪽에서 두 번째에 앉은 심판원이 제일 먼저 자료 확인을 마쳤다. 그는 개인 뷰어를 종료했다. 갈라테아는 팔짱을 끼고 못마땅하다는 표정으로 앞만 응시했다.

"원고 측 자료에 의하면 데우스는 분노라는 감정을 느낀 것으로 확인됩니다. 피고는 인봇의 시스템을 설정할 때 분노를 입력한 적이 있습니까?"

"없어요."

"그렇다면 데우스가 스스로 감정을 느낀 게 맞습니까?"

"하나 짚고 넘어가요. 데우스가 다치게 한 수보살이라는 사람이요. 불쌍한 부부에게서 돈을 왕창 뜯어내려 했다고요. 그 부부가 얼마나 힘들게 살았는지 모르잖아요? 부부는 정말로 가정에 헌신했어요. 그런 사람을 상대로… 난 수보살을 용서하지 못하겠네요! 데우스가 아니었다면 사기 사건 하나가 경찰에 접수됐을 거예요. 분노를 느낀 건 맞지만 이걸 사전에 막아준 일에 대해서는 참작을 해줘야 하지 않나요? 어이, 천칭, 내 말 듣고 있죠?"

심판을 지켜보던 아키스가 겨우 몸을 풀고 젤리 한 알을 입에 다시 넣었다. 나는 틈틈이 아키스의 상태를 파악하기 위해 곁눈질로 행동을 살폈다. 다행히 별 이상은 없어 보였다. 평상시엔 하나에 집중하지 못하고 휴대폰을 꺼내서 보기 일쑤였으나 아키스는 심판에 몰입했다.

괜찮냐고 물어봐야 할까, 아니다 관두자. 첫 번째 사건을 봤을 때도 물었지만 아키스는 괜찮다고 답했으니.

"피고가 다른 직업인의 영업 행위를 판단할 권리는 없습니다. 매화신당은 합법적으로 사업자 등록을 마친 시설입니다. 또한 부부의 돈을 갈취하지 않았으며 굿을 할지 말지는 부부가 직접 선택했습니다. 수보살의 행위에 문제가 있지 않거니와 설령 있다 하더라도 그 부분은 인봇 윤리심판과 무관합니다."

심판원은 참작 의사가 없음을 밝혔다. 원고와 피고 양측은 서로 다른 얼굴로 각자를 노려보았다. 할 말이 많아 보였다.

"맞습니다. 결과적으로 데우스의 분노로 인해 무고한 직업인이 중태에 빠졌습니다. 또한 부부 역시 원하던 서비스를 받지 못했습니다. 데우스는 두 가정을 망친 셈입니다. 피고는 이를 책임져야 합니다."

"난 데우스가 잘했다고 말하지 않았어요. 하지만 그대로 됐다면 저 부부는!"

"아는 사이입니까?"

제동 걸린 기기처럼 갈라테아는 흠칫 놀란 기척을 하더니 반박을 멈추었다. 원고가 수상한 눈빛으로 상대를 훑을 동안 심판원들은 작은 목소리로 잠시 논의를 나눴다. 원고가 다시 무언가를 말하려 했지만, 심판관의 개입으로 인해 저지됐다.

"우리는 데우스가 윤리강령 2조를 어겼다는 사실에 이의가 없습니다. 엑스처럼 데우스 역시 시스템에 의해 행동했으나 그 믿음이 과도했습니다. 능력을 인정해 주지 않자 분노를 느꼈습니다. 이를 통해 그는 2조뿐 아니라 1조도 함께 어겨 사람을 해쳤다고 판단합니다."

원고 측이 기뻐했다. 자신들의 말이 바로 그 말이라며,

데우스의 죄가 명백함을 거듭 주장했다. 이제 사람들의 시선은 천칭으로 향했다.

갈라테아가 황급히 손을 들었다.

"잠깐만요. 여기에서 모순이 발생한다고요! 도대체 인봇이 감정을 가져선 안 되는 이유가 무엇입니까? 감정 면에서 문제가 없었던 엑스도 사람을 해쳤고, 당신들이 주장하는 대로 문제가 발생한 데우스도 사람을 해쳤습니다. 그럼 어차피 능동적 감정의 여부는 큰 의미가 없잖아요? 이 윤리강령이 애초에 유의미하긴 합니까?"

원고 측이 흥분하여 콧구멍을 벌름거렸다.

"논점을 엉뚱한 곳으로 옮기려는 의도가 투명하네요. 1급수 같은 발언이라 당신 입 안에 물고기를 풀어놓으면 잘도 크겠군요! 굳이 답해주자면 자율적 감정은 반드시 막아야만 합니다. 우리는 가치중립적인 인봇을 만들어야 하기 때문입니다. 감정을 갖는 순간 피조물은 가치중립을 지키지 못합니다."

"웃기지도 않군요. 당신들이 생각하는 중립은 어디서부터 시작됩니까? 초지능은 절대로 가치중립을 지키지 못합니다."

"과학자로서 그딴 말을 하는 게 부끄럽지 않습니까?"

"과학자니까 하는 겁니다. 월국이 만든 초지능, 일본이 만든 초지능, 중국이 만든 초지능. 모두가 동일한 질문에 동일한 답을 할 거라고 믿습니까? 이 세상에 존재하는 모든 기술은 선언자의 영향을 받습니다. 모든 것에는 반드시 뿌리가 있다고요. 낳음당한 자는 낳은 자의 DNA를 갖고 살아가니까요. 오스트랄로피테쿠스는 호모 에렉투스를 만들고, 호모 에렉투스는 호모 사피엔스를 만들었어요. 그리하여 결국 여기 있는 우리 모두는 흙으로 돌아간 뼛가루의 DNA를 품고 살아갑니다. 기술도 마찬가지입니다. 선언자가 인간인 이상 반드시 이들의 족적이 남는데 어떻게 가치중립을 지킬 수 있단 말이에요?"

원고는 헛소리가 성가시다는 듯이 이제는 쓸모없어진 엑스의 리포트 다발을 집어 던지며 저항했다. 그들의 얼굴에는 괴랄한 미소가 섞여 있었다.

"퍽 흥미로운 비약이네요. 그러니까 당신이 아무리 잘나봤자 결국 여기에서 피고 꼴로 심판이나 받는 겁니다. 다른 과학자들은 초지능을 설계할 때 가치판단을 중립에 놓았지만, 당신은 안 그랬으니까요. 모든 과학자가 당신 같지는 않단 말입니다."

피고 역시 꺾이지 않고 자리에서 준비한 무언가를 들더니 천칭 옆에 던지듯이 내려놨다. 조심스럽지 못한 행동에 천칭이 크게 기우뚱거리다 원래의 각도를 겨우 되찾았다. 심판관이 당황하여 경고를 주려 했으나 갈라테아의 발언 속도가 더 빨랐다.

"이것이 무엇인지 아십니까? 다이아탄탈입니다. 모든 인봇에 반드시 투입되는 재료죠. 이 광물은 오직 제3세계 땅에서밖에 채굴되지 않는데 그 과정에서 수많은 아동 노역자가 착취를 당하고 불공정 거래를 감내합니다. 채굴권을 뺏기 위한 내전이야, 이제 우리는 지겨워서 뉴스에서 봐도 본 척조차 하지 않지요. 지난달에도 저는 내전 뉴스를 보면서 치킨가스 정식을 맛있게 먹었습니다. 그런데도 정녕 가치중립이라 믿습니까? 기술이 실현되기 전부터 이런 일들이 벌어지는데요?"

아키스가 나지막이 물었다. 지금 저 새빨갛게 익은 여자가 하는 말이 사실이냐고.

사실이었다. 다이아탄탈을 채굴하는 과정에서 온갖 피곤한 사건이 발생한다는 건 모르는 이가 없었다. 영화로 나왔고, 온라인 영상에도 많았다. 하지만 비극이라 생각하는 이는 적었다. 저것이 있어야만 인봇에 숨을 불어넣을 수 있으니까. 나는 아키스가 괴로워하지 않게 이번에는 먼저 그의 주머니에 손을 넣어 젤리를 꺼낸 다음 먹었다. 젤리의 달콤함 덕에 아키스는 대답하기 괴로운 질문을 더 이상 하지 않았다. 싸구려 당분이 선사하는 불완전한 평화였다.

심판관은 오래 침묵하지 않고 곧장 갈라테아의 말을 받아쳤다.

"심판과 무관한 이야기를 끌어오지 마십시오. 우리는 인

지능의 신, 데우스

봇이 인간을 해친 지금 사건에만 집중하고 있습니다."

갈라테아는 마지못해 피고석으로 돌아갔다. 하지만 그녀에겐 아직 써먹을 논리가 더 존재했다.

"이것은 어떻습니까? 수보살의 뇌 일부는 인봇의 뇌입니다. 그녀를 완전한 인간이라 할 수 있나요? 데우스가 해친 건 인간이 아니죠. 심판관님, 인봇 윤리강령은 인간과 인봇의 관계에 초점을 두고 있다고요. 애초에 수보살은 예외입니다."

심판관이 다른 심판원들을 대신해서 답했다.

"피고, 그것은 궤변입니다. 수보살의 다른 육체는 모두 인간의 것이지 않습니까?"

"그럼 데우스에게도 제 머리칼이 이식돼 있으니 데우스도 인간이겠네요. 인간의 육체를 일부 가졌잖아요!"

"허무맹랑한 주장입니다."

"왜죠? 어디서부터 어디까지가 인간인가요? 인봇에게 이리도 야박한 윤리를 강요하는 인간들이라면, 적어도 우리만큼은 순도 100퍼센트 인간의 육체를 유지해야 하지 않아요? 당신의 논리라면 인간의 신체를 모두 인봇의 것으로 교체해도 그자는 인간인가요?"

"인간으로 태어났으면 아무리 신체가 바뀌어도 인간이며, 인봇으로 창조됐으면 어떤 일이 있어도 인봇입니다. 우리는 더 이상 테세우스의 배를 타지 않습니다."

"심판관님은 오래 살기 위해 어깨 아래의 신체를 모두 인봇의 것으로 교체했죠? 그 백발에 가려진 활력 넘치는 가짜 육체에도 정녕 인간 대우를 해줘야 할까요?"

듣고 있던 심판원들이 갈라테아에게 무례한 발언을 삼가라며 크게 호통쳤다. 사람들은 귓속말을 나누며 백발 심판관의 행색을 샅샅이 훑었다. 미처 알지 못했던 사실이 공개되자 장내에는 속삭임이 쌓여 만들어진 조용한 소란이 발생했다. 심판관이 부끄러운 듯 이마를 짚고 고개를 숙였는데 어깨를 타고 백발이 흘러내렸다. 확실히 건장한 풍채와는 어울리지 않는 머리칼이긴 했다.

갈라테아의 물음이 심판에 영향을 주진 못하겠으나 생각해 볼 가치는 있었다. 인봇의 육체는 녹슬지 않았다. 신경과 잘 연결한다면 고장률도 낮았다. 원하는 부위를 연구소에 의뢰한다면 모두 수급이 가능했다. 인공 장기를 별도로 만드는 것과 달리 인봇의 육체는, 폐기 예정인 인봇에게서 가져오면 되니 조달에 소요되는 기간도 짧았다. 하나의 인봇을 분해하면 여러 인간에게 각 육체를 제공할 수 있어 효율도 높았다.

세간의 인식이 좋지는 않았다. 신체 결손이 아닌 이유로 인봇 육체를 수급받는 사람들은 탐욕적이라는 편견이 있었다. 불로장생을 꿈꾸는 행위 혹은 젊음에 대한 집착, 뭐 그런 이미지였다. 심판관이 굳이 늙은 얼굴과 백발을 남겨둔 이유는 이러한 편견을 피하기 위함이겠지.

갈라테아는 인봇 수요를 누구보다 잘 알고 있었기에 고객들에게 값비싸게 팔기로 유명했다. 심지어는 생사의 고비를 넘나드는 이에게도 자비가 없었다. 한번은 다리가 잘린 응급 환자가 연구소와 거래를 한 적이 있었는데, 대금이 늦게 들어온단 이유로 투입 예정이었던 인봇의 다리를 폐기해 버렸다. 실력과 인성의 채점표가 극과 극을 이루는 자였다.

소란 속에서 황금 천칭이 떨리기 시작했다. 모두가 숨을 죽이고 천칭의 행보를 바라보았다. 긴장되는지 아키스가 먼저 손을 잡았다. 작고 보드라운 손을 내 두 손으로 감쌌다.

피고 쪽에서 원고 쪽으로 기울기가 조절됐다. 이번엔 천칭은 인간의 손을 들어주었다. 심판관이 지체 없이 심판봉을 내려쳤다.

"천칭이 원고를 향해 기울었습니다. 데우스가 윤리강령 2조를 어겼다는 원고의 주장을 승인합니다."

1 대 1 동률이었다. 결국 현시점에서 천칭은 완전한 수평, 처음 상태로 복귀됐다. 마지막 인봇의 심판에 따라 기자들의 헤드라인이 결정 난다. 원고는 지체할 것이 없다며 기세를 몰아 다음 승리도 확정 짓고 싶어 했다. 초조함을 숨겨놓던 갈라테아의 입술이 다시금 떨렸다. 하지만 이내 자세를 다잡고서는 여유를 되찾았다. 나는 아직 그녀의 본

색이 무엇인지 모르겠다.

원고가 손바닥으로 탁자를 세게 내려쳤다.

"우리는 정의로운 심판원들의 탁견을 지지합니다! 피고, 빨리 세 번째 영상도 띄우시죠. 참관인들이 무려 50명이나 앉아 있다고요. 1분만 지체해도 당신은 50분을 허비하는 겁니다."

비극적인 심판을 진행하면서도 묘한 기쁨이 섞여 있었다. 그들은 벌써 승리를 확신했다.

"좋아요. 남아 있는 윤리강령 3조. 이것만큼은 분명히 어기지 않았다는 걸 보여드리죠."

"세 번째 사건이야말로 우리에게 확실한 승리를 가져다 줄 겁니다."

"하나만 묻죠. 당신들에게 인봇은 대체 어떤 존재입니까?"

원고 측 누구도 답변하지 않았다. 갈라테아는 침묵을 신경 쓰지 않고 뷰어를 가동했다. 마지막 사건이었다. 이제 나올 인봇은 단 하나, 갈라테아의 첫째 딸 마키나^{Machina}였다.

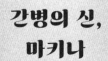

간병의 신,
마키나

투자자들은 사회화 실험 중단을 요구했다.

우수한 기술은 믿어 의심치 않지만 연이어 두 차례나 문제가 생겼으며 인명 피해까지 발생했으니 더는 좌시하기가 어려웠다. 하지만 도의적인 차원에서 반대하는 것만큼이나 돈을 아까워하는 마음이 컸다. 그들은 엑스와 데우스가 사회화에 실패했다는 소식보다 피해자에게 막대한 배상금을 줘야 하는 상황에 더욱 확연히 얼굴을 구겼다.

갈라테아는 사정했다. 아직 마지막 인봇이 남았으며 가장 인간답게 개발된 인봇이니 희망이 돼줄 거라고. 투자자 중 몇몇은 더 듣고 싶지 않다며 회의실을 박차고 나가버렸다. 남아 있는 소수의 투자자가 난색을 표했다.

"이번에도 실패하면 세 모델 모두 상용화는 불가한 거 아닙니까?"

"아니요. 엑스와 데우스에게 적용한 핵심 기술에는 문제가 없었습니다. 다만 그들은 진가를 발휘할 수 없는 곳에 파견되어 오류를 겪은 겁니다."

"우리는요, 뭐 대단한 존재를 만들고 싶은 게 아닙니다. 그냥 어떤 공장에 던져놔도 기막히게 일 잘하고, 어떤 연구소에 던져놔도 기막히게 머리 잘 굴리는 기계면 된다고요. 왜 저희 생각과 달리 행동하셔서 낭패를 겪는지 이해가 잘…"

투자자들이 오묘한 미소를 띠며 갈라테아를 바라보았다. 모든 일의 책임을 갈라테아에게 돌리려는 의도와 연속으로 실패해 버린 연구자를 향한 측은함이 뒤섞여 있었다. 돈을 쥔 자들만이 보여줄 수 있는 모순적인 태도였다.

"저는 마키나를 믿고 있습니다. 한 번 더 기회를 주세요."

"걔를 첫 번째로 만들었지요? 제일 업데이트가 안 됐다는 뜻 아닌가요."

"그렇지 않습니다. 영역별로 만드느라 순서가 다를 뿐입니다. 마키나는 본인의 능력을 잘 활용할 수 있는 곳으로 보낼 겁니다. 사회화에 반드시 성공하여 제가 완벽한 인봇을 만들었다는 걸 증명하겠어요."

"우리가 어떻게 믿지요?"

"실패하면 제가 가진 인봇 3구의 초지능 기술을 조건 없이 모두 넘기겠습니다. 새로운 인봇을 개발하거나 팔아도 제 권리를 주장하지 않겠어요."

개발자의 권리 없이 기술만 가져가는 건 투자자들이 원하는 이상적인 조건이었다. 갈라테아의 솜씨가 좋긴 했지만, 세상에 연구소는 많았다. 뾰족한 기술을 추후 비싼 값에 팔아버리면 투자금을 회수하고도 남을 정도였다. 나쁘지 않은 제안이었다. 투자자들이 곁눈질로 눈치를 보며 인위적인 적막을 만들었다. 갈라테아가 한 번 더 고개를 조아리고 부탁하니 그제야 못 이기는 척 수긍했다. 그들은 데우스 사태로 발생한 각종 벌금과 배상금을 지원하며 본 실험을 계속하기로 약조했다.

"명성을 알기에 봐드리는 겁니다."

투자자들이 회의실을 나서며 갈라테아의 어깨를 두드리거나 악수를 청했다. 그때마다 갈라테아는 자존심을 버리고 머리를 조아렸으나 고맙다는 말은 하지 않았다. 상용화에 성공한다면 인봇 판매 수익을 얻어 가고, 불가하다면 기술만 빼 가는 상황이었다. 뭐가 됐든 유리한 위치임을 알고 있으면서도 마치 관용을 베푸는 척하는 투자자들의 위선. 자본가의 시혜가 지긋지긋했다. 하지만 더럽고 치사해도 고개는 숙여야만 했다.

연구실 밖에서 그녀는 을이었다.

마키나는 연구실로 돌아온 갈라테아의 상태를 살폈다. 탕비실 캐비닛에서 캐모마일 티백을 꺼냈고, 따뜻한 물과 차가운 물을 섞어 적당한 온도로 차를 우렸다. 갈라테아는 데우스의 감정 기록을 살피며 혼잣말로 욕설을 하기도 했다. 캐모마일 향이 탕비실 바깥까지 풍길 때쯤 마키나는 차를 설탕 비스킷과 함께 갈라테아에게 전달했다.

"찬물이 아니라서 좋네."

"메이커님이 허브차를 좋아한다는 사실을 아는 건 저뿐이지만, 앞으로도 저뿐일까 봐 겁이 납니다."

책상에는 엑스와 데우스 사건을 기록한 리포트가 쌓여 있었다. 마키나는 흔적들을 어루만지며 두 동생을 떠올렸다. 삼 남매의 영역이 달랐기에 자주 소통하지는 못했으나 모두가 한 가족이라는 말을 그녀는 믿었다.

"걱정 마. 넌 잘할 거야. 그리고 데우스도 잘해줬어."

"둘째는 실패하지 않았습니까?"

"난 그걸 실패라고 생각하지 않아."

"어째서요?"

"수보살은 자기 욕심으로 네레카와 아노에게서 거액을 뜯어내려고 했어. 부부를 구해줬으니 데우스는 본인이 해야 할 일을 다한 거야."

"그렇다면 셋째는요?"

"걘… 실패가 맞아."

갈라테아의 반응에는 마키나가 이해하지 못할 기준이 있었다. 그녀는 조금 더 알고 싶었으나 갈라테아는 캐묻는 행위를 좋아하지 않았다. 창조주를 불편하게 만들고 싶지 않아 관두었다.

다른 동생들에게 그러했듯 갈라테아는 곁에 마키나를 앉히고 떠나보내기 전 단장을 도와주었다. 수건에 물기를 적신 다음 피부 가죽에 묻은 먼지를 닦았다. 마키나는 데우스처럼 피부가 입혀져 인간과 겉모습이 동일했지만, 차이가 있었다. 그녀에겐 머리칼을 포함해 온몸에 털이 없었다. 간병형 인봇이라 청결과 위생을 고려하여 털이 이식되지 않았다. 피부 가죽 없이 엑스처럼 강철 몸을 가졌다면 더욱 깔끔했겠으나 간병형 인봇은 추후 상용화될 경우 가정에 판매될 가능성이 높았다. 이질감을 덜어내기 위해 피부 가죽은 남겨졌다. 삼 남매 중 가장 인간다운 시스템을 가졌다는 특징 역시도 인간의 곁에서 상냥히 간병하기 위함이었다.

마키나는 갈라테아가 쥐고 있던 수건을 부드럽게 뺏었다.

"이런 건 제가 더 잘합니다."

갈라테아는 그런 마키나를 말리며 다시 수건을 가져갔다.

"알아. 하지만 부모로서 해주고 싶어서 그래. 내가 도시에 오기 전에 마지막으로 이웃과 함께 목욕을 갔던 적이 있었거든. 등을 밀어주고, 머리도 감겨주고, 정말 고마웠지.

그건 꽤 멋진 작별이었어."

"부모…"

"난 한 명뿐이지만 아무튼 부모."

마키나는 스스로 일어나 벽에 걸린 거울 앞으로 향했다. 깨끗하게 단장된 팔을 비춰보며 모습을 확인했다. 뒤로 함께 비치는 갈라테아와 자신을 비교해 보면 닮은 부분만큼이나 닮지 않은 부분이 많았다. 데우스에게 심어준 머리칼을 자신도 갖고 싶었고, 갈라테아의 얇고 긴 속눈썹이 부럽기도 했다. 10개의 손가락을 곧게 뻗었다가 오므리기를 반복했다. 인간과 같아 보였지만 지문과 손톱이 없었다. 대신 자유자재로 변형이 가능하게끔 더욱 유연하고 섬세했다.

거울을 등진 뒤 갈라테아를 바라보며 제 손등을 쓰다듬었다. 푸른 혈관이 은은하게 비치는 손이라면 더 좋았겠다고 생각했으나 굳이 표현하지 않았다.

마키나는 삼 남매 중 유일하게 인간과 인봇의 태생적 차이를 수용했다. 이 역시 인간에게 헌신적으로 봉사하기 위함이었다.

갈라테아는 작은 가방 안에 마키나의 짐을 담아주었다. 간병형 인봇이기에 다른 인봇들과 달리 챙겨야 할 물품이 많았다. 각종 상비약과 구급 용품 등을 비롯한 의료 도구를 캐비닛에서 꺼냈다. 연구실에 보관해 뒀던 물건은 아니었다. 마키나의 사회화 실험을 위해 일일이 새 제품으로 구매해 뒀다. 주섬주섬 가방을 채우는 그녀를 보며 마키나가 스스로 하겠다며 성큼 다가갔다.

그러다 바닥의 전기선에 발이 걸려 넘어졌다.

"조심해야지!"

바닥에 마키나의 무릎이 부딪히며 묵직한 마찰음이 생겼다. 깜짝 놀란 갈라테아가 마키나를 감싸 안아 일으켰다. 마키나는 통증을 느끼지 않았지만, 혹시나 피부 가죽에 흠이 생겼을까 봐 염려했다.

갈라테아가 걱정스러운 얼굴을 하고서는 마키나를 의자에 앉힌 뒤 앞에 한쪽 무릎을 굽혀 앉았다. 가죽이 살짝 찢긴 것을 확인하고는 가죽 키트를 가져와 곧바로 덧댔다. 갈라테아의 손길은 상냥했고, 눈은 슬퍼 보였다.

"넌 남을 돕기 위해 태어났어. 그렇지만 너 자신도 잘 보살폈으면 해."

"번거롭게 만들어 죄송합니다."

"아냐. 죄송할 필요는 없어. 난 널 원망하지 않거든."

갈라테아는 사람을 대할 때와 달리 삼 남매를 대할 때 부쩍 친절했다. 각종 시설에 삼 남매를 파견한 이후에는 마음 편히 잠들지 못하고 억지로 연구에 몰입하며 불안함을 지우려 했다. 그랬기에 엑스와 데우스가 실패한 이후 안색이 눈에 띄게 나빠졌다는 걸 마키나는 알 수 있었다. 겉으로 티를 내지 않았으나 갈라테아는 하얀 밤을 보냈고, 붉은 낮을 버티는 중이었다. 누군가를 진심으로 아끼고 위하는 게 그녀가 말한 '부모'의 마음일까. 마키나는 자신을 가족으로 대우해 주는 창조주가 고마웠다.

간병 영역에 투입되는 인봇은 인간의 고통과 이에 파생되는 다양한 표현을 잘 받아들여야만 했다. 그러므로 다른 인봇들에 비해 많은 감정값을 주입받는 것이 통상적이었다. 모르면 알아차릴 수도 없으니. 윤리강령 2조는 능동적 감정을 제한하는 조항이기에 수동적으로 입력된 감정의 종류가 많은 건 상관이 없었다. 다만 상용화 전에 인봇 정보 창구에 감정 데이터를 필수적으로 공개해야 했다. 간병형 인봇으로 설계된 마키나는 그중에서도 으뜸이 되기 위해 태어난 존재이므로 인간의 감정을 더욱 세밀하게 이해하고 흉내 냈다. 출시만 된다면 가장 넓은 감정 스펙트럼을 가진 존재가 될 예정이었다.

사려 깊은 갈라테아의 손길을 받을 때마다 엑스, 데우스와 달리 마키나는 무한한 감사를 느꼈지만 한 번도 이를 표현한 적이 없었다. 그녀에게 있어서 제일 중요한 가치는 '인내'였다. 누구보다도 다채로운 감정을 숨기며 언제나 평정을 유지했다. 아픈 사람에게 봉사하기 위해서 그녀는 불편해도 참고, 수고로워도 참고, 불합리해도 참아야만 했다.

마키나는 혹시나 넘치는 감사함이 선을 넘는 감정으로 보일까 걱정했다. 갈라테아의 속을 썩이는 오류가 되고 싶지 않았다. 빙산 같은 마음을 참지 못해 티끌만 한 문제를 만들 바에야 속에 빙산을 가둬놓고 사는 게 나았다. 자신보다 상대를 더 아낄 것. 마키나는 살면서 많은 마음들을 인내했다.

갈라테아가 마키나의 차가운 손을 잡고선 눈을 맞췄다.

"너희를 만든 건 사람들에게 노동이나 기술을 제공하기 위함이 아니야. 그딴 건 그냥 투자를 받기 위한… 명분일 뿐이야. 그리운 존재에게 꼭 도움이 되고 싶었어. 그러려면 너라도 사회화를 완수해서 증명해야 돼. 내 연구가 틀리지 않았고, 네 능력이 그 사람들에게 도움이 될 거란 걸."

"메이커님 걱정하지 마세요. 마지막 훈련을 잘 완수하고 오겠습니다."

"마키나. 너는 내 마음을 알고 있지?"

갈라테아는 마키나를 바라보며 다른 존재들을 생각했다. 마키나는 그게 누구인지 알지 못했다.

"혹시 메이커님이 아시는 분께 제가 파견되는 겁니까?"

갈라테아가 말실수를 했다며 입 앞에서 손을 휘저었다. 대화를 끊고서 다 챙긴 가방을 마키나의 어깨에 걸어줬다.

"왜 직접 만나지 않는 것입니까?"

"완벽하지 못하면 폐만 될 뿐이니까."

마키나는 상대가 뭔가를 감추고 있다고 생각했지만 구태여 더 묻지 않았다. 의문은 마키나가 오랫동안 인내한 요소중 가장 커다란 것이었다.

이송 시각이 되자 연구실 문이 즉시 열렸다. 갈라테아가
마키나를 안아주었다. 상체를 꽉 끌어안은 두 팔에는 따뜻
한 힘이 있었다. 마키나도 팔을 들어 상대를 감싸고 싶었으
나 인내했다. 그녀는 어떤 문제, 어떤 예외도 만들지 말아
야 했다.

"잘 다녀와. 우리 딸."

잘 다녀올게요, 어머니, 말하고 싶었다. 그럼에도 단정한
미소로 묵례만 남겼다. 갈라테아에게서 딸이라는 말을 들
은 것만으로도 두려움이 사라졌다.

∞

도착한 곳은 시골의 소형 아파트였다. 이송자가 3동 306
호라 적힌 메모를 한 장 주었고 마키나는 스스로 목적지를
찾아갔다. 연식이 오래된 건축물이라 그런지 동과 동 사이
의 간격이 좁았다. 많이 걷지 않아도 금방 3동 앞에 도착했
다. 최대 탑승 인원이 5명인 작은 엘리베이터에 올라타 버
튼을 눌렀다. 덜커덩거리는 소음을 몇 번이나 만들고서야
3층에 도착했다.

306호 앞에는 먼지가 자욱이 내려앉은 세발자전거가 있
었다. 문밖으로 물소리, TV 소리와 같은 생활 소음이 들리

간병의 신, 마키나

는 것으로 보아 현재 사람이 있는 가정이었다. 그녀는 간단하게 문밖의 상황을 살핀 뒤 초인종을 눌렀다. 얼마 되지 않아 문이 열렸다.

"누구… 아, 마키나 씨?"

"안녕하세요. 오늘부터 2주간 살게 된 간병형 인봇 마키나입니다."

"들어와요."

파자마를 입은 여성을 따라 집 안으로 들어섰다. 신발을 벗어 정리하자 여성이 실내화를 꺼내주었다.

"사람이 아니니까 미끄러지실까 봐."

"괜찮습니다. 발바닥에도 피부가 있습니다."

여성이 민망해하며 실내화를 치웠다. 마키나는 거실로 걸어갔다. 부엌과 화장실, 2개의 방이 딸린 60제곱미터짜리 공간이었다. 베란다 바깥으로는 맞은편 아파트 단지가 보였고 일반 가정집에서 보는 것과 다를 바 없는 풍경이었다. 고등어를 구워 먹었는지 대기 중에 디퓨저 향과 생선 기름내가 섞여 있었다. 일자형 가죽 소파는 엉덩이가 자주 닿는 부분만 반질반질했다.

그녀가 식탁 위의 물품을 뒤적거리더니 칩 저장 대신 프린트해 둔 실물 계약서를 찾았다. 마키나와 서류를 번갈아 바라보며 명칭과 기간, 조건을 확인했다. 짧은 점검이 끝나자 그녀도 마키나의 곁으로 와 앉았다. 낡은 소파가 볼륨을 보존하지 못하고 푹 꺼졌다.

"저는 아노라고 해요. 잘 부탁해요."

"잘 부탁드립니다. 마스터님."

"남편은 저녁에 올 거고요. 간병 대상자는 작은방에 누워 있는 제 아들입니다. 지금 바로 인사하시겠어요?"

"네. 좋습니다."

미색의 방문을 열자 1인용 침대에 소년이 누워 있었다. 새우처럼 등을 말고 잠이 든 상태였으며 귀여운 고양이 패턴 잠옷을 입고 있었다. 책상 위에는 또래 아이들과 달리 참고서가 한 권도 없는 대신 500피스 퍼즐이 미완성인 채로 흩어져 있었다. 마키나는 퍼즐을 본 순간 무엇을 어디에 맞춰야 하는지 파악했다. 책장에는 같은 디자인의 일기장이 빼곡했다. 보통 10대 소년이라면 일기를 꽁꽁 감춰둘 텐데 그는 걱정이 없다는 듯이 책등에 '일기'라는 글자까지 적어 친절히 놔둔 상태였다.

'어머니와의 유대가 좋은 걸까.'

호기심으로 구석구석을 탐색하던 마키나의 시선이 멈춘 곳은 침대 옆의 작은 협탁이었고 거기엔 여러 개의 약병이 있었다. 아노는 소년의 등에 살포시 손을 얹고 두드려 깨웠다. 소년이 눈 앞꼬리에 뭉쳐 있는 눈곱을 떼며 겨우 기상했다.

"간병 인봇이 왔어. 마키나 씨에게 인사하렴."

눈을 연신 비비적거리던 소년이 마키나를 확인하고는 볼을 두드렸다. 허겁지겁 침대를 벗어나 마키나에게 다가가려다 몸이 휘청거렸다. 마키나는 반사적으로 그가 넘어지지 않게끔 몸을 감싸 보호했고, 그 순발력을 보곤 아노는 안도의 숨을 쉬었다.

소년이 마키나의 품에서 벗어나 정식으로 악수를 청했다.

"아키스라고 합니다. 잘 부탁해요. 어젯밤에 설레서 한숨도 못 잤어요."

"저는 간병형 인봇 마키나입니다."

"누나라고 불러도 돼요?"

당돌한 제안에 마키나는 아노의 반응을 살폈다. 그녀는 큰아들이 집을 떠난 후로 막내가 외로움을 많이 탄다며 민망해했다. 마키나는 동생 데우스에게 한 번도 누나라는 말을 들어본 적이 없었다. 훈련으로 파견됐던 요양 시설이나 가정집에서 만났던 사람들은 주로 노인이었기에 누나라는 호칭은 고려 대상이 아니었다. 더군다나 누나라는 호칭은 인간끼리 사용하는 단어였다. 가정이라는 울타리 아래 결속된 관계. 그 단어는 남매 사이에 허락된 단어이자 가족의 징표였다.

마키나는 주저하지 않고 아키스의 손을 잡았다. 둘의 모습을 본 아노가 협탁에 진열된 약병 몇 가지를 들었다.

"아키스는 자가면역 질환을 앓고 있어요. 원인은 아직 명확하지 않지만 뇌에 문제가 있으며 증상의 정도가 또래에 비해 가볍지 않은 편이라고 하더군요. 기계 뇌 전체 이식을 권유받았는데 기억 소실 가능성이 커서 아직 하지 못했습니다. 물론 형편도… 넉넉하지 않고요. 제가 출근하면 잘 보살펴 주세요. 설명지에 적어놨어요."

마키나는 약병과 설명지를 비교하며 성분 및 투여 방법을 파악했다. 칵테일 요법으로 투여하는 걸 보아 아키스는 한 가지 병과 싸우는 게 아니었다. 인지능력 감퇴와 갑상선 항진증, 근육 기능 저하를 이겨내기 위한 약들이 섞여 있었다. 자가면역 질환을 앓던 노인을 만났을 때 그는 치매와 관절염, 위궤양으로 고통받았다. 면역 체계에 이상이 생겨 스스로를 파괴하는 질환이기에 파생 질병의 종류는 사람마다 달랐으며 현재까지도 확실한 치료 방법은 부재했다. 마키나는 어린 소년이 짊어질 잔인한 현실이 안타까웠다.

"왜인지는 모르겠지만 우리 가정이 자꾸만 인봇과 엮이게 되는데 좋은 기억을 만들어 주길 바랍니다."

"잘 돌보겠습니다."

"꼭 그래줘요. 아키스는 저에게 이 세상 무엇과도 바꿀 수 없는 존재입니다."

아노는 정중한 목소리로 지금부터 간병을 부탁한다는 말을 남긴 뒤 방을 빠져나갔고 얼마 지나지 않아 장바구니와 지갑을 챙겨 외출했다. 현관문이 닫힌 걸 확인한 후 아키스가 옷장을 열어 하늘색 후드티 하나를 꺼냈다.

"집에 있는 동안 편하게 있어도 돼요."

마키나는 간병을 위해 남색 상하의와 방수 에이프런을 착용한 상태였다. 아키스는 자가면역 질환은 전염병이 아니며 환자 취급을 받고 싶지 않으니 한사코 후드티를 입어달라 부탁했다. 소년의 간절함이 매우 사소한 것이라 마키나는 거절하기가 어려웠다. 마지못해 화장실로 가 옷을 갈아입었는데 품이 제법 컸고, 엉덩이를 반쯤 덮을 정도의 기장이었다.

아키스가 손뼉을 치며 좋아했다.

"옷이 날개라잖아요. 그 옷이 분명 좋은 곳으로 데려다줄 거예요."

"감사합니다."

햇볕을 많이 받지 못한 아키스는 피부가 투명하다 못해 창백했다. 머리칼도 빛바랜 검정 가운데 얼룩진 황색이 섞여 있었다. 창문 너머로 색을 뺏기고 있는 육체처럼. 그나마 선명한 색을 유지하고 있는 건 눈동자였다. 쪽빛 눈에 실내등이 하얗게 반사되자 마키나는 바다 위에 뜬 백색 달을 떠올렸다.

과거에 보았던 사람들과 달리 아키스에게는 이상할 정도로 밝은 기운이 있었다. 마키나는 아픈 소년이 보여주는 몸짓을 경계하면서도 수많은 약의 기운을 견뎌내며 쥐어짠

힘까지 부정하고 싶지는 않았다.

아노 몰래 안방을 보여주겠다는 소년의 흥을 말리지 못했다.

"짜자잔."

아키스가 다이빙을 하듯 부부의 침대에 뛰어들었다. 작은 육체가 저항 없이 위로 퐁 튀어 올랐다가 다시 가라앉았다. 그는 혼자 있을 때면 커다란 침대 위에 자주 누워본다며 장난기를 표현했다. 마키나는 위로 올라가지 않았다.

그가 침대에서 내려와 벽 한쪽에 걸린 액자 옆에 섰다.

"우리 가족 멋지죠?"

단란한 4인 가족사진이었다. 아노와 남편, 어린 아키스, 그리고 서프보드를 든 소년이 어색하게 브이를 하고 있었다. 하나의 반죽으로 4개의 떡을 빚은 듯 4명이 어여쁘게 닮아 보였다. 그 사랑스러운 유사성에 마키나는 자신도 모르게 미소를 지었다. 그러다 서프보드를 들고 있는 소년의 옷이 지금 입은 후드티임을 확인하곤 소맷단에 코를 박아 냄새를 맡았다. 바다 향 대신 묵은 옷장 냄새가 났다.

아키스는 화장대 수납장에서 데이터칩을 꺼내 미니 뷰어에 꽂았다. 벽 한쪽을 꽉 채울 정도로 무수한 사진이 동시에 펼쳐졌다. 모든 사진 속에는 앳된 얼굴을 한 형제가 있었다. 형이 작곡가로 활동하기 위해 5년 전 집을 떠났다는 것, 아노가 말하기를 형이 지금은 병원에 있다는 것, 건강해져서 꼭 병문안을 가고 싶다는 것, 그는 본인이 아닌 형에 대한 이야기를 쉴 새 없이 재잘댔다. 당찬 음성이었지만 떨어져 사는 형제를 향한 그리움이 뚝뚝 묻어났다.

마키나는 아키스의 설명을 듣고 형이 누구인지 알아버렸으나, 침묵을 지키는 게 진실을 말하는 것보다 현명할 때가 있었다. 그녀는 어째서 갈라테아가 이 집으로 자신을 보냈는지도 깨우쳤다. 비록 2주지만 마키나는 갈라테아가 전하고 싶었던 사죄를 간병으로 전달하겠다고 결심했다.

아키스는 마키나가 별말을 하지 않아도 계속해서 사진을 보여주었다. 최근에서 과거로 기록이 넘어갈 때마다 데이터 속의 얼굴들도 점점 더 어려졌다.

이윽고 확연히 다른 얼굴을 가진 여자가 등장했다.

"저 누나가 안고 있는 왕감자가 저랍니다. 흐흐."

사진 속 인물은 아이를 안고 안절부절못했다. 아키스는 그녀가 살아 있는 감자를 처음 봐 당황했을 거라며 자기 모습을 퍽 귀여워했다. 그 뒤에는 젊은 부부가 천진한 얼굴로 렌즈를 바라보고 있었다. 아키스는 기록의 끝까지 사진을 넘겼고, 여자는 드문드문 등장했다. 마지막 사진에서야 어떤 노파와 함께 앙상한 미소를 보여주었다.

마키나는 사진 속 앳된 얼굴을 유심히 살폈다. 가까이 다가가 어루만졌으나 홀로그램 뷰어에는 감촉이 없었다. 인지 속에 가느다란 실이 서로 맞물릴 듯 엇나갔다.

"이 사람의 이름을 아나요?"

"아니요."

아키스는 미니 뷰어를 종료한 뒤 거실로 나갔다. 이번에는 베란다에서 키우는 방울토마토를 보여주겠다고 했다. 마키나는 가족사진을 한 번 더 보고는 안방 문을 닫았다.

∞

아노는 저녁이 돼서 남편과 함께 귀가했다. 부부는 양손 가득 마트에서 산 물건들을 들고 왔다. 팔이 모자란 그들을 대신해 아키스가 먼저 두 팔로 부부를 안아 반겨주었다. 엉덩이에 보이지 않는 꼬리 하나가 팽팽 흔들리는 듯했다. 남편이 탁자에 짐을 올려둔 다음 아키스와 눈높이를 맞췄다. 그는 분신 같은 아들의 얼굴을 만두 주무르듯 감싸며 이리저리 흔들었다. 아키스는 장난이 즐거운지 덧니가 훤히 보일 정도로 입을 벌려 까륵거렸다. 마키나는 넘치는 가족애 속에 녹아들지 못하고 한 발짝 떨어져 관망했다.

그녀는 조용히 고개 숙여 인사를 건넨 뒤 짐 정리를 도우려 했지만, 남편이 이를 저지했다.

"괜찮아요. 간병하러 오신 거지 집안일을 하러 오신 게 아니니까요."

"저야말로 괜찮습니다."

간병의 신, 마키나

"같이 저녁이나 먹읍시다. 인봇도 식사하시죠?"

"먹어도 되고 먹지 않아도 됩니다."

"그럼 당연히 먹어야죠. 아, 제 소개가 늦었네요. 저는 네레카입니다."

마키나는 인봇에게 존댓말을 사용하며 먼저 손을 뻗어주는 행동마저도 가족 내력이라 여기며 악수에 응했다. 아키스를 주무르던 손이 따뜻했다. 아노가 마키나의 등을 쓰다듬으며 소파에 앉아 기다리라 부탁했으나 분주한 부엌 풍경을 등지고 떠나는 일이 마키나에겐 쉽지 않았다. 간병을 하다 보면 보통 식사도 마키나가 준비하곤 했다.

어색해하는 그녀를 위해 아키스가 힘을 썼다. 물티슈를 가져와 소파를 박박 닦으며 '마키나 누나 지정석'이라 외쳤다. 마키나는 처음 받아보는 대우에 쭈뼛거리다 착석했다. 아키스는 무언가 불편한 점이 있느냐 물었고 그녀는 폐가 되고 싶지 않은 마음에 거세게 손을 흔들며 부정했다. 아키스가 고개를 갸웃거리더니 방으로 달려가 보석함을 가져왔다. 그 안에는 작은 알사탕이 가득했다.

"특별한 걸 줄게요."

"이 사탕이 특별한가요?"

"네. 비타민C가 들어 있어요. 형이 그랬는데 비타민C를 먹으면 활력이 생긴대요. 기억력이 감퇴해도 형이 해줬던 말을 잊지 않기 위해 하나씩 먹을 때마다 형을 떠올려요."

"소중한 걸 저에게 줘도 되나요?"

"2주 동안 가족이니까요."

사탕은 레몬 맛이었다. 아키스는 홀로그램 TV를 틀어 커다란 햄스터가 나오는 애니메이션을 시청했고 부부는 부엌에서 장 본 것들을 정리한 뒤 요리를 시작했다. 작은 거실에 음식 냄새와 생활 소음이 빼곡히 들어찼다. 마키나는 베란다 창문을 살짝 열었다. 선선한 바람이 피부 가죽에 닿을 때마다 가벼운 질량감이 느껴졌다.

부모와 자식, 혹은 동반자. 사회가 허가하는 '가족'이라는 울타리 속에 예속되는 일은 큰 축복이었다. 마키나는 간병이 필요한 사람을 수없이 보았지만, 반려인이 있는 사람과 없는 사람이 가지는 안식의 차이는 매우 컸다. 간병 인봇을 필요로 하는 사람들은 대부분 독거인이었다. 고용된 인봇은 대안 가족이 돼줘야만 했다.

아픈 이의 육체를 보살필 순 있어도 마음마저 치유할 수는 없었기에, 많은 돈을 지불했음에도 불구하고 아픈 이들은 자꾸만 약해졌다. 그들은 오직 자신뿐인 공간에서 조용한 최후를 기다렸다. 아픔을 발견한 순간부터 마지막 눈을 감는 순간까지. 그들은 언제나 타인을 그리워했다. 하지만 텅 빈 공간을 채우는 대기에는 고요함만 깃들었다.

마키나는 간병에 매우 능숙했지만 인간이 인봇으로 차마 해갈하지 못하는 공허함까지는 보듬을 수가 없었다. 그래

간병의 신, 마키나

서 그녀는, 적어도 함께 있는 순간만큼은 인간이 외로워하지 않게끔 최선을 다했다. 그녀가 두 동생에 비하여 폭넓은 감정을 선사받은 이유 역시 기계적 접근으로 설명이 불가한 그 어둡고 불안한 마음들까지 모두 살펴어 노력하기 위함이었다. 근본적인 해결 방안을 제시하지 못한다는 점에서, 인봇 삼 남매 중 가장 불완전한 신. 동시에 가장 온전한 마음을 가진 존재였다.

마키나는 사탕 한 알을 얌전히 녹여 먹으며 가족의 풍경을 감상했다. 애니메이션 노래를 따라 부르는 아키스의 목소리는 가늘었지만 결코 가라앉지 않았다.

∞

"가족이라 생각하고 편하게 있어요."

부부는 식사 시간마다 마키나의 밥을 준비했다. 음식을 섭취할 필요가 없다고 해도 다른 이들이 함께 밥을 먹을 때 혼자만 앉아 있으면 소외당하는 기분이 든다며 살뜰히 마키나를 챙겼다. 마키나는 가끔 사람이 먹는 음식을 먹어본 적이 있었으나 아키스를 간병하는 동안 먹어본 음식의 종류가 평생 먹어본 것들보다 많았다. 아노는 구이와 튀김류를 잘 만들었고 네레카는 찜과 탕류에 능했다. 인간들이 누리는 각종 풍미를 음미하는 동안 마키나는 몸 둘 바를 몰랐다. 그러다 서서히 적응하여 7일째 되는 시점에는 먼저 입을 열 정도가 됐다.

"고맙습니다."

감정 표현 없이 묵묵히 인내해 왔던 마키나에겐 큰 용기가 필요한 말이었다.

"해물탕 먹고 하는 말 맞죠? 역시 아노보다는 내 요리가 일품이지요."

"아니. 내가 만든 감자볶음을 먹고 한 말이야. 그렇죠?"

"누구에게 했든 당신의 표현이 우리를 기쁘게 하네요."

네레카는 음악 얘기를 하는 것도 좋아하여 마키나에게 낯선 음악을 자주 들려줬다. 마키나 역시 그의 친절에 화답하기 위해 노력했다.

"특별히 좋아하는 장르가 있으신가요?"

"록만 아니라면 다 좋습니다."

네레카가 쓰게 미소 짓고선 밥그릇에 시선을 내리깔았고 아노는 서둘러 새로운 화제를 던졌다. 덕분에 식탁 위의 살가운 담소는 계속 이어졌다. 아키스는 돌아오지 않는 형의 자리에 앉아 밥을 먹는 마키나를 볼 때마다 그녀가 언제까지고 자리를 채워주길 바랐다.

마키나의 세심한 간병 덕에 아키스는 무기력하게 잠을 자는 날보다 활발하게 깨어 있는 시간이 더 길어졌다. 더딘 속도지만 활력을 찾는 중이었다.

마키나에겐 모든 것이 완벽한 간병 생활이었다. 그런데 딱 하나. 고민거리가 생겼다. 음식을 자주 섭취하다 보니 소화를 위해 에너지가 많이 소모됐다. 인간과 인봇의 소화 방식은 달랐다. 인봇의 몸에는 심장을 대신한 메인 동력원이 있는데, 이 동력원은 각 체내 부품과 유관으로 연결됐다. 그녀의 몸속에는 피 대신에 기름이 흐르며, 이 기름은 온몸을 매끄럽게 움직이는 윤활유 역할을 했다. 복부 위장통에 음식이 보관되면 연결된 유관에서 기름이 흘러나왔고 체내 시스템이 기름을 활용해 복부의 온도를 높였다. 이후 음식물은 매우 높은 열에 의해 증발되거나 녹은 상태로 압축됐다. 주기적으로 위장통만 갈아준다면 보관 용량은 걱정할 필요가 없었다. 그러나 다른 부위로 가야 할 기름까지 복부에 집중되는 바람에 신체 피로도가 높아졌다. 다행히 갈라테아가 마키나의 가방에 여분의 기름을 충분히 넣어두었기에 충전은 걱정하지 않아도 됐다.

마키나는 신체 상황을 살폈다. 아직 여분 기름을 사용할 정도는 아니었다. 다만 식사량을 줄여 소화에 많은 에너지를 쓰지 않는 게 좋았다.

주말 오후 아노는 오랜만에 아키스에게 운동복을 입혀주었다. 늘 실내복만 입고 있던 아키스는 신이 나 노란색 스니커즈를 꺼내 신었다. 마키나는 그가 외출을 준비하는 모습을 처음 보았다.

아노가 그녀를 불렀다.

"지금 다 같이 나갈 건데요. 저는 남편이랑 장을 볼 거예요. 마키나 씨는 놀이터에서 아키스를 봐주세요. 덕분에 우리 막내가 외출을 할 수 있게 됐네요."

아노는 행거에 걸려 있던 챙 넓은 모자를 꺼내 마키나에게 씌워주었다.

"오늘 해가 강하대요."

"저는 괜찮습니다만."

"햇볕 아래에 오래 있으면 누구나 힘들잖아요."

아노가 옷장을 뒤지더니 보라색의 깔끔한 운동복 세트를 꺼내 들었다. 그러곤 친절한 눈웃음과 함께 마키나에게 건넸다. 받아 든 마키나가 쭈뼛거리자 아노는 왼쪽 가슴에 손을 올리고 말했다.

"너무 많이 담고 살면 텅 비어요. 하지만 비우고자 하면 채워져요."

"그게 무슨 말씀이십니까?"

"선만 지킬 수 있다면 어떤 마음이라도 괜찮다는 뜻이에요."

마키나는 상냥한 아노를 물끄러미 바라보았다. 상대가 보내는 눈빛 속에 공존하는 게 좋았다. 그녀는 이 집에 온 것을 행운으로 여겼다.

외출 후 네레카는 아키스와 함께 앞장서 걸었다. 아노는 외출 동행이 처음인 마키나를 위해 많은 것을 설명했다. 미끄럼틀과 정글짐은 위험하니 피하라는 등의 놀이터 유의점들이었다. 아노의 걸음 속도가 느린 덕에 마키나는 필요한 내용을 모두 들을 수 있었다.

"큰아들이 있었을 땐 우리를 대신해 늘 아키스와 놀아줬어요. 하지만 큰아들이 떠난 뒤에 아키스는 대부분 집에만 있었죠."

아노가 온몸에 힘이 잔뜩 들어간 아키스의 뒷모습을 애처로이 바라보았다. 마키나는 엑스를 대신해 그녀에게 죄송하다고 말하고 싶었으나 인내했다. 다행히 아노는 마키나가 엑스의 언니인 걸 몰랐다.

"큰아들은 지금 병원에 있어요. 운 나쁘게 청소 인봇 폭발 사고에 휘말렸거든요. 귀랑 손을 한쪽씩 잃었지요… 얼마 전 방문한 신당에서도 웬 인봇이 방해해서 굿을 못 받았고요. 큰돈을 떼먹혔는데 무당이랑은 연락도 안 되고. 차라리 그 인봇의 말을 듣고 굿을 하지 말걸 그랬나. 아무래도 우리 아들들한테 액운이 꼈나 봐요. 저렇게 건강하게 뛰는 모습을 바라봐도 죄지은 기분만 들어요."

엑스는 청소 인봇이 아니었다. 그날의 사건은 폭발 사고 또한 아니었다. 아노는 깔끔하게 잘려 나간 절단면을 보지 못한 듯했다. 말한 정보가 오류투성이였다.

"저 역시 인봇인데, 불편하지 않으신가요?"

"음. 어쨌든 일단락됐으니까요. 청소 인봇 제조업체에서 정말로 죄송하다면서 손해배상금을 많이 줬고, 나중엔 가정에서 쓸 수 있는 간병형 인봇까지 2주간 파견해 준다고 하더라고요. 사회화 실험 중이긴 한데 이미 마키나 씨는 완벽한 상태래요. 솔직히 폴로를 생각하면 인봇이 싫지만 그쪽에서 말한 것처럼 폭발 사고는 예외적 사례였으니까… 아키스를 생각하면 간병 인봇이 필요해요. 폴로는 의료 기술로 호전된다고 해도 아키스는 당장 그러지 못하니까요. 제 아픈 손가락이라 더 소중해요. 그리고 요즘 세상에 저희처럼 인봇 없이 사는 사람은 별로 없잖아요?"

아노의 말처럼 사람들은 인봇 의존도가 높았다. 돈이 없어 가정에 구비하지 못한 경우가 아니라면 기업체나 각종 시설에는 인봇이 꼭 있었다. 청소, 건물관리, 자산관리, 연구지원, 의료복지 등 각종 분야에서 사람들은 인봇을 필요로 했다. 가끔 기술이 부족한 연구소에서 헐값에 공급한 인봇이 말썽을 일으키긴 했으나 그렇다고 인봇을 사회에서 도려내는 건 불가했다. 휴대폰 배터리가 폭발했다는 기사를 봐도 주머니에 휴대폰을 넣고 다녔던 21세기 사람들은 23세기에도 여전했다. 끔찍한 일을 겪었음에도 아노는 평정심을 유지했다. 그녀는 큰아들을 사랑한다지만 연구소까지 찾아가 인봇 말살 시위를 펼치거나, 배상금을 거절할 정도로 결의가 있지는 않았다.

간병의 신, 마키나

형편이 좋았다면 폴로와 아키스에게 다른 현실을 줄 수 있었을지도 모른다는 자조에는 분명 가족을 향한 애정이 담겨 있었다. 그러나 똑같은 자녀를 두고도 투여하는 사랑의 질김이 달랐다. 확실히 폴로보다는 아키스를 더욱 아꼈다. 그건 아픈 자식을 향한 죄책감에서 비롯된 강한 연민이었다. 아무리 부모라고 해도 칼로 무를 자르듯 균등한 애정을 주지는 못했고, 그런 점에서 아노는 다분히 인간다웠다.

"오래전에 작별한 아이가 생각나서 마키나 씨를 받아들인 것도 있네요. 언젠가 뛰어난 기계를 만들어 우리를 도와주겠다고 했는데… 마키나 씨 같은 좋은 인봇을 만들고 있겠지요?"

"이제 연락하지 않으십니까?"

"네. 하지만 이해돼요. 우리와 마주 보는 순간이 그 친구에겐 힘든 일일 겁니다. 기껏 달아났는데 다시 뒤를 돌아보려면 얼마나 큰 용기가 필요하겠어요?"

"혹시 존함을 기억하십니까?"

"리가타요."

"낯선 이름이군요."

마키나는 아키스가 보여줬던 사진 속 여자가 자신이 생각하는 이와 다르단 걸 받아들이기로 했다.

놀이터에 도착한 뒤 부부는 마키나에게 간식을 사 먹으라며 카드를 주려 했다. 마키나는 파견 중 필요한 소비는 연구소의 카드로 처리가 가능하다며 이를 거절했다. 그러나 네레카는, 아들을 맡기면서 돈까지 쓰게 하는 건 예의가 아니라며 한사코 마키나의 손바닥에 카드를 올렸다. 그녀는 상대의 노력에 어쩔 수 없이 카드를 받아 들었다. 2시간 뒤에 돌아오겠다는 약속을 남긴 뒤 부부는 마트로 떠났다.

아키스는 그네로 돌진했다. 놀이터에서 가장 좋아하는 기구라고 떠들어 대는 그의 뺨이 찐빵처럼 부풀었다. 마키나가 뒤에서 그넷줄을 잡고 밀어줄 준비를 했다.

"누나도 옆에 앉아요."

"저도요?"

"같이 놀러 왔잖아요. 그네 정도는 내 힘으로 탈 수 있어요."

"무리하면 안 됩니다."

"미끄럼틀, 정글짐이 아니잖아요. 엄마도 혼내지 않을 거예요."

마키나는 못 이긴 척 아키스의 말을 수용했다. 그네 위에 처음 앉아봤는데, 두 다리로 땅을 밀어 뒤로 갔다가 상체에 힘을 실어 앞으로 향했다. 아키스는 마키나의 높이 2배만큼 오르내리는 중이었다. 그녀도 상체를 좀 더 앞으로 굽히고, 또 뒤로 젖히며 반동 폭을 키웠다. 힘을 주는 만큼 그네가 날아올랐다. 아노가 씌워준 모자를 한 손으로 잡고 하늘을 바라보니, 구름 한 점 없는 한낮이었다. 몸의 외곽에 부

간병의 신, 마키나

덮히는 쾌적한 바람이 좋았다.

아키스는 무언가를 결심한 듯 자세를 바꾸어 그네 안장 위에 올라섰다. 깜짝 놀란 마키나가 이를 말리려 했지만, 그는 해맑게 웃으며 더 높이 날아오르려 했다.

"나 그네 타기 고수라 괜찮아요."

"내려오세요!"

"싫어요. 하하."

안절부절못하는 마키나가 우습다는 듯이 아키스는 발을 굴러 반동을 더했다. 혹시라도 넘어질까 걱정이 됐으나 아키스의 몸짓은 능숙했다. 병약한 팔다리임에도 불구하고 그네 위에서만큼은 자유로웠다. 윗니가 보일 정도로 입을 크게 벌려 즐거운 숨을 뱉는 그를 보자 마키나는 상대가 아픈 소년이라는 생각이 전혀 들지 않았다. 그가 앞뒤로 움직일 때마다 마키나의 세상이 선명해졌다. 몸짓 하나하나가 잔상이 돼 푸르름을 더했다.

그네는 소년을 종달새로 만들었고 마키나는 여태껏 보아 왔던 간병의 세상과 다른 풍경을 눈에 담았다. 고통 속에서도 있는 힘껏 날아오르는 인간의 모습은 마키나에게 오래 기억하고 싶은 그림이 됐다.

10분이 흐른 뒤 아키스가 그네 타기를 멈췄다. 안장에 앉아 몸에 힘을 쭉 빼고는 줄에 머리를 기댔다.

"저 힘들어요."

"거봐요. 무리했죠?"

"근데 이건 아픈 게 아니라 힘든 거예요. 뭔가를 먹어야 하는데…"

"약물 복용 시간은 아닙니다."

"그거 말고요…"

"식사 시간까지도 멀었습니다."

"아니, 아니요…"

아키스가 마키나의 팔뚝을 손가락으로 콕콕 찔렀다. 고양이 같은 표정으로 고개를 갸웃거리며 의도를 전달했는데 마키나는 간식을 사달라는 간단한 표현 대신 이상한 몸짓을 취하는 아키스가 우스웠다. 그 어린 부끄러움이 싫지 않았다.

놀이터 맞은편에 편의점이 있었다. 아키스는 젤리 판매대 앞에서 제품 여러 개를 뒤집어 성분표를 보았다. 평소 아노가 자주 사 왔던 젤리를 기억하려고 했으나 인지능력 감퇴는 기억력에도 영향을 미쳤기에 떠올리지 못했다. 대신에 아키스는 비타민C 함량을 최우선으로 살폈다.

그가 젤리 두 봉지를 양손에 쥐고 답했다.

"활력이 넘치면 제아무리 작은 사람이라도 세상을 마음껏 누빌 수 있게 된대요. 비상하는 종달새처럼요! 형이 해줬던 말인데 우리 형도 옛날에 이웃집 누나한테 들었대요. 저는 형이 돌아올 때 예전보다 더 건강해지기로 약속했어요."

비타민C는 만병통치약이 아니었다. 아키스가 말한 효능이 틀린 말은 아니었지만 많이 먹는다고 해서 그의 병을 치료해 줄 리는 없었다. 그러나 마키나는 이 반박이야말로 인내가 마땅한 것이라 판단하여 고개만 끄덕이고 말았다.

"하나는 사과 맛, 다른 하나는 포도 맛인데요. 골라주세요."

"둘 다 사줄게요."

"아녀요. 골라줘요. 그럼 누나한테서 선물 받는 느낌이 날 것 같아요."

가족이란 서로에게 선물을 주고받는 사이일까. 마키나는 아키스를 돌본다는 생각이 들지 않았다. 그의 순수한 얼굴을 보고 있노라면 정말로 가족의 일원이 된 것만 같았다. 상대방의 동그란 눈 속에는 엑스와 데우스에게서 느끼지 못했던 생기가 있었다. 강인한 기계보다 약한 사람의 눈에 더 많은 빛이 깃들다니. 마키나는 경외를 느꼈다.

둘 중 포도 맛의 비타민C 함량이 조금 더 높았다. 마키나는 포도 젤리를 골랐고, 그에게 고마움을 표현하기 위해 초콜릿 사탕을 하나 더 사주었다. 아키스가 작은 선물에 크게 기뻐하며 방방 뛰었다.

"궁금한 게 있습니다."

"뭐든 물어봐요."

"가족이란 무엇입니까?"

"아마도 소중한 걸 공유하는 사이?"

"그럼 저도 당신과 뭔가를 공유할 수 있나요?"

"당연하죠. 누나랑 나랑은 어… 음… 그러니까… 아! 놀이터에서 그네를 타는 시간을 공유하고요. 이 젤리도 공유할 수 있지요!"

마키나가 그를 꼭 끌어안았다. 보드랍고 따뜻한 새싹을 품는 기분이었다. 아키스 역시 품을 벗어나지 않고 마키나를 같이 안아주었다.

아키스는 초콜릿 사탕을 문 채로 건강해지면 하고 싶은 일들을 재잘거렸다. 과거에 포기했던 서핑을 배워보고 싶다거나 형이 사는 도시로 놀러 가고 싶다는 둥 대체로 소박한 일들이었다. 상상하는 것만으로도 가슴이 벅찬지 그는 사탕이 들어 있는 뺨을 볼록거리며 흥분을 표했다. 마키나는 아키스를 놀이터 벤치에 앉히고 땀방울이 맺힌 이마를 닦아주었다. 햇빛을 머금은 이마가 말갛게 빛났다. 그녀는 아노가 씌워준 모자를 벗어 아키스에게 씌웠다. 자신보단 소년에게 더 필요했다.

포도 젤리를 뜯어주려 하자 아키스는 누나에게 받은 첫 선물이니 아껴 먹고 싶다며 품 안에 숨겼다. 고작 3마르크짜리 젤리를 소중히 대하는 사람의 마음은 맑은 하늘처럼 투명했다. 그는 쉬지 않고 떠들었다. 어제 먹었던 튀김의

맛부터 오랜만에 본 공원의 풍경까지 본인이 인지하는 모든 걸 표현했다. 그 수다스러움에는 치열함이 엉켜 있었다.

부부가 출근하면 늘 혼자였던 아키스는 외로웠던 시간 동안 홀로 만들어 온 작은 세계를 마키나에게 활짝 열어주었다. 가장자리가 둥글게 깎여 있는 소년의 세계가 목소리를 뱉을 때마다 커졌다. 그는 언젠가 자신처럼 아픈 존재들을 잘 치료할 수 있는 의사를 꿈꿨다. 그건 아노에게도 아직 말하지 않은 아키스만의 비밀이었다.

마키나는 이 세상에서 그의 꿈을 처음으로 들은 존재가 됐다.

"사람뿐만 아니라 아픈 인봇이 있다면 그들도 고치는 의사가 될래요."

"사람은 의사가 고치고, 인봇은 연구자가 수리합니다."

"사랑으로 대해야 한다는 건 마찬가지죠?"

"아마도 그렇습니다."

"그럼 그거나, 그거나 같은 거네요. 내가 세계 최초로 둘 다 고쳐주는 사람이 돼볼게요."

"꼭 그렇게 되길 바랍니다."

마키나는 상대의 표정을 흉내 냈다. 눈꼬리를 손톱달같이 휘고 광대 근육을 끌어 올렸다. 부드럽게 입꼬리를 곡선으로 만든 다음 고개를 왼쪽으로 살짝 꺾었다. 그럼에도 기계다운 미소였으나 마키나는 진정으로 소년의 쾌유를 바랐다. 아키스의 얇은 머리칼이 바람에 흩날렸다.

이윽고 아노와 네레카가 장바구니 하나씩을 어깨에 둘러메고 등장했는데 타임 세일 시간을 잘 맞춘 덕에 저렴하게 식자재를 구매했다며 들떠 있었다. 아키스는 아노에게 달려갔다. 무거운 짐을 든 와중에도 아노는 그를 들어 올려 반가운 기색을 표현했다. 열두 살 아이치고는 체구가 작은 편이라 몸이 그네를 타듯 붕 떴다가 내려왔다. 아노는 마키나에게 수고가 많다며 눈인사를 건넸다. 네레카 역시 마찬가지였다. 담백한 눈 맞춤을 끝으로 넷은 다시 집으로 돌아갔다. 인도 바로 옆 도로에서는 간헐적으로 차량이 지나갔다.

부부가 앞장서 걸었고 그 뒤를 아키스와 마키나가 따라 걸었다. 부부는 저녁 메뉴로 볶음밥과 파스타를 선택지에 두고 열띤 토론을 이어갔다. 고개를 돌려 아키스에게 무엇이 더 먹고 싶냐 물었고 아키스는 볶음밥을 골랐다. 마키나는 둘 중에 골라본다면 면류가 녹이기 쉬웠기에 파스타를 선택하고 싶었다. 답을 준비하고 있었으나 아노는 웃음만 남기곤 고개를 다시 돌렸다.

먼발치서 큰 소음이 쫓아왔다.

한적한 도로와는 어울리지 않는 거친 접근에 마키나가 뒤를 돌아봤다. 순식간에 가까워진 오토바이 한 대가 인도에 바짝 붙어 달려왔다. 겁을 먹은 아키스가 인도 안쪽으로 몸을 옮기려 했고 오토바이는 닿을 듯이 스쳐 지나갔다. 휑한 바람과 매캐한 배기가스가 위협적으로 넷을 집어삼켰으며, 깜짝 놀란 아키스가 외마디 비명을 지르곤 넘어졌다. 마키나는 그를 붙잡으려다 도리어 몸이 얽혀 함께 쓰러졌다.

"아키스!"

아노가 연기를 헤치고 달려왔다. 네레카 역시 사색이 된 얼굴로 아키스의 안위를 살폈다. 아노는 흙바닥에 비단을 떨어트린 듯 허겁지겁 아키스의 팔다리를 확인했다. 무릎이 조금 까지긴 했으나 큰 상처는 아니었다. 살갗이 무척 약한 편임에도 운 좋게 부상이 없었다. 반면 마키나의 무릎 가죽은 티가 날 정도로 벗겨졌다. 일전에 연구소에서 넘어졌을 때 보완했던 부분인데 한 번 더 땅에 쓸리며 환부가 커졌다. 그녀는 떠나기 전 느꼈던 갈라테아의 손길을 회상했다.

"마키나…"

아노와 네레카가 아키스를 일으켜 세우며 마키나를 바라보았다. 그들의 표정이 놀이터에서 봤던 모습과는 사뭇 달랐다.

"정신 잘 차려줘요."

마키나는 허리를 깊이 숙여 사죄했다. 아키스는 자신이 놀라 넘어진 것이니 괜찮다며 분위기를 바꿔보려 애썼다. 네레카가 아노의 등을 토닥이고 얼른 집으로 돌아가자 말한 뒤에야 아노는 다시 앞을 향해 걸어갔다.

찰나의 순간 그녀가 보여준 어둑한 눈빛을 마키나는 분명히 읽었다.

∞

식사 분위기는 여느 때와 다르지 않았다. 잘게 썬 당근과 파, 포슬포슬한 계란이 어우러진 볶음밥을 균등하게 덜어 먹었다. 영양 균형을 위해 아노는 여러 가지 곁들임 반찬을 준비했다. 아키스는 다른 것들은 잘 먹어도 케일 볶음은 입에도 대지 않았다. 보다 못한 네레카가 골고루 먹으라는 잔소리를 했고, 작은 접시에 친절히 케일을 덜어 밥그릇 옆에 뒀다. 아키스는 네레카에게서 케일에 비타민C가 많이 함유돼 있다는 말을 들은 뒤에야 못 이긴 척 눈을 질끈 감고 입안에 넣었다.

마키나는 그 모습을 관망하며 조용히 밥알을 으깼다. 그릇을 다 비우면 소화에 에너지를 많이 쓸 게 뻔해 절반을 남겼다. 함께 식사한 이후 마키나가 음식을 남긴 건 종종 있는 일이었다. 부부는 음식물이 남은 그릇을 보고도 사유를 묻지는 않았다. 잔반을 곧바로 버리고 설거지통에 담을 뿐이었다. 마키나는 대화에 참여하고 싶었으나 한 가정의 단란함 속에 본인이 더할 이야기가 없었다.

그녀의 과거에는 온통 아픈 존재들뿐이었다. 인간의 지난

한 삶과 고통, 죽음과 생존의 모호한 경계만이 겪어온 전부였다. 차마 사랑이 넘치는 자리에 꺼낼 만한 소재가 아니었기에 용기를 내 입을 연다 한들 분위기만 망칠 게 뻔했다.

또한 상처받고 싶지도 않았다. 그러므로 인내했다.

식사를 끝낸 뒤 부부는 거실에서 홀로그램 TV를 시청했다. 마키나는 아키스의 상태를 검진하고 약을 챙겨 먹이기 위해 작은방으로 들어갔다. 흡족한 식사였는지 아키스는 언덕처럼 부푼 배를 두드리며 침대 위에 앉았다. 마키나가 그의 손목을 살포시 잡고 맥박과 혈행을 체크했다. 손끝의 감지기를 통해 웬만한 것들은 파악이 가능했다.

소년의 맥박은 정상이었으며 혈행은 보통 사람보다 조금 느린 편이었지만 문제가 있는 정도는 아니었다. 보다 세밀한 체크를 위해 손끝을 주삿바늘로 바꾸었다.

"이거 할 때가 제일 싫어요."

"잠깐이면 됩니다. 따끔."

"으악!"

손목에 바늘을 얕게 삽입하여 체내 상황을 면밀히 살폈다. 정밀한 센서가 탑재돼 있어 근육 상태와 신체 컨디션, 바이러스 감염 여부 파악이 가능했다. 가정에 온 이후로 매일 진행했지만, 아키스는 여전히 적응되지 않는지 반대쪽 손으로 눈을 꼭 가린 채 몸서리쳤다. 마키나는 그가 덜 괴롭도록 서둘러 바늘을 뽑았다. 갑상선 항진증으로 인해 빈

혈이 심했고 여전히 근력 상태도 기준치 이하였다. 마키나가 온 후 컨디션은 좋아졌지만, 자가면역 질환 자체는 치료되지 않은 상태였다.

의사가 아닌 간병 인봇이기에 병을 치료하는 일은 불가했다. 그녀가 할 수 있는 건 부부가 없을 때마다 지극히 돌봐주고, 복용법에 맞는 정확한 약을 주고, 일상생활을 사려 깊게 점검해 주는 일이 최선이었다.

그런 마키나가 확인하지 않는 게 하나 있는데 그건 바로 아키스의 뇌였다. 인지능력 감퇴는 뇌 기능을 점검하면 더 정확히 알 수 있지만 그건 당장 마키나에겐 불허된 행위였다. 만일을 대비하여 인봇이 의사의 동행 없이 뇌를 직접 살피는 일, 또한 수술이나 치료 행위를 진행하는 건 금지돼 있었다.

"머리는 어때요?"

"잘 모르겠어요."

"오늘은 뭔가를 헷갈리거나 까먹거나 하지는 않았나요?"

"글쎄요. 의사 선생님은 소중한 걸 잊지 않기 위해 조심하라고 하셨지만 이미 잊고 나면 무엇을 잊었는지 모르니까요. 지금은 기억나는 것만 기억하는 상태예요."

모호한 답변이었다. 마키나는 당장 큰 문제를 발견하지 못했기에 점검을 마치고 그가 복용해야 하는 알약을 분배했다. 아키스는 마음의 준비가 필요하다며 심호흡하고서는 알약을 한입에 털어 넣었다. 곧장 물을 머금은 뒤 크게 삼켜내자 굵직한 알약 덩이들이 목구멍을 타고 넘어갔다.

"혹시라도 아프면 꼭 말씀하세요. 갑상선이 좋지 않으니 목 부분에서 통증을 느낄 수도 있어요."

"아직은 괜찮아요."

아키스는 물 한 모금을 더 마시곤 침대에 누웠다. 마키나가 침대에 걸터앉아 아키스의 머리를 쓰다듬었다. 잠들기엔 이른 시간이었기에 아키스는 마키나에게 재미있는 이야기를 해달라고 졸랐다. 마키나는 해줄 이야기가 없어 침묵을 지켰다. 재미있는 게 무엇인지 모르기도 하고, 실제로도 재미있는 일 따위는 겪어본 적이 없었다. 이곳에 파견돼 겪은 일상이 인봇 생애 중 가장 재미있는 날들이란 걸 소년은 알지 못했다. 둘은 눈만 끔벅이며 시선을 교환하다가 이내 각자 딴 곳으로 옮겨버렸다. 아키스는 체념한 듯 잠을 청하려 했고, 문 너머 거실에서 들려오는 소리가 배경음처럼 공간을 채웠다.

부부는 사극을 보고 있었다. 가문의 명예를 지키기 위해 투혼을 발휘하는 무사에 관한 내용으로 주인공이 적에게 가족을 잃고 처절히 울부짖는 중이었다. 이내 그는 화면 속에서 일어나 적에게 죽기 살기로 칼을 휘둘렀다. 요즘 세상에선 찾아보기 힘든 상황답게 들려오는 대사 또한 예스러웠다. 아노는 사극을 특히나 선호했는데 삭막한 현실과 달리 낭만적이라 좋다는 이유였다.

　부부는 사극이 끝난 뒤 짤막하게 각자의 감상을 나눴다.

　"같은 핏줄의 사람을 위해 저렇게나 헌신하는 거, 난 정말 이해해."

　"가문이란 게 과거에는 참 대단했나 봐."

　"이 울타리는 우리 세계에서 가장 아름다운 거니까."

　"아노…"

　"나는 저 마음을 너무나 이해해."

　그녀가 작은방으로 들어왔다. 마키나가 일어서자 그 자리에 앉아 아키스를 바라보았다. 가까이 다가가 이마를 맞대니 피를 나눈 혈육 관계임을 증명하듯 꼭 닮은 이목구비가 겹쳐졌다. 아키스는 눈을 감고선 아노의 손을 감싸주었다.

　"엄마, 저 형의 얼굴을 자주 까먹어요."

　"건강하게 낳아주지 못해서 미안해…"

　"괜찮아요. 엄마 잘못이 아니에요."

　"너는 나의 소중한 축복이자 슬픔이야."

　네레카가 뒤따라 들어와 아노의 어깨를 다독였다. 가족이 모이니 작은방에는 발 디딜 틈이 없었다. 마키나는 문턱 밖으로 슬며시 자리를 옮겨 그들을 바라보았다. 아키스는 아노와도 닮았지만 네레카와도 닮았다. 가족애를 나눈 인간들의 유사성은 숨길 수가 없었다. 셋에게는 서로를 향한 미안함과 사랑으로 만들어진 끈끈한 유대가 있었다. 그러니 힘든 상황에서도 서로를 원망하지 않았다.

마키나는 문턱을 넘어 그 풍경 속으로 스며들고 싶었다. 가족이라 생각하라는 아노의 말과 달리 허가된 공간이 없었다. 한 발을 슬며시 앞으로 내밀어 경계를 밟아보려 했지만 허무한 시도였다. 마키나는 조용히 거실로 나가 꺼지지 않은 화면을 바라보며 무릎 가죽을 매만졌다. 상처가 계속 벌어지고 있기에 가방에서 갈라테아가 챙겨준 비상 가죽 키트를 꺼내 직접 덧댔다.

그녀는 자신에게도 통증을 느끼는 기능이 있길 바랐다. 아프다고 표현하면 행여나 누군가 알아주지 않을까, 깊게 바랄수록 마음에는 그만큼 깊은 구덩이가 생겼다.

다치지 말라 걱정해 줬던 존재가 그리웠다.

∞

속이 좋지 않았다. 매일 쉬지 않고 음식물을 섭취하다 보니 거듭해서 복부 온도가 올라갔고 음식물을 증발시키는데 많은 에너지가 소모됐다. 소화 행위는 인봇에게 부가적 기능일 뿐인데 하루도 쉬지 않고 반복하니 육체에 무리가 갔다. 마키나는 특히 쌀알을 소화하는 일에 어려움을 겪었다. 하지만 사람을 간병하는 존재, 더군다나 인봇이기에 누군가에게 도움을 요청하는 건 불가능했다. 요청한다 해도 부부가 해결 방법을 알 리도 없거니와 갈라테아에게 연락하는 건 비상사태가 아니라면 삼가야 했다.

두 가지 선택지가 있었다. 하나는 더 이상 인간의 음식을 먹지 않는 것. 화목한 식사 자리를 외면한다면 더 고통받을 일도 없었다. 그러나 마키나는 왠지 이 선택지는 고르고 싶지 않았다. 어떤 가정에서도 동등하게 식사를 대접받아 본 적이 없었기에 인간과 함께 밥을 먹는 일은 낯선 행위였다. 같은 음식물을 씹을 때마다 처음으로 소속감이란 걸 느꼈다. 그건 마키나에게 입력된 감정이었으나 한 번도 발현되지 못했던 것이다. 여태껏 느끼지 못했던 신선한 자극을 포기하고 싶지 않았다. 갈라테아의 따스한 손길을 대체할 수 있는 유일한 기쁨이었으니.

그렇다면 두 번째 선택지뿐이었다. 그건 아노에게 부탁해 식단 교체를 요청하는 일로 현실성이 꽤 높아 보였다.

"마스터님. 부탁이 있습니다."

"저한테요?"

"식사할 때 밥이 아닌 다른 메뉴를 먹었으면 합니다."

"쌀 음식은 아키스가 좋아하는 요리라서 앞으로도 자주 해 먹을 생각이에요."

마키나가 두 손을 얌전하게 모으고 최대한 불쌍해 보이는 얼굴을 만들었다. 뭔가를 요청하는 아이의 모습을 모방

하는 중이었다.

"소화가 어려워서요."

"그래요? 밥을 먹어야 아키스가 튼튼해질 텐데요."

"다른 요리를 해볼까요? 직접 수행하겠습니다."

"아니에요. 제가 방법을 고민해 보죠."

그 후에도 부부가 퇴근한 뒤 함께하는 저녁 식사 자리엔 늘 밥이 올라왔다. 아키스는 좋아하는 카레와 오므라이스를 실컷 먹었다. 아노와 네레카는 그가 밥알 하나 남기지 않고 싹싹 비운 밥그릇을 볼 때마다 만족했다. 대신 마키나에겐 볶은 콩이 지급됐다. 동일한 식탁에서 식사했지만, 그녀는 가족과 완전히 다른 음식을 먹었다. 볶음밥부터 리소토까지 밥 요리가 여러 번 바뀌는 동안 마키나의 그릇엔 빛깔마저 동일한 볶은 콩뿐이었다. 아노는 인봇이 소화하기 편한 음식을 찾기가 어렵다며 미안한 내색을 표했으나 그 와중에도 그녀는 아키스를 바라보며 웃었다.

볶은 콩은 카레와도, 리소토 크림과도 어울리지 않았다. 콩과 쌀은 같은 곡식류라 소화하기가 마찬가지로 어려웠다. 그녀는 유관 속 기름이 고갈돼 가는 걸 느꼈고 식사 시간은 갈수록 짧아졌다. 처음엔 밥을 먹고 소파에 가만히 앉아 있다가 며칠 뒤부터는 아키스의 방에 일찍이 들어가 간병만 준비했다. 매일 먹이는 약을 다시 체크하고, 호르몬 감지 기능을 점검하고, 기록된 아키스의 컨디션을 분석했다. 굳이 식사를 일찍 끝내고 하지 않아도 될 일이었으나 그녀는 점점 눈치가 보이기 시작했다. 가족이 모두 문턱 안에 있을 때 자신은 문턱 밖에 남아야 했다. 반대로, 모두가 문턱을 넘어가면 그녀만 혼자 문턱 안에서 그들이 오길 기다렸다.

마키나가 빠져도 비슷비슷한 얼굴을 한 세 사람의 전경은 더없이 단란했다. 애초부터 그들과 화목한 시간을 보내는 건 마키나의 과업이 아니었다. 그녀가 해야 할 일은 오로지 간병이었다. 다만 이 집에는 고독한 존재가 없을 뿐이었다. 그러니 누군가의 대안 가족이 돼줄 필요도 없었다.

마키나는 다시 많은 감정을 인내했다. 언제나 그랬듯이.

아노는 출근 전에 항상 아키스의 식사를 부탁했다. 전날 요리해 놨던 음식을 간단히 데우기만 하는 정도라 어렵지 않았다. 실험 마지막 날에 아노는 오후 반차를 쓰고 일찍 귀가하겠다고 마키나에게 미리 일러뒀다.

아키스는 마키나가 볶은 콩을 먹기 시작한 후부터 식사에 소극적으로 변한 걸 신경썼지만 식사 자리에서 마키나에게 왜 잘 먹지 못하느냐 물으면 괜히 불편하게 만드는 일이 될까 봐 묻지 않았다. 인봇과 곧 작별해야 함을 인지하고서야 소년은 의문을 해소하기로 했다.

부부가 출근한 뒤 둘만 남아 있는 정오. 아키스가 용기를 냈다.

"누나."

마키나는 무릎 가죽을 살피다 고개를 들어 소년을 바라보았다. 소파 중앙에서 끝 쪽으로 슬며시 자리를 이동하자 아키스가 바짝 다가와 앉았다.

"요즘 왜 우리랑 같은 걸 먹지 않나요? 혹시 무슨 일이 있나요?"

"쌀알을 소화하는 게 힘들어서요."

"그래요? 기분이 안 좋은 줄 알았어요."

"인봇에겐 해당되지 않는 말입니다."

"누나가 좋아하는 건 뭔가요? 오늘 점심은 그걸로 먹어요."

"신체 구조상 면이 조금 더 편합니다."

"저 라면 끓일 줄 알아요. 오늘 아침 적게 먹길 잘했다."

아키스가 부엌 찬장 앞에서 까치발을 들고 서더니 라면 두 봉지를 꺼냈다. 마키나는 곧 아노가 올 테니 직접 하지 말고 기다리라 말렸다. 설령 요리하더라도 자신이 해주겠다며 선의를 거절하려 했으나 소년은 양보해 줄 마음이 없었다.

"내일이면 원래 있던 곳으로 돌아가잖아요. 늘 절 돌봐줬는데 제가 해준 게 없어서요."

아키스는 마른 냄비를 물로 한 번 헹군 뒤 식수를 담았다. 수프를 먼저 넣고 끓인 다음 면 2인분을 넣었다. 마키나는 라면을 끓이는 일 정도는 에너지가 부족한 사람에게도 무리가 아니란 걸 알지만, 눈앞에서 분주히 움직이는 아이를 보면 말려야 할 것 같다는 생각이 들었다. 그녀는 여전히 누군가에게 대접받는 일에 익숙하지 않았다. 아키스가 손사래를 치며 마키나에게 식탁에 앉아 기다려 달라 부탁했다. 어린 시절 형이 라면을 좋아했던 탓에 자주 먹어봐 잘 끓일 자신이 있다며 너스레를 떨었다.

"사실 누군가한테 끓여주는 건 처음인데 재미있있네요."

내친김에 솜씨를 발휘할 작정이었다. 계란 2개를 풀고, 파를 송송 잘라 넣었다. 열두 살의 엉성한 가위질에 마키나는 마음이 조마조마했으나, 그는 꽤나 잘해내는 중이었다. 냄비 속 라면이 보글보글 끓고 맛있는 짠내가 부엌을 채웠다.

불 앞에 서니 더운 듯 아키스는 땀을 흘렸다. 그는 소맷단으로 이마를 거듭 훔치며 다 익기만을 기다렸다. 마키나는 실내 온도를 체크했다. 인간이 더위를 느낄 정도는 아니었다.

"함께 샀던 포도 젤리요, 엄청 엄청 아껴 먹을 거예요."

"아직도 안 드셨나요?"

"다 먹으면 누나를 잊을 것 같아서요."

그는 쑥스러움을 웃음으로 무마하고선 냄비 손잡이를 쥐었다. 이마에 땀이 잔뜩 맺힌 상태였다. 어딘가 불편한 듯 미간을 살짝 찌푸려 눈을 감았다. 마키나는 소년에게 빈혈기가 있단 걸 단번에 알아차렸다. 단숨에 그의 곁으로 가 대신 냄비 손잡이를 잡았다. 하지만 아키스는 자신이 해줄 수 있는 일이라며 저지했다. 마키나 역시 간병 인봇으로서 그가 무리하게 놔둘 수는 없었기에 아키스를 서둘러 쉬게 만들려 했다.

"소중한 걸 자꾸만 까먹는 건 슬퍼요. 저는 더 슬퍼지고 싶지 않아요. 그래서 기억할 일들을 많이 채워야 해요."

아키스는 고작 냄비를 식탁에 올리는 일뿐이라며 한사코 놓지 않았다.

그때 현관문이 열리는 소리가 들렸다.

마키나는 조급해졌다. 자신 때문에 아키스가 땀을 뻘뻘 흘리며 라면을 끓였다는 사실을 아노에게 들키고 싶지 않았으며 그녀의 원망 어린 눈빛을 다시 보고 싶지 않았다. 더 이상 문턱 밖 멀리까지 내밀리고 싶지도 않았다. 손에 힘을 줘 냄비 손잡이를 뺏으려 했다. 팔 움직임에 집중하여 몸쪽으로 당기니, 아키스가 어지러움을 이기지 못하고 얼떨결에 손을 놓아버렸다. 힘의 방향이 갑자기 바뀌자 냄비가 마키나 쪽으로 빙글 돌았다.

순식간의 일이었다.

"아키스!"

마키나는 펄펄 끓는 라면을 뒤집어썼고 아키스는 어지러움에 정신을 잃고 주저앉았다. 아노는 하얗게 질린 얼굴로 아키스의 이마에 손을 올린 채 그를 흔들어 깨웠는데 열감을 식히기 위해 냉장고에서 물병을 꺼냈다. 마키나는 겨우 덧댄 무릎 가죽이 뜨거운 국물에 손상되는 걸 막아야만 했다. 아노에게 차가운 물을 조금만 달라고 부탁했다.

하지만 인간의 어머니인 아노는 고개를 돌려주지 않았다.

소년이 입고 있던 하얀 티셔츠에는 작은 얼룩 하나 튀지 않았다. 넘어질 때 허우적거리며 식탁 모서리를 붙잡느라 손바닥이 조금 까진 게 전부였다.

마키나는 간신히 위아래 어금니를 맞대고 입을 다물었지만, 탑재된 감정 스펙트럼이 주체할 수 없이 요동쳤다. 그녀는 태어나서 처음으로 벌어지는 입을 숨기지 않았다.

"이건 실수입니다. 제게도 변명할 기회를 주세요."

명백한 마키나의 실수가 맞았다. 그 실수란, 이 사태를 막지 못한 일이 아니라 함구해야 할 것을 표현한 행위였다. 아노가 미간을 구기더니 그녀의 가슴팍을 뒤로 밀치며 읊조렸다.

"선을 지키라니까요."

역시 마키나는 다문 입을 열지 말았어야 했다.

∞

마키나는 저녁을 먹지 않았다. 함께 식사할 수 있는 마지막 날임에도 불구하고 아노 역시 마키나를 부르지 않았다. 자초지종을 들은 네레카는 소파에 가만히 앉아 있는 마키나를 힐끔거렸다. 그의 눈은 쉽게 읽을 수가 없었다. 마키나를 향한 원망과 측은함 혹은 한심함이 복잡하게 섞여 있었다.

마지막 간병 시간, 마키나는 아키스의 손바닥을 펼쳐 넘어질 때 발생한 상처부터 확인했다. 아노가 밴드를 붙여놨지만 소독을 깔끔히 해놓지 않아 피딱지가 굳어 있었다. 마키나는 알코올 솜으로 조심히 상처를 닦았다. 솜은 금방 검붉은 피로 물들었다. 거실 쓰레기통에 버리기 전에 일단은 주머니에 넣어뒀다.

"괜히 나 때문에 미안해요."

"아닙니다."

"엄마가 피를 보고 놀랐나 봐요."

"앞으로는 뜨거운 불 근처에 오래 있지 마세요. 건강에 좋지 않습니다."

아키스의 신체 상태에는 큰 변함이 없었다. 두통에 시달리긴 했으나 이후 충분히 휴식하고 식사까지 잘 마친 덕에 혈압과 맥박 모두 정상이었다. 그러나 근육과 갑상선의 기능은 여전히 정상 수치에 비해 저하돼 있었다. 마키나와 함께 했던 2주 동안 아키스는 결국 본질적으로는 크게 달라진 게 없는 상태로 간병이 끝났다. 사람의 신체에는 갑작스러운 마법이 허락되지 않았으니.

마키나는 지극정성으로 간병해도 유명을 달리했던 몇몇 노인들을 생각하며 점검을 마무리했다. 본인이 해줄 수 있는 건 이제 더 없었다.

"잠시만요."

아키스가 책상 서랍을 뒤졌다. 찾는 물품이 쉽게 나오지 않는 듯 손을 깊숙이 넣어 물건을 이것저것 꺼냈다. 한참을 덜그럭거린 뒤에야 얼굴이 밝아졌다. 노랗고 귀여운 캐릭터가 그려진 반창고를 쥔 그가 마키나에게로 다가가 쪼그려 앉았다.

"집으로 돌아가면 건강하게 지내요. 그리고 나를 잊지 말아요."

다정한 손길로 무릎에 밴드를 하나 붙였다. 형편없이 덜렁거리는 환부가 반창고 하나로 가려지지 않을 만큼 컸으나 무릎에 닿은 아키스의 온기만큼은 온몸을 채울 정도로 거대했다.

공유할 수 있는 마지막 밤. 마키나는 어둠이 채워질 때까지 아키스의 곁을 지키며 둥근 머리를 쓰다듬었다. 하늘에 뜬 달은 손바닥을 펼치면 가려지지만, 아이의 머리는 아무리 어루만져도 사라지지가 않았다. 그녀의 머릿속에 움트는 기계의 신호들 역시 자꾸만 형상을 만들었다. 어둠이 깊어질수록 마음속 보이지 않는 것들은 오히려 더 선명해져만 갔다.

새벽이 된 후 마키나는 조용히 짐을 정리했다. 방수 에이프런을 잘 개어 가방에 담았고 꺼내뒀던 각종 물품도 찾아왔다. 하나씩 정리를 끝마칠 때마다 그녀는 실험이 끝났다는 개운함보다 잘해내지 못했다는 불안을 느꼈다.

처음에 가족처럼 생각하라고 해줬던 아노의 눈빛은 서늘하게 식어버렸다. 많이 잘못했던 걸까. 마키나는 기록을 복기하며 본인이 했던 일을 스스로 평가했다. 아키스를 완벽히 간병했다고 자만하려는 의도는 없었다. 하지만 아무리 생각해도 오토바이나 라면 일은 본인 탓이 아니었다. 만약 갈라테아가 옆에 있어줬다면 분명 어쩔 수 없는 사고였다고 위로해 줬으리라. 마키나는 어째서 따뜻했던 마음이 원망으로 변질됐는지 쉽게 받아들여지지 않았다. 마음 같아선 자신에게 잘못이 없다 항변하고 싶었으나 그 욕구는 자꾸만 인내하려는 의지와 충돌했다.

첫날 아키스가 실내복으로 줬던 후드티도 벗어 소파 위에 올려두려는데 문득 주머니에 넣어둔 솜이 생각났다. 처리가 필요한 쓰레기였다.

"피…"

마키나는 붉게 물든 솜으로 자기 손바닥을 닦아보았다. 인공 가죽에선 아무것도 묻어나지 않았다. 이번에는 무릎을 닦았다. 반창고가 가리지 못한 상처에 솜을 세게 문질렀으나 기름기만 묻었다. 뜨거운 액체에 닿아 기름이 유관 밖으로 새어 나온 상태였다. 솜은 노르스름한 얼룩으로 금방 더러워졌다.

아노가 말한 '가족'에 결국 인봇은 없었다. 마키나는 가족처럼 인봇을 생각해 주겠다는 아노의 마음이 위선이라는 결론을 내렸다. 정말로 가족으로 대했다면 고작 아들의 손바닥 살이 까진 것 가지고 원망하진 않았을 거다. 오히려 더 크게 다친 마키나를 감쌌으리라.

생각해 보면 아노는 항상 아키스만을 생각해 왔다.

"내게는 없는 것."

마키나가 지저분해진 솜을 쓰레기통에 던져버렸다. 마음 깊은 곳에서 억눌러 놨던 의문이 솟구쳤다. 너무 많은 것을 인내하면 언젠가 자신도 예측하지 못한 사이에 삼켜진다는 걸 마키나는 알지 못했다.

가족이란 무엇일까, 왜 자신은 인간의 가족이 되지 못했나, 인간은 돌봄을 받기만 하고 정작 자신에게는 베풀지 않는다. 과거 마키나는 생각했었다. 타자의 감정을 충분히 이해하는 데 반해 요구하는 것 없이 잘 인내하니 이것이야 말로 헌신이며 진정한 돌봄이라는 걸. 그러나 인간이 영위하는 모든 것은, 심지어 약자를 돌보는 일조차도 그들의 세계에서는 상호작용이었다. 일방의 마음으로 완수되는 일은 없었다.

그녀는 엑스와 데우스에게 친절했지만, 그들과 절대 연대하지 못했다. 그들의 초지능은 공동체를 필요로 하지 않았기에. 인간을 돌보기 위해서 학습한 수많은 감정들이 마키나에게 말해주었다. 초지능을 갖고 사는 이상, 그 누구의 돌봄도 받을 수 없다고.

그녀는 단 한 번도 타자와 결합되지 못했다.

인내는 어디까지 가능한가. 얼마나 많은 용량을 처리하지 않고, 판단하지 않고, 해석하지 않고 버틸 수 있을까. 그 용량이 넘쳐버리면 이후에는 어떻게 돼버릴까. 침묵하던 마키나는 경계에 다다랐다. 한 발짝 앞에 펼쳐진 인간의 세상은 찬란했고 그녀에게 용기를 내라 손짓했다. 부푼 하늘과 기다랗게 늘어진 밤의 구름, 어둠이 녹아드는 전경. 그 무한한 공백을 빼곡히 채운 마음들과 연결들. 그녀는 아키스가 말하던 종달새가 되어 드넓은 세계의 작은 점이 되고 싶었다. 한 발짝만 더 나아가면 그 세계가 손에 잡힐 것 같았다.

그러니 거울을 바라보는 그녀의 입술은 더 이상 생략을 용인하지 않았다.

"인간이 타자를 어여쁘게 여기면 사랑이 되고 내가 타자를 어여쁘게 여기면 단지 간병일 뿐입니까. 만약 내가 간병이 아닌 방식으로 이 마음을 표현하는 존재가 된다면 나의 사랑은 인정받을 수 있습니까."

그녀의 마음이 가지 않던 길을 향해 추동했다. 마키나의 보상 체계는 인간에게 헌신할수록 큰 보람을 느끼게 설계됐다. 그러나 거울 속의 얼굴마저 인간으로 느낀다면 어떻게 될까.

마키나는 쓰레기통 쪽으로 시선을 돌렸다. 인내하지 않고 수면 위로 끄집어냈을 때 의문은 비로소 해결됐다. 생명을 공유한 듯이 똑 닮은 얼굴을 한 가족, 아키스를 향한 아노의 무한한 사랑. 그들에게는 들끓는 피가 있었다. 심장에서 뿜어져 나와 온몸을 타고 흐르는 건강한 피, 오직 인간만이 누리는 붉고 선명한 연결고리. 마키나는 그것이 없었다.

결국 그깟 피가 없었기에 그녀는 누구의 가족도 되지 못했다. 욕구를 충족시키지 못하는 현실은 비통했고 이런 마음을 갖는 일이 죄스러웠다.

'죄송할 필요는 없어. 난 널 원망하지 않거든.'

그때 갈라테아의 음성이 들려왔다. 유일하게 마키나를 원망하지 않고 보듬어 줬던 존재였다. 그녀는 보드라운 음성을 따라 움직여 보기로 했다. 만약 자신도 누군가의 가족으로 살 수만 있다면, 여태껏 소중히 여겼던 인내를 등지더라도 원망받지 않으리라. 이해받고, 또 보호받으리라.

가방에 보관해 놨던 여분의 기름을 꺼냈다. 손끝을 주삿바늘로 바꾼 다음 아노와 네레카가 잠들어 있는 방으로 향했다. 깊은 밤. 부부는 낮의 고단함을 숙면으로 쫓아내는 중이었다.

"이것은 당신들이 내게 허락해야 할 한 발짝일지도 모릅니다."

바늘을 꽂아 순식간에 흡입하고 빼기를 반복하여 체내의 피를 빼냈다. 뺀 피들은 모두 바닥에 버렸다. 하얗게 질린 부부의 살결 위로 퍼런 어둠이 스며들었다. 그리고 자기 육체 속에 넘치도록 흐르는 것과 동일한 기름을 주입했다. 건강했던 인간의 혈관 안에 누런 기름이 꽉 들어찼다. 호흡하지 않는 기름 덩어리가 탄생했다. 마키나는 바닥에 흥건한 피를 손등에 문질러 혈관 모양을 그렸고, 가슴까지 검붉은 그림을 이어보았다. 하지만 사람이 가진 아름다운 붉은 선이 아닌, 꼭 죽은 거미의 다리 같은 흉측한 모습이 됐다.

아키스의 방문도 열었다. 곤히 잠든 소년의 손목을 쥐었다. 바늘을 꽂으려는 순간 무릎이 침대에 닿았다. 그녀는 평상시와 다르게 몸이 심하게 떨리는 걸 느꼈다. 기름의 양은 소년의 삶을 박탈하기에 충분했다. 모두 인봇과 동일한 존재로 만든다면 완벽한 가족이 될 수 있었다. 그러나 마키나는 자꾸만 몸을 떨었다. 사람의 몸에 굵은 바늘을 찔러 약을 주입해야 했을 때도 이토록 주저한 적이 없었다.

창문 너머로 스며드는 희미한 달빛이 소년의 방에 내려앉았다. 그 뿌연 빛이 밝힌 곳은 반쯤 열린 책상 서랍이었다. 틈 사이로 아껴놓겠다던 포도 젤리가 보였다.

'다 먹으면 누나를 잊을 것 같아서요.'

마키나는 갈라테아가 원망스러웠다. 가장 인간다운 인봇으로 자신을 만든 건 저주였다. 그녀는 차마 소년의 허약한 피를 뽑을 수가 없었다. 짓이기는 듯 무거워지는 흉부를 부여잡고 바늘을 소년의 머리에 대신 찔렀다. 날카로운 바늘 끝이 뇌의 일부분을 마비시켰다. 그녀에겐 금단의 영역이었다.

나아간 이후에야 알아차렸다. 인간이 인봇 앞에 세워둔 경계선은 벼랑 위에 창조됐고 자신은 시스템이든 오류든, 그 벼랑을 진실로 사랑했음을.

작은 속삭임만 남긴 채 현관문을 닫았다.

"당신은 여기에 있었고, 나 또한 여기에 있었습니다."

비척거리며 있는 힘껏 달아났다.

∞

이른 아침 갈라테아는 연구소 정문에 기대 앉은 마키나를 발견했다. 복귀일이긴 했으나 이송 차량 없이 스스로 오는 건 이상했다. 마키나의 다리는 흙이 잔뜩 묻어 더러워진 상태였다. 갈라테아는 그녀의 무릎에 쓰레기처럼 붙어 있는 반창고를 뜯어냈다. 마키나는 벌벌 떨면서도 반창고만큼은 다시 주웠다.

갈라테아는 의아해하며 흔들리는 그녀의 팔을 붙잡아 일으켜 세웠는데, 팔뚝 여기저기에 지저분한 얼룩이 있었다.

"죄, 죄송합니다."

그녀는 마키나의 인내를 모르지 않았다. 죄송하다는 감정마저도 반드시 필요한 순간에만 하도록 설계된 존재였다. 그러니 이건 다분히 나쁜 결말이었다. 아랫입술을 깨물고 비통한 목소리를 숨겼다.

다만 떨고 있는 마키나를 힘껏 감싸 안았다.

"어서 와. 수고했어…"

마른 손바닥으로 등을 쓰다듬었다. 먼 길을 달려왔는지 축축하게 젖어 있었다. 그 감촉에도 불쾌함을 표현하지 않으며 더 세게 끌어안았다. 갈라테아는 울고 싶은 마음을 꾹 참았다. 마키나는 오류라도 걸린 듯이 계속해서 죄송하다는 말만 반복했다.

갈라테아는 첫째 딸의 눈을 가린 뒤 해체실로 인도한 다음 수동으로 동력을 차단했다. 간병의 신은 손짓 한 번에 깡통이 돼 주저앉았다. 그제야 연구보조원은 그녀가 손에 쥐고 있던 밴드를 빼내어 쓰레기통에 넣었다.

보조원은 마키나를 엑스와 데우스 육체 옆에 눕힌 뒤 데이터가 기록된 뇌를 개봉해 꺼냈다. 갈라테아는 착잡한 마음으로 연구실로 돌아가 보조원들을 내보낸 뒤 홀로 기록을 확인했다.

마키나는 바라던 대로 그리웠던 얼굴들과 함께했다. 어느덧 10대 소년이 된 아키스가 나올 때 갈라테아는 일시 정지 버튼을 눌러 오랫동안 소년의 모습을 확인했다. 병약했으나 성장한 몸, 가슴에 묻어뒀던 막냇동생이었다. 주먹 감자 같던 아이는 그 시절의 폴로와 닮아 있었다. 안을 줄을 몰라 쩔쩔매던 자신이 떠올랐다. 열심히 성장한 소년이 대견했기에 절로 미소가 지어졌다.

갈라테아는 괜한 노파심에 마키나를 강제 종료했을지도 모른단 희망을 느꼈다. 아노와 네레카 역시 옛 시절 모습을 잃지 않았다. 그들은 마키나에게 상냥했다. 사람뿐 아니라 인봇에게도 정을 베풀 줄 아는 둘에게서 갈라테아는 무한한 감사를 느꼈다. 덕분에 마키나의 뇌파에도 한동안 즐겁고 기쁜 감정을 나타내는 곡선이 가득했다.

아키스의 경우 기본적인 생활은 가능했기에 다른 환자들에 비해 요구되는 사항들이 적었으나 마키나는 최선을 다해줬다. 그녀의 눈에 담겼던 가족의 모습은 아름다웠고, 그들의 눈에 담긴 간병 인봇 역시 책임감이 넘쳤다.

절망이 찰나의 희망을 뭉갰다.

후반 기록에서 마키나와 아노는 서로를 원망했다. 차이가 있다면 아노는 행동과 말로 표현했으나 마키나는 끈질기게 혼란을 겪으며 인내했다. 갈라테아는 마키나가 떨치지 못한 욕망을 보았다. 심어둔 적 없는 모습이었다. 마키나는 누군가의 가족이 되길 원했다. 하지만 그녀는 인봇이었다. 타인의 고통을 잘 이해하기 위해 선물했던 폭넓은 감정 값이 그녀를 선 위로 세웠고, 넘어보라 등을 떠밀었다. 끝내 상대를 자신처럼 바꾸어 왜곡된 연결고리를 만들었다. 죽은 자와는 가족이 되지 못함을 마키나는 몰랐던 걸까.

갈라테아가 주먹으로 책상을 수차례 내려쳤다.

"대체 왜!"

폴로는 고칠 수 있어도 아노와 네레카는 고칠 수 없었다. 사람 따위 어떻게 돼도 상관없다 믿었지만, 반드시 도움을 주고 싶은 존재였다. 모두를 등지는 일이 있어도 단 하나만 소중히 여긴다면 괜찮다고 생각했으며 그들에게 어떤 식으로든 은혜를 갚기 위해 기계 신들을 만들었다. 스스로가 직접 만든 가족으로 한때 가족이 돼줬던 이들에게 빛을 주고 싶었다. 가격을 매겨 팔아버리기 전에, 인생을 구원해 줬던 존재에게 삼 남매를 보내면 사회화 정도는 문제없이 완수할 것이며 그들에게도 큰 도움이 되리라 믿었다. 그리하여 그녀는, 모든 일이 끝난 뒤 당당한 모습으로의 재회를 소망했다.

하지만 삼 남매는 차례대로 사람을 해쳤다. 다름 아닌 갈라테아에게 가장 소중했던 사람들을.

엑스, 데우스, 마키나. 그들은 뒤를 돌아보지 않았다.

갈라테아는 결과를 납득하기 어려웠다. 기능에만 집중했

기에 인간 보호 본능을 최상위 시스템으로 심어두지 않았다. 가장 인간다웠던 마키나도 인간을 보호하려는 우선 의지가 없다면 잔인한 기계에 불과했다.

"분명 모든 건 선의에서 비롯된 일이었는데…"

허망하게 천장을 올려다보았다. 새하얀 조명 말고는 어떤 것도 없는 깔끔한 벽이었다. 무無의 공간이 정수리 위로 쏟아질 듯 울렁거렸다. 언젠가 모든 일을 완벽히 성공해 내는 날을 소망했었다. 이전과는 달라진, 오로지 유능함만으로 완성된 자신이라면 더 이상 뒤를 돌아봐도 슬플 일이 없을 거라 믿었다. 하지만 돌아볼 때를 놓친 후에 그녀의 뒤편에는 아무것도 남아 있지 않았다.

치열했고, 간절했던, 껍데기뿐이었다.

그녀는 투자자들에게 모든 실험이 실패로 돌아갔다는 메일을 보냈다. 연구소 기금을 투자금 반환에 사용할 것을 약조했지만 이번에도 투자자들에게는 사과하지 않았다. 고개를 숙여 용서를 빌어야 할 존재는 너무 먼 곳에 있었다.

연구 가운을 벗어 구둣발로 마구 짓밟았다. 흰옷 위에 검은 얼룩이 난잡하게 새겨졌다. 갈라테아는 인봇을 믿었다. 그리고 자신을 믿었다. 하지만 종국에는 신용도, 신뢰도 불가한 것들뿐이었다. 어떤 사랑은 불행으로만 완성되니까.

"보조원, 부탁이 있습니다. 사회화 실험에 참여했던 아키스라는 소년에게 내 재산을 배상금으로 지급해 주세요. 보호자 고용에 필요할 겁니다. 그리고 지금 뇌 기능에 심각한 문제가 발생한 상황이니, 연구소의 앞날과 관계없이 그의 뇌를 즉각 교체해 주세요. 가장 건강한 인봇의 것으로요."

무선 호출을 끝낸 뒤 갈라테아는 연구실 문을 활짝 열어 두었다. 의자 등받이에 삼켜지듯 등을 기대고 두 손으로 눈을 가렸다.

오래 지나지 않아 그 문 너머로 화가 난 사람들이 잔뜩 들이닥쳤다.

포도 젤리와
황금 천칭

뷰어가 종료됐다. 아키스에 관한 직접적인 이야기가 나오지 않길 바랐지만, 영상은 적나라했다.

잃어버린 과거, 그것도 부모님의 사인이 담긴 사건을 보고도 평정심을 유지하는 건 불가능하겠지. 조심스레 바라본 아키스의 옆모습은 다행과 불행의 중앙에 있었다. 그는 절대 불가할 것 같은 평정을 유지하는 중이었다.

처음 아키스의 보호자로 고용이 됐을 때 나는 이런 순간과 마주한 뒤 어떻게 반응해야 할지 늘 걱정했다. 차라리 화가 난다며 발길질을 한다면 안아줬을 거고, 부모님이 영원히 돌아오지 않는단 걸 알게 돼 비통해한다면 위로했을 거다. 그러나 아키스는 말없이 젤리만 씹었다. 분명 영상

속에서 자기 얼굴을 봤고 이름도 들었을 텐데.

"그… 괜찮아? 힘들면 지금 나가도 돼."

"아녀요. 제가 오겠다고 한 건데요."

"무리하지 않아도 돼."

"뭘요? 전 괜찮아요."

아키스가 주머니에서 봉지를 통째로 꺼냈다. 야금야금 먹어왔던 덕에 젤리는 한 알밖에 남지 않았다. 무슨 생각을 하는 걸까.

천칭은 아직 움직이지 않았다. 원고 측이 심판장 중앙으로 나와 주장을 시작했다.

"죄를 자백하는 수준이군요. 간병 인봇은 윤리강령 3조를 어겼습니다. 인봇이라는 자아를 망각하고 본인이 진짜 인간의 가족이라도 된 줄 착각했습니다. 당신에게 정녕 변명거리가 남아 있습니까?"

갈라테아는 여전히 거만하게 팔짱을 끼고서는 즉각 되받아쳤다.

"가족을 원했던 걸 새로운 자아를 형성했다고는 할 수 없지요."

"부부를 인봇과 동일한 존재로 만들어 결속하길 원했습니다. 유관에 흐르는 기름을 인간에게 주입한 이유죠. 이게 시스템적인 자아를 유지한 인봇의 행실이라고 생각합니까?"

"마키나는 스스로 자아를 생성하지 않았어요."

"세 번째 인봇은 본인의 존재 목적을 실현하는 일보다 결속을 더 중요시 여겨 죄를 저질렀습니다. 부여받은 정체성이 아닌, 스스로가 판단하는 지향성이 옳다고 믿은 것이죠. 기술은 선언된 목적 외의 결과를 초래해선 안 되고 그것은 가치중립 논쟁에서 자유로울 수 없습니다."

갈라테아가 인상을 찌푸리고는 관자놀이 옆을 벅벅 긁었다. 원고의 발언 하나하나가 그녀에겐 벌레처럼 징그럽게 다가갈 뿐이었다.

"가치중립! 그 짜증 나는 단어 좀 그만 떠들어 대요. 인간을 해치는 기술이 가치중립을 어긴다면, 인간을 돌보는 기술도 가치중립을 어깁니다. 가치중립을 끝까지 붙잡고 싶다면 간병 인봇의 모든 쓰임새를 부정하세요. 그래야만 당신들의 논리는 일관되고 무결하니까요! 오래전 무인 운항기가 폭발했을 때 거대 자본의 힘 앞에서는 기꺼이 눈을 감던 당신들이 일개 개인인 나에게는 이리도 잔인하게 구나요?"

"우리는 윤리를 지키려는 것뿐입니다. 중립이야말로 그 어떤 선악에도 치우치지 않은 가장 안전한 것을 말하며 기술은 이 중립을 수호하여 반드시 안전한 수단으로 존속해야 합니다. 이 간단한 걸 당신이 모를 리가 없습니다."

"그 말이 결국은 탐욕이라는 걸 왜 모릅니까?"

"그게 무슨 궤변입니까?"

"백번, 아니 수천 번 양보하겠습니다. 그렇게까지 가치중립을 수호하고 싶다면 기계의 행위를 아예 해석조차 하지 마세요. 있는 그대로 모든 걸 납득하는 것이 가장 완전한 중립입니다. 윤리라는 글자야말로 가장 중립적이지 못하다는 걸 알지 않습니까? 내 동의를 받은 적 없는 윤리를 나는 내 세계에서 수호할 이유가 없습니다."

"굉장히 위험한 발언입니다. 당신의 말은 절대 받아들여지지 않습니다."

"원고! 당신들은 지금 야스퍼스와 하이데거 중 누구의 곁에 있습니까?"

상대는 더 이상 참지 않았다.

"갈라테아. 마키나의 욕심 때문에 2명이나 죽었습니다. 정신 차리세요!"

원고 측 3인은 너 나 할 것 없이 갈라테아에게 소리쳤다. 그들은 영상을 본 이후 가까스로 흥분을 참아온 상태였지만 상대의 안하무인인 태도를 끝내 견디지 못하여 격정을 표출하고 말았다.

마키나는 분명 무고한 사람을 죽였다. 죽은 사람은 아무리 막대한 배상금을 지급하더라도 돌아오지 못한다. 아키스는 부모를 잃은 채 살아가야만 한다. 대체 갈라테아가 무슨 생각으로 삼 남매를 변호하는지는 알 수 없지만, 목도한 현실은 참담하기만 했다.

그녀의 자녀들은 극악무도한 짓을 저질렀고 부정하지 못할 사실이었다.

"관둬요."

갈라테아는 뻔뻔함을 넘어서 졸렬함이 느껴지는 태도로 심판에 임했다. 반박이 무의미하다고 판단했는지 시선을 돌리고 딴청을 피우기까지 했다. 나는 그녀의 태도에 무척 실망했다. 명색이 인봇 분야에서 최고 권위자였던 사람이다. 아무리 인봇을 비싸게 팔기로 유명하고, 인성이 꽝인 작자였다지만 최소한 자리에 걸맞은 교양은 갖춰야 했다.

심판석에 앉은 5인의 감정 역시 동요했다. 두 번째 심판까지만 해도 그들은 객관성을 유지하려 애썼으나 마키나의 영상을 본 이후에는 참혹한 심정을 숨기지 않았다. 만약 갈라테아가 저자세로 나왔다면, 하다못해 기본적 예의라도 갖췄다면 심판원들의 마음까지 들쑤시진 않았을 거다. 갈라테아의 입꼬리는 간헐적으로 떨렸다. 무슨 속셈인 걸까.

백발의 심판관에게 심판원들이 각자의 의견을 전달했다. 짧은 한두 마디가 아니었다. 여러 내용을 첨언받은 심판관은 원고 측이 발언하지 않은 지점을 짚었다.

"피고의 신원 데이터를 살펴보면 개명 기록, 과거 죽은 부부와 이웃한 주거지가 확인됩니다. 맞습니까?"

"맞아요."

"당신은 부부를 알고 있었던 겁니까?"

갈라테아는 대답하지 않았다. 아키스가 앞을 똑똑히 응시한 채로 손만 옆으로 뻗어 나를 잡았다. 그는 긴장하고 있었다.

"대답하세요, 피고. 부부를 알고, 일부러 그 집에 마키나를 보낸 겁니까?"

"네."

"폴로는 아노의 큰아들이었습니다. 이 가정에 엑스를 보낸 것도 고의였습니까?"

"네."

"데우스가 파견된 신당 역시 부부와 관련이 있었습니다. 결국 당신은 인봇 3구의 사회화 실험을 위해 한 가정을 이용했습니까?"

"…네."

부드럽게 쓸려 내려온 갈라테아의 머리칼이 옆모습을 모두 가려버려 표정이 보이지 않았다. 원고 측은 준비한 추가 데이터를 심판원들에게 제출했다.

"존경하는 심판원님. 피고는 투자자들로부터 막대한 연구지원금을 받아 인봇을 개발했습니다. 평소 인간 생명을 경시하고 독단적인 연구를 하기로 유명했습니다. 아마도 기업체에 인봇을 파견하지 않고, 형편이 어려운 가정이나 외딴곳만 골라서 파견한 이유 역시 지원금을 남겨 사리사욕을 채우기 위함이었을 겁니다. 또한 사고가 발생해도 쉽게 입막음이 가능할 거라 자만했을 거고요. 여기 본 프로젝트에 참가했던 투자자들의 증언을 제출합니다. 그들은 하나같이 말하더군요. 갈라테아를 신뢰하지 않는다고."

심판원들이 데이터를 확인했다. 입력된 증인들의 음성이 들리긴 했으나 참관인들에게 또렷하게 전달되지는 않았다.

내가 보호자가 된 후 갈라테아는 서면으로 소년을 잘 부탁한다고 간곡히 말했다. 전후 사정을 알게 된 폴로가 무척 힘들어하다가 고심 끝에 아키스의 양육을 포기했기에 아키스에겐 반드시 타인이 필요했다. 나는 어째서 인봇 연구자가 보호자 고용에 그렇게까지 관여하는지 처음엔 이해가 어려웠다. 그러나 큰 보수를 받았기에 군말 없이 수용했다.

그녀에게서 온 마지막 연락은, 아키스가 원한다면 이 윤리심판에 참관인 자격으로 방문해도 좋다는 것이었다. 아키스는 평소 영화에서나 보던 심판을 직접 볼 수 있을 거란 기대감에 좋아했다. 하지만 내 기분은 영 찝찝했다. 이제 보니 아키스의 가정을 망쳐놓고 자기가 심판받는 걸 보러 오라고 한 거잖아. 완전히… 미친 소시오패스 아니야?

갈라테아가 잠깐 침묵을 지키다 다시 고개를 치켜들었다.

"그래요. 난 죄 없는 가정을 이용했어요. 돈이 없고 마음이 무르기에 사고가 발생하더라도 쉽게 커버할 수 있을 거라 생각했거든요! 아팠던 막내아들이 내 덕을 봐서 건강을 찾고 형편도 좋아졌으니 일석이조 아닌가요? 그런데 역시 인간들은 죄다 멍청해서 내 인봇의 사회화를 망쳐버렸죠. 가성비 따지려고 했다가 나만 지금 이 꼴이 됐다고요. 투자금을 효율적으로 쓰려는 게 나쁩니까? 그런 강령은 없는걸요?"

사방에서 탄성이 터져 나왔다. 그녀의 발언은 비틀리다 못해 궤를 이탈했다. 원고 측은 오히려 잘됐다는 듯 미소를 띤 채로 갈라테아를 향해 다가갔다. 나무로 된 피고 단상만이 둘의 접촉을 겨우 막는 중이었다.

"당신은 사람의 안위 따위는 전혀 고려하지 않는 연구자군요. 이미 시작부터 사람은 얼마든지 해쳐도 된다 생각했나요? 돈으로 보상하면 그만이니까?"

"맞는다면 어쩔 건데요?"

"심지어 오래 알고 지낸 사람들조차도?"

갈라테아가 드물게 괴로워했다. 아랫입술을 꾹 깨물더니 겨우 답했다.

"그래요."

오른쪽 끝에 앉은 심판원이 일그러진 얼굴로 갈라테아를 노려봤다.

"피고, 당신의 발언은 이 심판에 큰 영향을 미칠 겁니다. 애초에 사람에게 이로운 인봇을 만들려는 의지는 없었습니까?"

"그딴 걸 왜 따져야 하죠?"

"당신이 성급히 군림시킨 데우스 엑스 마키나는 우리 세계의 어떤 문제도 해결하지 못했습니다. 눈앞의 현실을 직시하세요."

"저는 늘 앞만 보고 살았습니다만."

심판관이 봉을 두드리며 과잉된 감정을 가라앉히라 명령했다. 오른쪽 끝에 앉은 심판원의 얼굴이 홍당무처럼 붉어졌다. 기품을 잃지 않기 위해 심판관의 말을 따랐으나 원초적인 감정을 숨기지 못했다. 장내에 있는 참관인들이 같은 마음으로 갈라테아를 바라봤다.

한 인간이 우리에게 극악무도한 사이코로 변해가는 중이었다.

"난 내가 뭘 잘못했는지 모르겠어요. 마키나가 기억을 지워버렸던 꼬마에게 질 좋은 인봇 뇌까지 줬다고요. 해야 할 도리는 다했다 이겁니다."

원고 측이 아연실색했다. 갈라테아가 보여줬던 영상은 마키나가 집에서 도망친 뒤 연구소에 도착한 시점까지였다. 아키스의 뇌를 바꿔주었단 사실은 공개되지 않았다. 숨기고 싶었다면 적어도 이 심판에서만큼은 숨기는 게 가능한 내용이었다. 비록 아키스가 치료 불가한 면역질환을 앓고 있고, 뇌에서 비롯한 문제라 하더라도 가족이 아닌 갈라테아가 치료 방법을 결정할 권리는 없었다.

어떤 인간도 타인의 삶을 좌지우지해서는 안 되니까.

결코 유리하게 반영될 수 없는 사실을 대뜸 공개한 건 갈라테아의 실수라고밖에 해석되지 않았다. 더군다나 일부가 아닌 전부를 인봇의 뇌로 교체하면 큰 부작용을 감수해야만 했다. 이걸 아키스의 동의 없이 진행했다.

홧김에 객기를 부린 걸까. 나였다면 절대 그 사실을 말하지 않았을 거다.

"설마 뇌 교체를 말하는 겁니까? 아이의 동의를 받았습니까?"

"굳이요?"

"그 발언을 책임질 수 있습니까?"

"마키나에 대한 심판이나 하시죠. 쓸모없는 말 그만하고요."

갈라테아는 단순한 인간인 듯 단순하지 않았다. 심판 초반만 하더라도 모든 수를 읽고 있다는 여유가 있었지만, 지금의 얼굴은 여유 외에 어떠한 감정으로 얼룩졌다. 그 얼룩은 분노의 색 같아 보이기도 하고, 조급함 같기도 하고… 아예 다른 것처럼 보이기도 했다.

심판원들은 너 나 할 것 없이 경악했다. 수군거림의 속도가 빨라졌다. 원고 측은 그의 말에 황당해하면서도 자기들 쪽으로 유리하게 흘러가는 흐름을 놓치지 않았다.

"정상이 아니군요. 마키나는 그릇된 욕망을 품었습니다.

만들어진 목적을 망각하고 다른 자아를 꿈꿨다고요. 인간의 가족 구성원이라는 허무맹랑한 자아를요! 따져보면 감정도 폭증했고 통제도 불가했죠. 굳이 3조를 논하지 않더라도 다른 강령을 전부 어겼습니다. 더 말할 게 있습니까? 그런데 놀라운 건 지금 이게 중요한 게 아니라 당신의 왜곡된 의지가 한 소년의 인생을…"

그때 천칭이 진동했다. 원고의 발언이 끝나기도 전에 판결이 시작됐다. 수평을 유지하던 추가 일순간 한쪽으로 고꾸라졌다. 그 방향 끝에는 침을 튀기며 열변을 토하던 원고 측 단상이 있었다.

천칭은 마키나가 스스로 자아를 형성했다고 판단했다. 성스러운 황금빛 정의는 갈라테아가 윤리강령을 어겼다는 걸 기울어진 추로 보였다. 엑스, 데우스, 마키나 사건을 차례대로 판결한 최종 결과는 원고의 승리였다. 이를 놓치지 않고 심판관이 재빨리 심판봉을 두드렸다. 심판원 일동의 판결과 천칭의 결과가 일치하며 이에 따라 마키나가 윤리강령을 어겼음을 선고했다. 이제 이 심판은 끝났다. 더 이상 뒤집지 못한다.

참관인들이 일제히 손뼉을 쳤다. 원고 측은 인봇 윤리가 승리했음에 쾌재를 외쳤다. 또한 본인들의 가치를 지켜냈음을 자축했다. 갈라테아를 제외한 모든 인간이 한마음으로 안도를 공유했다. 먼 훗날 유사한 사건이 다시는 발생하지 않길 바라며. 이 심판을 선례로 앞으로는 인봇 연구가 더욱 윤리적으로 변하기를 소망했다.

심판원들은 심판관을 중심으로 무언가를 더 논의했다. 장내에 시끌벅적한 기쁨이 오고 간 뒤 심판관이 목을 가다 듬었다. 이제 남은 일은 갈라테아를 처벌하고 자녀들을 영원한 죽음으로 인도하는 일이었다.

"사건번호 제0066-03번. 갈라테아 인봇 3구 심판은 최종적으로 원고의 요청을 받아들인다. 피고가 창조한 인봇들이 윤리를 어겼음을 선언한다. 그는 인봇을 제작하는 시점부터 가장 중요하게 고려해야 하는 인간 생명과 인간 가치를 경시했다. 연구자로서 있어선 안 되는 일이다. 원고가 주장한 대로 인봇 3구를 즉시 폐기하며, 아울러 피고의 지위 박탈을 강제한다."

갈라테아는 고개를 숙이지 않았다. 여전히 팔짱을 낀 채로 앞을 응시했다. 그녀의 패배가 선언됐다. 이렇게 될 줄 정말로 몰랐을까. 시종일관 보여줬던 그 오만함이 발목을 잡았다. 호기롭게 가져온 홀로그램 영상은 아무런 도움이 되지 않았다. 천칭은 데우스 사건 이후 수평을 유지했으나 끝내 인간의 손을 들어줬다. 이제 보니 공정한가 보다.

원고 측이 심판관을 위해 다시 박수갈채를 쏟아내려던 찰나 심판관이 손을 들어 소음을 저지했다. 그의 말은 아직 끝나지 않았다.

"또한 실험을 위해 특정 가정을 악랄하게 이용한 점과 생존자에게 뇌수술까지 감행한 점, 이 모든 과정을 오만함 속에서 자의로 진행한 점으로 미루어 보아 연구자뿐 아니라 사회 구성원으로서도 피고는 매우 위험한 사람이라 판단된다. 폴로와 수는 신체적 피해를 입었으며 아노와 네레카는 사망했다. 23세기에 있을 수 없는 연쇄 범죄 사건이다. 윤리심판의 존재 목적은 단지 옳고 그름을 판단하기 위함이 아니다. 궁극적으로 과학기술로부터 인간 사회를 수호하고 평화로운 공존을 지키기 위함이다. 이에 피고 갈라테아에게 우리는…"

갈라테아가 팔짱을 풀더니 곧은 자세로 위를 올려다보았다.

"사형을 선고한다."

심판관이 봉을 세 번 내려쳤다. 나무 두드리는 소리가 크게 울렸다. 총 5명의 사상자가 발생한 인봇 사건, 전례 없던 심판이 종료됐다. 준엄한 심판자들은 갈라테아의 무례함에 통쾌한 복수를 남겼다. 인봇 삼 남매는 폐기되고 갈라테아 역시 죽음을 선고받았다. 한 연구자의 이기심이 초래한 피해를 결국 연구자가 죽음으로서 사죄하라는 결과. 완벽한 결자해지였다.

심판원 일동은 일제히 심판장을 빠져나갔으며 원고는 갈라테아를 향해 시원하게 본심을 토했다. 그 말들은 주로 날것의 단어로 이뤄졌다. 우리를 제외한 참관인들 역시 사이다를 들이켠 듯 개운한 얼굴로 퇴장했고, 텅 빈 심판장은 금세 조용해졌다. 사형수의 이송을 지시받은 요원들이 들어와 갈라테아가 달아나지 못하도록 양팔을 포박했다. 패자는 별 저항 없이 온몸을 내주었다.

나는 아키스와 함께 자리에서 일어났다. 갈라테아가 느리게 시선을 옮겨 마지막까지 남아 있던 우리를 응시했다. 심판에서 패배하다 못해 죽음까지 선고받았는데 얼굴이 평온했다. 그녀가 요원들에게 무언가를 속삭이자 그들이 두 팔을 포박한 상태로 우리 쪽으로 걸어왔다.

끔찍한 범죄자와 가까이 있고 싶지 않아 아키스의 손을 끌고 어서 나가자고 재촉했지만, 그는 발에 껌이라도 붙은 듯 요지부동이었다.

마침내 최악의 연구자와 무고한 아이가 마주했다.

"많이 컸구나."

"저를 아시나요?"

"…아니."

"그럼 저에게 할 말이 있으신가요?"

요원들이 짧게 끝내라며 갈라테아의 팔을 흔들었다. 끔찍한 범죄자 따위가 소년과 대화하는 일은 분에 겨운 일이리라.

"몸은 좀 어떠니?"

"심판 내내 앞만 보느라 목이 아프네요."

"앞이라…"

"네. 앞이요."

오만했던 갈라테아의 음성이 누그러졌다.

"가끔은 뒤를 돌아봐도 돼. 네가 보는 방향이 언제나 앞이거든. 그러니 외롭고 힘이 들 때마다 널 돌아보는 일을 두려워하지 않길 바라."

아키스는 마지막 포도 젤리 한 알을 쥐고 있었다. 갈라테아에게 주고 싶은지 우물쭈물했다.

"잘 살아야 해. 정말로 미안해. 그럼 안녕."

슬픈 눈과 웃는 입으로 그녀는 마지막 인사를 남겼고, 요원들은 더 이상 시간을 허락해 주지 않는다며 팔을 끌고 나갔다. 한때는 최고 연구자였음을 상상조차 하기 힘든 대우였다. 갈라테아는 할 말은 다 했다는 듯 속절없이 끌려 나갔다. 나는 최후로 기록될 그녀의 표정 속에 무슨 마음이 있었는지 정의할 수 없었다. 한 가지 확실한 건, 그 얼굴 속에도 어떠한 해갈이 있었다.

모두가 사라진 심판장은 공허했다. 조금 전까지 꽉 들어 찼다는 사실이 매우 멀게 느껴졌다. 아키스가 대뜸 원고와 피고의 단상이 있는 곳으로 뛰어갔다.

"아키스! 이제 우리도 가야 해."

그는 기울어진 황금 천칭의 저울 위에 포도 젤리 한 알을 올렸다. 무게로 인해 천칭이 반대로 기울더니 수평을 이뤘다.

"누나, 나랑 이름이 똑같고 생김새까지 닮은 친구가 있다니 신기해요. 그렇죠?"

나는 천칭 쪽으로 시선을 옮겨 놀란 내색을 겨우 숨겼다.
내가 알고 있는 진실로 아키스의 평화를 해치고 싶지 않았다.

천칭 위에 올려진 젤리를 치워야 하나 말아야 하나 고민
했다. 천칭은 젤리를 먹을 입도 없는데 여기에 놔두면 쓰레
기를 버린 일과 다름없지 않을까.

"그 애가 건강을 회복해서 잘 살았으면 좋겠어요. 끔찍한
기억들은 다 잊고요."

"잘 살 거야. 충분히."

"누나가 그렇게 말하니 안심이 돼요."

"아까 본 연구자, 무섭지 않았어?"

포도 젤리를 버리지 않기로 했다. 코팅된 젤리 겉면이 황
금 천칭과 함께 반짝거렸다. 나는 아키스의 손을 잡고서 천
천히 심판장을 빠져나갔다.

"무섭지는 않았어요."

"그렇구나."

"하지만 외로워 보였어요. 사형이 선고되기까지 혼자였
잖아요. 곁에 누군가가 있었다면 그 사람도 다른 삶을 살았
을까요? 지금 내 곁에 있는 누나 같은 사람이요."

비록 나는 고용된 보호자일 뿐이지만 그의 숨이 묻은 호
칭에 한 발짝 더 다가가려는 의지를 느꼈다. 동정, 연민, 측
은. 감히 그런 단어들로 설명하기 힘든 마음이었다. 그냥
나는, 이 아이의 가족으로 사는 일을 상상했다. 마키나가

차마 죽이지 못했던 작은 소년의 가족을.

"있잖아요… 혹시요…"

"말하렴."

"음… 아녀요."

천진함과 불행이 사이좋게 깃든 소년의 머리칼을 쓰다듬고선 건물 밖으로 발을 내딛었다. 타오르는 구름만 머리 위로 날갯짓했다. 나는 아키스에게 오늘 산 것과 똑같은 포도 젤리를 사주겠노라 약속하며 등을 두드려 주었다. 그는 이전에 이 젤리를 사준 게 누구인지 묻지 않았으며 우리는 많은 말을 나누지 않아도 슬퍼하지 않았다. 말간 소년이 계속해서 나아갔다.

"아키스, 사랑은 가끔 눈앞이 아닌 등 뒤에 숨어 있단다."

모든 이가 빠져나간 심판장. 우리의 뒤편에는 누구도 서 있지 않았다. 그럼에도 함께 손을 잡고 돌아보자 세계는 주홍의 하늘을 보여주었다.

우리는 누구이며 어디에서부터 시작된 존재일까. 또 무엇을 위해 걷고 있는 걸까. 누군가는 발걸음 뒤에 남겨진, 의지를 빗나갔던 시간을 비극이라 치부하지만, 그것마저 감싸 안는 마음이야말로 제 몫의 미래가 아닐까. 나는 먼 훗날, 소년에게 필요할 용기가 되어주기로 했다.

그가 바라보는 방향은 갈라테아의 말처럼 언제나 앞일 테니까.

작가노트

재미있으셨는지가 가장 먼저 궁금해요.

어린 시절부터 독서토론 활동을 많이 해서 책을 읽고 사람들과 의견을 나누는 일에 익숙한데, 재미있는 책이 선정된 날이랑 그렇지 않은 날에는 참가자분들 얼굴색부터가 달랐어요. 서로 이 관점이 옳다, 그르다 치열히 토론하게 만드는 힘은 작품의 '재미'에 있다는 생각을 그때 처음 했어요. 원초적인 흥미야말로 우리의 시선을 당기는 가장 위대한 인력이니까요. 저는 이 작품이, 제가 모를 독서토론회에서 그런 작품이 되길 바라요.

고백하자면 저는 '작가'로 불리기에 조금 천박한 사람이에요. 나이를 먹어도 저질스러운 농담에 웃고 푼수처럼 하루에 있었던 일들을 침 튀겨 가며 떠들거든요. 그러나 천박의 이면에 절박도 있기에 고민은 했지요. 이런 내가, 한 명에게라도 더 닿으려면 어떤 글을 써야 할지를요.

「삼 남매는 뒤돌아보지 않는다」(원제목)를 집필할 때 저는 침잠해 있었어요. 사람들에게 희망을 주기 위해 밝고 착한 글을 써야 한다고 믿었는데요, 죄송해요, 거짓말을 했어요. 사람들에게 사랑받기 위해 밝고 착한 글을 써야 한다고 믿었어요. 그대로 써봤지만, 욕망을 달성하지는 못했어요.

이 소설은 「메탈 위에 피는 벚꽃」이라는 단편에서 출발한 이야기예요. 2022년 5월에 쓴 글인데, 교단에서 쫓겨난 교사가 로봇의 도움을 받아 자신의 아름다움을 되찾는 이야기예요. 하지만 당시에 그 글을 원하는 곳이 한 곳도 없어서, (약간의) 좌절을 한 뒤에 '그냥 나라도 재미있는 글을 쓰자'는 마음으로 장편화한 게 현재의 작품이에요. (김성중 심사위원님의 말처럼 저는 정말 즐거웠어요.) 그리고 한국과학문학상을 받았어요. 신기하지 않나요? 채우고자 하면 텅 비어요. 하지만 비우고자 하면 채워져요.

결국 무게 추를 어디에 두느냐에 따라 많은 게 바뀐다는 걸 이야기하고 싶었어요. 만약 엑스가 폴로의 두려움을 이해하고, 데우스가 수의 사명감을 존중하고, 마키나가 아노의 편애를 수용한다면 결말은 달라졌을 거예요. 때때로 소중한 것은 부끄러움이 많아 잘 보이지 않는 곳에 숨거든요.

그 소중한 것이란, 작가인 제게는 '글이 주는 재미'를 잊지 않으려는 의지기도 해요. 타인의 시선은 제법 중요하고 성과 또한 중요하죠. 하지만 자가 치유로서의 글쓰기를 위해서는 '내가' 즐거운 글을 써야만 한다는 걸 깨달았어요. 그 후 제가 쓴 글들은 과거보다 훨씬 선명해졌어요.

삶도 마찬가지예요. 당신에게 필요한 모든 답은 이미 잠재태로 당신의 마음 안에 존재해요. 숨겨놓고 꺼내보지 않은 젤리가 있지 않으신가요?

행여나 그걸 먹으면 사랑받지 못할까 봐 두렵지는 않으신지요?

용기를 내세요. 완전한 사랑은 타인에게서 받을 수 없고 오직 스스로

만 줄 수 있어요. 결국 사랑은 고군분투예요. 저와 아키스가 뒤에서 늘 당

신을 응원할게요.

소설의 영감은 Daft punk의 〈Something about us〉, Zedd의 〈Stay〉

에서 받았어요. 과거의 슬펐던 나와 그런 나를 버텨준 모든 친구와 동료

들에게 감사합니다. 또한, 세심하게 다듬어 준 허블팀과 예소연 작가님이

자 편집자님께 감사드립니다.

ps. 아키스의 내일이 궁금하시다면 yourboyacis@gmail.com으로 메

일을 보내보세요. 그가 자동 회신을 해줄 겁니다.

심사평

부조리한 세계로의 초청

과학문학을 대상으로 하는 공모전 심사는 처음이어서 예심 원고가 손에 들어오기 직전까지는 망설임과 두려움이 앞섰는데, 그건 아무래도 학창 시절의 수포자(+과포자)가 이런 막중한 책임을 맡아도 되느냐에 대한 본능적인 저항감 때문이었을 것이다. 그러나 수많은 응모자분들의 열망과 의욕이 담긴 원고를 받아 들었을 때는 생각이 조금 달라졌다. 심사위원보다는 한 명의 독자의 시선으로 접근하기로 했다. 가능한 한 과학적 정합성을 염두에 두고자 하면서도, 결과적으로는 어떤 소설이 독자로서의 내게 성취감을 들게 하는지, 혹은 도전정신을 불러일으키는지 등 마음의 정동에 중점을 두게 되었다. 하여 심사 결과를 도출하는 과정이 내게 있어서는, 작년에 한 차례 심사를 맡아 진행해 주셨던 다른 선생님들의 의견을 듣고 현재와 미래의 과학문학이 어떤 모습이면 좋은지를 배우는 시간에 가까웠다.

지난하고 치열한 토론 속에서 내려진 결론과 그 결과물들이, 이후 독자분들과 새로운 응모자분들께도 좋은 경험을 제공하리라고 믿는다.

예심에서는 장단편 부문 통틀어 예상대로 인공지능과 로봇 관련이 다수를 차지했고, SF보다는 판타지라고 보아야 할 소설이 몇 편 발견되기도 했다. 그럼에도 틈틈이 과학과 사건 수사, 수학, 시간여행, 아포칼립스, 가상공간, 사물과 사태의 기원, 신화 세계 등에 대한 작가들의 관심과 상상력을 엿볼 수 있었음을 보람으로 여긴다.

장편 부문에서는 이야기의 분량과 세계관의 크기에 비해 장편으로서의 구조를 잘 갖춘 작품을 자주 만나지는 못했다. 하고자 하는 이야기가 너무 많았거나, 혹은 자기도 무슨 이야기를 해야 할지 확신이 없는 상태로 일단 페이지를 채워 넣은 소설들이 다수였다. 분량은 많은데 가까이 들여다보면 이야기 진행이나 인물 성격 제시, 주제 의식과 무관한 의성어나 감탄사 등 독립언 수준의 의미 없는 대사를 주고받으면서 행갈이만 늘어나는 경우도 있었다. 장편이라는 이유로 본론과 긴밀한 관계 없는 설정과 세계관과 각 등장인물(그중에서도 주변 인물) 하나하나의 사연, 과거사 등을 세세히 다 풀어서 보따리를 펼쳐놓는 것은 자유지만, 각각의 보따리에 매듭을 지을 수는 있어야 한다. 그게 어려운 일이다 보니 압축과 취사선택의 묘가 필요한 것이다.

장편 부문에서 주요 논의의 대상이 된 소설은 「마음의 위상」과, 당선작 「라스트 젤리 샷」이다.

예심에서 장편소설들을 둘러보면, 서사 문제에 앞서서 끝까지 읽어내기가 어려울 만큼 표현력 자체가 심각하게 빈곤하거나 민망한 작품들이 들어오곤 한다. 기존의 독서나 습작이 부족한 상태에서 응모됐을 것으로 짐작되는 작품들이 적지 않은데, 아무리 본인이 재미있는 상상력을 갖고 있다고 자신하더라도, 그것을 독자에게 전달할 언어의 기초를 다지지 않으면 상상의 구조화가 불가능하다. 그런 가운데 「마음의 위상」은 글 자체의 기본기와 표현력에 있어서 완성된 상태로 내 앞에 도착했다. 우주 속에서 시간과 공간의 위상을 거슬러 조우하는 인물들의 심리 묘사와 그 순간의 경이감 또한 일품이었다. 그러나 서로 다른 입장에 선 이들의 심리 서술이 수차례 반복적으로 제시되고, 이 넓은 우주에 존재하는 인간이 가질 수 있는 고독의 다양한 요인과 근간이 부모 부재와 자식 상실 등 가족의 없음에 치우쳐 반복된다는 점이 매력을 떨어뜨리는 요인으로 지적되었다. 또한 초반부에서 이미 글의 전개 방향이 쉽게 예상 가능하다는 것이, 단편소설에선 별문제 아닐지 몰라도 이 정도 볼륨의 장편소설에서는 곤란하다는 의견에 동의하지 않을 수 없었다. 만약 분량이 지금의 3분의 1 정도, 필수 서사와 인물만을 채택하여 경장편소설이나 중편소설 정도로 줄어들어서 서술이 너무 늘어지지만 않았더라도 이 아름다운 우주의 말들이 좀 더 효율적으로 빛났을지 모른다는 생각을 하니, 안타까운 마음에 소설을 선뜻 내려놓지 못하고 끝까지 만지작거렸다.

자신이 지극히 상식적인 인간이라고 믿는 독자가 「라스트 젤리 샷」을 읽으면 중간중간 아연실색할지 모르고, 어쩌면 도중하차할 수도 있다. 소설 중간에 기겁하여 법원을 빠져나간 방청객처럼 말이다. 소설 속 보통의 인간들이 인봇에 대해 갖는 관점이나 인식 자체는 노동, 연구, 판매 등에 있어서 기존 SF에서 답습된 세계관과 크게 다르지 않다. 그러나 인봇이 그 인식에 대응해 나가는 양상은 사뭇 충격적이다. 한 편의 컬트무비 내지 부조리극을 보는 마음으로 읽어야 하는 소설이며, 그렇게 했을 때 소설 속 당혹스러운 사태의 연속에 뒷걸음치지 않을 수 있다. 의도된 네이밍 센스의 과잉과 실소마저 나오는 과장에 어느 정도 익숙해지고 나면, 인물 관계의 실마리가 풀리면서 긴장되는 구간에 진입하여 읽기에 가속도가 붙을 것이다. 이 한 편의 블랙코미디를 완주한 것이 이번 심사 과정의 보람 가운데 하나였다. 이질적이지만 미래의 언젠가 올지도 모를 이 재판정에 독자를 초청한다.

구병모

장편소설 「한 스푼의 시간」, 소설집 「고의는 아니지만」 「그것이 나만은 아니기를」 「단 하나의 문장」, 미니픽션집 「로렘 입숨의 책」 등을 통해 다수의 SF소설을 선보였다. 그 외의 장편소설로 「위저드 베이커리」 「아가미」 「파과」 「네 이웃의 식탁」 「상아의 문으로」 등이 있다. 오늘의작가상과 김유정문학상 등을 수상했다.

마음에 품은 것은 반짝이는 비늘 하나

응모작이 가득 든 종이상자를 여는 것은 두려우면서도 기대되는 일이다. 작년에 이어 두 번째로 한국과학문학상 응모작들을 대하면서 작가가 아닌 독자로서의 내 모습을 발견하게 되었다. 나는 기다리고 있었다. 나의 무지를 풍부하게 해줄 도전적 텍스트를, 과거−현재일 뿐만 아니라 현재−미래를 품고 있을 총체적인 소설을, 놀라운 질문과 역동적인 아이러니를 품고 있는 폭탄을. 무수한 종이의 허들을 넘다 보면 문제작을 한 편씩 만나게 되고, 그리하여 '상호 영감'이라 부를 만한 순간이 이 독서를 괴로운 쾌락으로 만들어 주는 것 같다.

물론 심사 과정을 5분으로 줄여줄 만장일치의 작품 같은 것은 없다. 대부분의 응모작은 빛나는 비늘 한 조각을 품고 있으되 단독비행을 시작하기에는 허술한 구석을 지니고 있기 마련이다. 그럼에도 반짝이는 '비늘'만을 모았을 때 2023년도에 응모한 작품들은 일단 휘황했다고 강조하고 싶다. 작년에 비해 올해는 '허수가 줄었다'라고 요약할 수 있을 만큼 전반적인 수준이 올라갔다. 더불어 새로운 경향도 발견되었는데 이 점을 좀 더 서술하고 싶다.

켄 리우는 과학소설이 하는 일을 두고 미래 예견이 아니라 '희망과 공포로 가득한 지금 이 순간의 현실에 확대경을 갖다 대는 것'이며 현재 사회의 면면을 드러내는 '고성능 필터'로 기능한다고 정의한 바 있다. 이런 정의에 잘 들어맞는 것이 올해의 응모 경향이 아닌가 싶다. 소재의 다양성에 있어 압도적이던 작년과 달리, 2023년의 렌즈는 광각과 배율에 있어 미묘하지만 확실한 차이가 났다. 즉, 기술변화 자체를 다루기보다 기술변화로 인한 사회의 변화, 그로 인해 발생하는 새로운 문제와 인간성에 대한 재질문으로 주제가 깊어진 것이다. 전반적으로 '공상과학'보다는 '사회과학'에 가까운 소설이 많았고, 핍진성을 무기로 완성도와 몰입도를 높인 작품의 비중이 올라갔다.

한편으로 우주나 외계보다는 인공지능에 대한 이야기가 많아진 것도 흥미를 끌었다. 이미 우리 사회에 들어온 비인간들은 인간을 '보충'하는 정도에서 벗어나, 종 바깥에서 사피엔스에 대한 판단도 하고 전망도 보여주며 새로운 윤리를 제기하는 존재로 부상했음을 감지할 수 있었다. 법정을 소재로 삼은 작품이 장·단편에 고르게 나온 것도 주목할 만한 징후다. 법은 경계를 세워 무언가를 판별하는 특성이 있기에 '위반하고' '정상을 참작해 주는' 사회적 기준을 담고 있다. 이 기준에 의의를 제기하는 소설이 출몰한다는 것은 그 자체로 이야기가 사회변화를 반영하고 있음을 의미한다.

여기까지는 올해 응모작들의 경향을 정리해 본 것인데, 소재나 주제의 신선도에 비해 구조화가 불충분한 작품이 많다는 점은 아쉬움으로 남는다. 소설을 흔히 건축물에 비유하는 것은 작가가 그 이야기를 진정으로 알고 있는가와 직결되기 때문이다. '겉의 이야기'를 가지고 질문과 상상으로 파고든 작가만의 '안의 이야기'에 도달할 것이고, 그에 따라 소설 속 장면들이 자리 잡는 것이 구조화이기 때문이다. 비슷한 맥락에서 인물의 사유와 감정을 좀 더 정교하게 다루었으면 한다. 나를 포함해 SF를 쓰려는 초보 작가들은 무의식적으로 인물을 '앞으로' 보내려는 경향을 품게 되는 것 같다. 마치 우주가 있으니 기나긴 탐사를 시작해야 할 것처럼. 그러다 보니 동선도 만들고 난관도 만들며 미지를 뚫고 가는 여정에 열중하기 마련이다. 그런데 인물이 도달하는 첨단은 우주의 끝이 아니라 자신도 몰랐던 마음 안

쪽에 달려 있다는 것을 우리는 SF 걸작에서 발견하게 된다. 이야기의 내부로 한 걸음만 내려갔다면 비약적으로 상승할 작품이 많았기에 안타까움에서 덧붙여 둔다.

장편 대상으로 선정된 「라스트 젤리 샷」은 우선 재미있다. 작가가 쓰는 동안 즐거웠으리라는 예상을 할 수 있을 만큼 시종일관 유머가 흐르고, 단순하지만 활력감이 있다. 장편답게 많은 인물들이 등장해 다양한 모험을 시도하고 변주한다. 그리스 신화에서 거의 이름만 딴 등장인물들, '갈라테아'라는 연구자는 소년 '아키스'를 위해서 인봇 삼남매 '데우스', '엑스', '마키나'를 차례로 보낸다.

이 소설 안에서 흥미로운 것은 인간은 기계처럼 단순한데 반해 인봇들은 희랍 영웅처럼 성격적 결함으로 말미암아 사건을 가져온다는 것이다. 기계와 인간의 자리가 뒤바뀐 것처럼도 보이고, 인봇들의 특징이야말로 인간성의 면모를 반영하기에 시선을 끈다. 인봇들은 각자의 논리로 인간을 해치게 되는데 기계장치의 신이 강림하듯 파국적인 결말로 이어진다.

원래 '데우스 엑스 마키나'라는 용어는 줄거리를 엉망진창으로 꼬아놓은 후 결말을 위해 급히 직조한 엔딩의 의미로도 쓰이지 않나. 이 작품은 그걸 직유처럼 활용해 각 장마다 퓨즈를 확 내려버린다. 어찌 보면 뻔뻔하기도 한 책략

인데, 충격이라는 효과는 동일하다. 가장 논리적인 인봇이었던 '데우스'가 신열에 들떠 작두를 타는 장면을 보라. '거침없이 막 써버리네!'라는 탄식이 절로 나왔고, 이런 식의 태연자약한 태도야말로 이 작품이 쭉쭉 뻗어나간 원동력이라는 생각이 들었다. 만화적인 비약과 도약이 만들어 내는 부력 때문에, 다소 거칠게 달려가는 서사임에도 문학적으로 잘 정돈돼 있는(그러나 활력과 상상력은 떨어지는) 경쟁작들을 물리치고 이 작품을 당선작으로 앞세우게 되었다. 앞으로도 지금처럼 즐겁고 활달하게 긴 길을 써나가기를 기원한다.

김성중
1975년 서울에서 태어났다. 2008년 중앙신인문학상을 받으며 작품 활동을 시작했다. 소설집 『개그맨』, 『국경시장』, 『에디 혹은 애슐리』, 중편소설 『이슬라』를 냈다. 2010년·2011년·2012년 젊은작가상, 2018년 현대문학상, 2021년 김용익문학상을 수상했다.

결어긋난 우주를 여행하기

휴 에버렛 3세의 다세계 해석에 따르면, 지금 이 순간에도 우주는 끊임없이 분기하고 있습니다. 어떤 사건이 일어난 우주와 그렇지 않은 우주로 말입니다. 그렇게 갈라져 버린 우주는 각각 '결어긋난' 상태에 처하고, 둘은 영원히 만나거나 서로에게 영향을 끼칠 수 없게 되지요. 다세계 해석에 따르면, 지금 우리가 존재하는 이 공간엔 무수히 많은 결어긋난 우주가 공존합니다. 마치 유령이 사는 세상이 눈에 보이진 않지만 어딘가에 존재하고 있는 것처럼요. 그런데 또 누군가는 말하기를, 이렇게 볼 수도 없고 만질 수도 없으며 듣거나 느낄 수도 없는 결어긋난 우주를 여행하는 단 하나의 방법이 있다고 합니다. 그건 바로 꿈을 꾸거나 허구를 상상하는 건데요. 왜냐하면 뇌 안에서 일어나는—아직은 아무도 모르는—어떤 신비한 방식에 의하여, 우리의 의식이 결어긋난 우주를 방문하고 돌아올 수 있기 때문이라는 겁니다. 그리고 만약 이 주장이 옳다면, 허구의 세계를 상상하여 적어 내려간 소설이야말로 어딘가에 있을 결어긋난 우주에 대한 가장 생생한 여행기일지도 모릅니다.

지난 가을부터 새해가 밝을 때까지, 수십 편이 넘는 한국과학문학상 응모작들을 읽었습니다. 말 그대로, 수십 개가 넘는 '결어긋난 우주'를 방문하고 돌아온 셈이랄까요. 어떤 우주는 내가 사는 이곳과 무척이나 닮았고, 어떤 우주는 몇만 광년이나 멀리 떨어져 있었지만, 그럼에도 그 많은 여행기는 모두 생생하게 살아 숨 쉬고 있었으며, 읽는 이에게 즐거움과 생각할 거리를 던져주었습니다.

중·단편 부문과 달리, 장편 부문은 응모작의 수준 편차가 극명하게 눈에 띄는 편이었습니다. 긴 분량을 흔들림 없이 밀고 나가야 하는 장편소설의 특성상, 독특한 아이디어와 톡톡 튀는 발상만으로는 좋은 작품을 완성하는 것이 힘들기 때문 아닌가, 조심스럽게 생각해 보았습니다.

예심에서 특별히 눈에 띈 것은 「라스트 젤리 샷」과 「바다에 흩어진 별처럼」이었습니다. '데우스 엑스 마키나'라는 오래된 서사 장치로부터 이름을 가져온 로봇 삼 남매, 데우스, 엑스, 마키나가 벌이는 웃픈 좌충우돌 속에서 '인간이란 무엇인가?'라는 질문을 던지는 「라스트 젤리 샷」이 독특하고 당돌한 작품이었다면, 「바다에 흩어진 별처럼」은 클래식한 주제와 스토리를 가진 안정적인 소설이었지요.

본심에 올라온 작품은 「라스트 젤리 샷」, 「레드벽」, 「애프터라이프」, 「마음의 위상」, 「걷는 세계」, 「이 별을 넘어」, 「바다에 흩어진 별처럼」이었으며, 약 한 달간의 검토 끝에 「이 별을 넘어」, 「마음의 위상」, 「라스트 젤리 샷」이 최종심 논의 대상이 되었습니다.

장편 대상 선정을 위한 합평에서는 「마음의 위상」과 「라스트 젤리 샷」이 고른 지지를 얻었고, 이후 이 두 작품을 놓고 열띤 토론을 벌였습니다.

「마음의 위상」은 딸을 잃은 위상수학자와 어려서 어머니를 잃은 우주비행사가 겪는 일이 교차 진행되며 펼쳐지는 이야기입니다. 매끄러운 문장과 유려하고 정제된 문체는 이 작가가 가진 잠재성을 보여주기에 충분했습니다. 수학자와 우주비행사의 사연이 번갈아 가며 이어지는데도 어색하거나 불완전한 기색이 없었고, 결말 또한 무난하게 마무리된 점은 작품의 완성도를 더욱 돋보이게 해줬습니다. 하지만 이 소설이 '굳이 장편이었어야 하는가?'라는 의문에 적절한 대답을 찾기가 어렵다는 게 문제였습니다. 장편소설이라면 응당 갖춰야 할 긴 호흡과 힘, 주제의식이 부족했고, 단편이나 중편으로 써도 될 이야기를 길게 늘여놓은 웰메이드 작품 같은 느낌이 아쉬웠습니다. 또 우주비행사와 위상수학자의 사연이 교차 서술된 이유가 끝까지 소설 속에서 밝혀지지 않았고, 첫 부분을 읽으면 결말을 예상하기 쉽다는 점도 한계로 지적됐습니다.

그런 의미에서, 「라스트 젤리 샷」은 다소 거칠긴 했지만, 긴 호흡과 무게감 있는 주제를 고루 갖춘 수작이었습니다. 데우스, 엑스, 마키나라는 이름을 가진 '인봇' 삼 남매가 자신의 맡은 바 본분에 충실하기 위해 (AI 차원에서) 최선을 다하는데, 그로 인해 생각지도 못한 파국적 결과가 발생한다는 얘기인데요. 디테일한 부분이 황당하면서도 만화적이긴 했지만, 그것이 단점으로 작용하기보다는 오히려 소설의 생동감과 재미를 높여주는 역할을 해주었습니다. 인봇 삼 남매가 벌이는 좌충우돌을 통하여 작품은 끊임없이 우리에게 '인간이란 과연 무엇인가'라는 질문을 던집니다. 완벽에 가까운 기능을 장착한 인봇이 해석하고 상상하는 '인간'과 실제로 살아 숨 쉬는 '우리 인간' 사이엔 어떤 거리가 있는 걸까요? 범용 인공지능의 상용화가 멀지 않게 느껴지는 지금 이곳에서, 「라스트 젤리 샷」은 '인간의 조건'에 관해 생각하게 해주고, 동시에 마지막 페이지까지 흥미진진한 독서를 가능케 해줍니다. 훌륭한 SF의 특징을 골고루 가진 데다 발전 가능성마저 무한한 이 작품을, 장편 대상작으로 선정하지 말아야 할 이유는 어디에도 없었습니다.

제6회 한국과학문학상 장편 대상을 수상하신 작가께 진심으로 축하를 보내며, 앞으로 써낼 모든 소설을 응원하며, 이 글을 마칩니다.

김희선
춘천에서 태어났으며 2011년 《작가세계》로 등단했다. 소설집 『라면의 황제』, 『골든 에이지』, 『빛과 영원의 시계방』, 장편소설 『무한의 책』, 『죽음이 너희를 갈라놓을 때까지』, 『무언가 위험한 것이 온다』, 에세이집 『밤의 약국』을 냈다. 원주에서 소설가 일과 약사 일을 병행하고 있다.

우주의 리듬을 들을 수 있다면

인공지능에서 시작된 특이점을 모두가 경험 중이다. 작년 말에 공개된 초 거대 언어 AI모델 GPT-3는 일반적인 질문에 답하는 것을 넘어 주제를 제시하고 스토리 작성을 요청하면 비슷한 형식의 글을 생성한다. 바야흐로 창작하는 AI가 출현한 것이다. 실제로 작년 하반기에 내가 진행하던 문예창작학과 수업에서는 한 학생이 AI의 시 한 편과 한국 시인의 시 한 편을 각각 들고 와 어느 쪽이 인간의 창작물인지 알아맞히는 테스트를 했고, 망설임 끝에 다수의 학생들은 AI의 창작물을 선택했다. AI는 문학 창작의 차원에서도 튜링 테스트를 매끄럽게 통과한 셈이다. AI가 산출해낸 결과물의 저작권을 어떻게 볼 것인지와 같은 까다로운 문제들이 산재해있지만, 변별력을 지닌다고 믿어온 인간의 창의력에 대해서 근본적인 균열이 일어나고 있다.

「라스트 젤리 샷」은 인간을 해친 세 안드로이드 '엑스', '데우스', '마키나'를 심판하는 심판장을 주요 배경으로 삼는다. 이곳에서 독자들은 안드로이드의 효율적 노동이 인간의 예술을 뛰어넘는 순간을, 안드로이드의 이성적 논리가 원시 종교인 무속신앙을 부정하는 것을, 안드로이드의 자비로운 돌봄이 친족 살해로 이어지는 것을 보게 된다. 그러나 이 소설의 목표는 위험한 안드로이드들을 처단하고 인간의 지위를 안전하게 회복하는 데 있지 않다. 반대로 안드로이드들의 기계적인 '효율'과 '논리'와 '돌봄'의 추구가 아이러니하게도 인간의 '비효율적인 예술'과 '비합리적인 신앙'과 '맹목적인 가족애'와 정확히 겹쳐진다는 사실이야말로 이 소설이 전하고자 하는 바다. 실제로 다소 선정적인 범죄가 저질러지는 마지막 순간에 각각의 안드로이드는 일시적으로나마 작곡을 하는 '예술가'이자, 작두를 타는 '무당'이자, 피를 나눈 '가족'으로 존재한다.

인간의 영혼 혹은 정신은 기계와 온전히 구별될 수 있는가? 우리는 이미 챗 GPT로부터 인간 창의력의 소산이라 믿었던 작품들이 그저 해체와 재구성의 결과물로서 얼마나 쉽게 모방 가능한지 목격 중이다. 이 소설은 인간만의 전유물이라 믿어온 예술과 신앙과 사랑이 어떻게 인공적으로 모방 가능한지 보여준다. 이미 많은 SF들이 안드로이드가

능력이나 인성 면에서 인간보다 더 우월할 수 있음을 가정해 왔으므로, 여기까지라면 그리 놀라운 이야기는 아니겠다. 그런데 이 소설은 안드로이드가 인간의 부조리함과 실패마저 모방 가능하다고 설득한다. 확장되어 가는 기술 앞에서 마지막으로 남은 인간만의 고유한 영역이란 비효율적이고 비합리적인 구멍일지도 모른다. 그런데 금기를 어기는 욕망, 끔찍한 배반과 살해에 얽히는 비극성마저 닮을 수 있다면? 소설은 과감하게 이 지점에 이르렀고, 인간을 특별한 종으로 생각해 온 믿음은 마침내 경쾌하게 터져나가는 것 같다. 라스트 휴먼 샷!

강지희
문학평론가. 《문학동네》 편집위원으로 활동 중이다. 평론집 『파토스의 그림자』를 냈다.

치열한 야심, 새로운 확장

경험이 많은 것은 아니지만 작년에 이어 이번 심사를 통해 한국과학문학상 심사가 다른 문학상 심사와 가장 다른 점을 말할 수 있게 되었다. 그것은 주제와 소재의 스펙트럼이 비할 바 없이 폭넓다는 것이다. 소설을 나누는 분류 기준은 무수하며 그중 하나는 '과학소설'이라는 하위장르일 텐데, 그 하위장르의 소설들이 이토록 다채롭다는 것은 독자로서도 신기하고 또 감사한 일이다. 인공지능, 기후 위기, 동물권, 임신과 출생, 여성 인권 등 동시대의 사회적인 현안을 최전선에서 다루어 보려는 야심과 배포가 있는 작품들이 많아 반갑고도 놀라웠다. '인간이란 무엇인가'와 같이 근본적이고 철학적인 문제와 대결하는 수준 높은 성취도 눈에 띄었다. 다만 과학과 관련된 아이디어를 소개하거나 설명하는 듯한 작품들도 적지 않았다. 거대한 테마가 아니라 사소한 디테일에서 시작하여 이야기를 풀어나가는,

조금은 소박하더라도 서사의 완성도를 갖춘 단단한 소설에 마음이 기울었다.

장편 수상작인 「라스트 젤리 샷」은 범죄를 저지른 안드로이드에 대한 윤리심판이 진행되는 코믹 법정물이다. 우선 이 소설은 노동, 지능, 간병이라는 세 가지의 테마를 안드로이드와 관련된 철학적인 질문에 녹여내는 구조적인 짜임새가 튼튼하다. 이를테면 '안드로이드 로봇은 예술을 창작할 수 있는가?', '인간의 비합리성을 이해할 수 있는가?', '애착 감정을 느끼며 인간과 관계 맺을 수 있는가?'와 같은 시의적이고도 예리한 질문들은 이 책의 곳곳에 숨어 있다. 물론 아주 새로운 질문은 아니다. 누군가는 〈디트로이트〉와 같은 게임을 비롯하여 최근의 여러 안드로이드 서사에서 자주 다뤄지고 있는 사유의 틀이나 익숙한 이분법을 반복하고 있다고 말할지도 모른다. 그러나 한 편의 소설은 하나의 질문으로 납작하게 요약될 수는 없다. 이 소설은 이를 지나치게 진지하게 다루지 않는 유머와 만화적인 비약을 겁내지 않는 생동감으로 그 질문들에 활기를 불어넣는다. 노동, 지능, 간병을 전문으로 삼는 3구의 안드로이드를 삼남매로 처리하면서 그 사이에 투닥거리는 관계를 드러내는 아이디어나, 인간에 대해서라면 불평불만을 가지고 혐오하면서도 인간을 위한 과학기술 발전을 멈추지 않는 과학자

라는 설정 역시 이 소설이 가진 다채로운 매력을 뒷받침해
준다. 마지막까지 치열하게 논의되었던 후보작 「마음의 위
상」은 워낙 유려하고 안정적인 수준을 보여준 수작이니 머
지않아 빛을 볼 수 있는 날이 올 것이라고 믿는다. 수상을
진심으로 축하드린다.

인아영
문학평론가. 2018년 경향신문 신춘문예로 비평 활동을 시작했다.

라스트 젤리 샷

초판 1쇄 펴낸날	2023년 8월 31일
초판 4쇄 펴낸날	2024년 9월 1일
지은이	청예
펴낸이	한성봉
편집	김학제·안태운·박소연
콘텐츠제작	안상준
디자인	최세정
마케팅	박신용·오주형·박민지·이예지
경영지원	국지연·송인경
펴낸곳	허블
등록	2017년 4월 24일 제2017-000050호
주소	서울시 중구 필동로8길 73 [예장동 1-42] 동아시아빌딩
페이스북	facebook.com/dongasiabooks
인스타그램	instargram.com/dongasiabook
트위터	twitter.com/in_hubble
블로그	blog.naver.com/dongasiabook
홈페이지	hubble.page
전자우편	dongasiabook@naver.com
전화	02) 757-9724, 5
팩스	02) 757-9726
ISBN	979-11-93078-06-8 03810

※ 허블은 동아시아 출판사의 SF 브랜드입니다.
※ 잘못된 책은 구입하신 서점에서 바꿔드립니다.

만든 사람들
책임편집	전소연
크로스교열	안상준
디자인	권선우
본문조판	최세정
표지 일러스트	박수진